내 배덕한 밥을 조르지 않고는 못 배기는 옆집의 톱 아이돌님

오이카와 키신   [일러스트] 히즈키 히구레

"채소, 마늘 듬뿍듬뿍
비계, 간장 소스 듬뿍
큰 돼지고기 곱빼기로."

내가 만든 요리가 저 배 속에 있다.
상상만으로도 심장이 두근거린다.
내 시선을 느꼈겠지.
유즈키는 자신의 배를 쓰다듬으며 이렇게 말했다.

"만져 볼래?"

CONTENTS

내 배덕한 밥을 조르지 않고는
못 배기는, 옆집의 톱 아이돌님

오이키와 키신 지음
히즈키 히구레 일러스트
김은율 옮김

NOVEL

ROUND.1 「내 팬으로 만들 거야!」

전자레인지는 내가 생각했던 것보다 무거웠다.

혹사당한 손을 주무르며 엘리베이터에 탄 나는 8층에서 내
렸다. 막 아파트 공용 복도를 지나는데, 나를 본 중년 여성이
밝게 웃었다.

"아이고, 고마워서 어째. 일 층까지 옮겨 주고."

흰머리가 군데군데 보이지만 미소 짓는 중년 여인의 얼굴은
젊어 보였다. 내게 말을 건네는 이 중년 여성은 옆집에 사는 이
웃이다.

금이 간 전자레인지를 옮기려던 아주머니와 아파트 공용 복
도에서 마주친 것은 불과 몇 분 전의 일이었다. 아주머니 홀로
무거운 가전제품을 나르시는 걸 보고 사정을 묻자, 「남편이랑
대청소하던 중이었는데, 그이가 그만 허리를 삐끗했지 뭐니」
라고 하셨다. 고민하시던 아주머니는 결국 힘이 남아도는 남자
고등학생인 내게 짐꾼 역할을 부탁하셨다.

"이제 환기팬 청소랑 형광등 교체가 남았다고 하셨죠?"

파카 소매를 말아 올리며 묻자 아주머니가 만류하듯이 손을
뻗으셨다.

"아이고 괜찮아, 괜찮아. 나중에 해도 되니까 신경 쓰지 않아

도 돼. 어디 외출하려던 거 아니었니?"

"아니에요. 제가 해 드릴게요. 아저씨 허리 다 나으시려면 시간이 좀 걸릴지도 모르잖아요."

"그렇긴 하지만……."

"봄 방학이라 시간이 남아돌거든요. 도와드리는 김에 아저씨께 이사 왔다고 인사도 드리고 좋죠."

이내 아주머니는 미안한 듯 눈꼬리를 축 늘어뜨리더니 결국 내 고집에 못 이기시곤 나를 집에 초대하셨다.

이런, 이런, 복도 구석에 먼지가 한가득이네. 바닥의 왁스도 벗겨질 대로 벗겨졌고. 온 김에 집 청소도 해 드려야겠다. 현관에 늘어선 구두들의 광택도 거의 사라졌군. 우리 집에 구두약이 남아 있나. 아저씨가 몸을 움직일 수 있을 정도라면 파트너 스트레칭을 제안해 봐야겠다.

아아, 두근거림이 멈추질 않는다. 흥분한 탓에 내 손바닥에는 땀이 흥건하게 맺혀 있었다.

나는 침을 꿀걱 삼켰다.

자, 그럼 전투 시작이다!

모든 작업이 끝났을 무렵, 어느새 하늘은 붉게 물들어 있었다.

"답례라고 하긴 민망하지만, 이거."

현관 앞에서 선 아주머니가 비닐봉지를 건네셨다. 봉지 안을 들여다보자 신선해 보이는 주황색 당근이 빼곡히 들어 있었다.

"우와, 고맙습니다. 마침 오늘 사려고 했었는데."

"농사 짓는 친척이 보내 준 거야. 생긴 건 이래도 맛있단다."

"고맙습니다. 맞다, 단 거 좋아하세요? 이정도 양이라면 타르트를 만들어도 될 것 같은데. 내일 가져다 드릴게요. 그때 아저씨의 허리 통증에 좋을 만한 방법도 생각해 올게요."

"아니야, 아니야. 학생도 할 일 많을 텐데."

"아니에요, 사양하지 않으셔도 돼요."

"더는 젊은이의 시간을 뺏을 수야 없지. 늙은이의 부탁이니 들어주렴."

아쉽기는 했지만, 인생 선배의 말을 존중하는 것도 후배의 도리니 오늘은 여기까지하기로 했다. 나는 아주머니와 짧게 담소를 나눈 뒤 바로 옆 호실인 우리 집으로 돌아왔다.

「레지던스 오리키타.」

며칠 전, 우리 가족은 이 아파트로 이사를 왔다. 우리가 살게 된 집은 이곳 8층의 809호다.

베란다에서 빨래를 널던 나는 밑을 내려다보았다. 저녁인데도 이삿짐센터의 트럭이 분주히 오가고 있었다.

4월 초, 봄 방학의 끝이 다가오고 있다. 근처 공원에는 꽃잎을 두른 벚꽃 나무의 가지들이 바람에 리듬을 타고 있는 것이 보였다.

나는 곧 고등학교 2학년이 된다. 이사를 했어도 전학은 가지 않아 진급에 대한 불안은 특별히 없었다. 그것보다 더 시급한 걱정거리는 남아 있는 한 이웃에게 인사하는 일이었다.

그 이웃은 옆집 아주머니가 아니다. 아주머니가 엘리베이터 쪽의 808호에 사는 이웃이라면, 아직 인사를 하지 못한 이웃은 반대쪽 복도 가장 구석에 자리한 810호였다.

그 이웃은 생활이 불규칙한지 내가 일어나 있는 시간대에는 대체로 귀가한 적이 없었다. 그 바람에 지금껏 인사할 기회를 놓친 것이다.

원래라면 부모님과 함께 셋이 인사하러 가야 했지만, 두 분의 휴일이 어제까지였기 때문에 오늘은 나만 갈 수밖에 없었다.

오늘은 평소와 달리 점심때부터 생활 소음이 들려오는 걸로 보아 집에 있는 것 같았다. 이때다 싶어 현관문을 열고 나가려던 순간에 때마침 옆집 아주머니와 딱 마주쳤던 것이다.

다시 집에서 나온 나는 오른손에 은색 보냉 팩에 싼 선물이 든 종이 가방을 들고 810호 앞에 섰다.

이런, 긴장되는군. 옆집의 성별도 나이도 몰랐다. 아파트에 살고 있을 정도니 역시 808호처럼 생활에 여유가 있는 중장년층일까.

나는 호흡을 가다듬고 초인종을 눌렀다. 상대가 행여나 불안해할까 봐 모니터 정면에 서서 양손을 앞으로 모은 자세로 종이 가방 끈을 움켜쥐었다. 지금 입고 있는 복장은 파카에 청바지, 즉 평범하기 그지없는 옷차림이다. 그러니 불쾌감을 주지는 않겠지.

『……누구세요?』

모니터 너머로 부드러운 목소리가 흘러나왔다.

여성의 목소리였다.

"며칠 전에 옆집으로 이사 온 사람인데요. 한번 인사라도 드릴까 해서요."

『…….』

아무 말이 없었다. 들리지 않은 게 아니라 어떻게 대응해야 할지 고민하고 있을 것이다.

요즘 세상에 얼굴을 맞대고 인사하는 게 흔한 일은 아니다. 그러나 앞으로 몇 년, 몇십 년간 이웃이라는 관계를 맺게 되니 마땅히 해야 할 일이다.

『……그러시구나. 잠시만요.』

약간의 틈을 두고 차분한 어조로 승낙하는 대답이 돌아왔다.

목소리가 제법 젊었다. 20대 후반…… 아니 초반 정도일까. 그렇다면 남자의 방문에 경계심을 보이는 건 자연스러운 반응이다. 상대가 여성이라면 목소리 톤은 20퍼센트 올리고 스마일은 50퍼센트 더 밝게 해야지.

현관문이 열림과 동시에 무대의 막이 올랐다.

문틈 사이로 나온 뽀얀 손은, 나와는 같은 인간이라 할 수 없을 만큼 가늘고 매끈했다. 태양처럼 반짝이는 눈동자는 보기만 해도 빨려 들어갈 것만 같았다. 불어오는 달콤한 향기는 아로마 방향제 냄새일까 아니면 그녀 본래 체취일까. 마치 화려

한 쇼의 개막을 보는 듯한, 비현실적인 분위기가 감돌았다.

어쩌면, 810호의 현관문은 무대와 객석을 연결하는 가교일지도 모른다.

"많이 기다리셨죠."

그 순간 나는 넉살 좋은 웃음을 보여야 한다는 사실을 까맣게 잊고 말았다.

눈앞에 나타난 미소녀 때문이었다.

정장을 말끔하게 차려입은 커리어 우먼도, 클럽에서 볼 법한 요란한 스타일도 아니었다. 늘씬한 체형, 하얀 니트와 쇼트 데님 팬츠가 무척 잘 어울리는, 싱그러운 10대 소녀가 내 눈앞에 서 있었다.

"미안해요. 옆집에 누가 새로 이사 오신 건 알았는데……. 1층 로비에 오토 로크가 있는 걸 알면서도, 혹시 방문 판매를 하러 오신 건가 해서요. 좀 무례했죠?"

맑은 시냇물이 흐르듯 어깨에서부터 찰랑 떨어지는 소녀의 검은 머리카락은 윤기가 자르르 흘러 아름다웠다. 엷은 색소를 머금은 눈동자는 샴페인처럼 고급스러운 호박색 광채를 뿜어냈다.

"아니에요. 무례하긴요……."

"아아, 그럼 다행이네요."

그녀는 마음속 깊이 안도했음을 내비치려는 듯이 자신의 가슴에 손을 얹었다.

그리고 그대로 한 발 더 가까이 내 앞으로 다가왔다. 경계심을 풀고 곁을 허락한 고양이처럼 사랑스러운 눈빛이었다.

보석같이 반짝이는 눈동자, 온화하고 자신감이 넘쳐흐르는 눈썹, 오똑한 코, 은은한 분홍빛 입술. 이목구비 모두 적당한 크기로 적절한 위치에 자리해 있었다. 그 아름다운 모습은 미술품을 감상하듯 그녀를 품평하게 만들었다. 넋이 나간 나와 눈이 마주친 소녀는 천진한 미소를 지었다.

"괜찮아요?"

방긋, 하고 효과음이 들린 듯했다. 정말 전형적인 완벽한 미소였다.

자연스러운 미소는 여성스러운 청초함과 나이에 걸맞은 순수함을 동시에 품고 있었다. 「스마일은 50퍼센트 더 밝게 해야지」 같은 계산이나 하고 있던 내가 부끄러웠다.

"아, 며, 며칠 전에 809호에 이사 온 마모리 스즈후미예요! 저희 아버지, 어머니도 잘 부탁드립니다!"

머릿속에 미리 생각해 두었던 인사말은 어디론가 증발해 버렸고, 긴장한 나머지 무심코 풀 네임을 읊어 버렸다.

소녀는 그런 내 속마음을 다 들여다본 것처럼 수줍게 웃었다.

"810호에 사는 사사키 유즈키예요. 잘 부탁드려요. 마모리 씨."

보호 본능을 강하게 불러일으키는 그 미소에, 심장이 터질 듯이 뛰었다.

부모님이 집에 계신 것 같지는 않았다. 아무래도 이 집에는 사사키 씨 혼자 사는 모양이었다.

"아, 맞다, 이거 받으세요."

얼굴이 붉어진 것을 느낀 나는 황급히 종이 가방을 내밀었다.

"노시(熨斗)[#1]가 없어서 좀 그렇지만, 가족들이랑 맛있게 드세요."

"와, 고마워요. 과자예요?"

"······아, 그게······ 지고기······예요."

"네?"

종이 가방을 받아 든 사사키 씨의 얼굴이 굳었다.

"······돼지고기예요."

"돼지고기라······."

사사키 씨는 어리둥절한 표정으로 종이 가방 속으로 시선을 떨구었다. 그도 그럴 것이 보통 이런 경우에는 오랜 시간 보관이 가능한 쿠키나 커피 같은 선물을 하는 게 보편적이다. 추정나이 10대 중반의 미소녀에게 생고기를 내밀어 버리다니. 이번에는 다른 이유로 심장이 쿵쾅대고 얼굴이 화끈거렸다.

변명을 하듯 내 입이 제멋대로 움직이기 시작했다.

"아, 그러니까, 저희 부모님이 이자카야를 운영하시는데요. 올해 들어 드디어 장사가 궤도에 오르긴 했지만, 전에 살던 아

#1 노시(熨斗) 답례품, 기념품, 축하선물 등을 건넬 때 포장지 위에 붙이는 6각형 모양의 색종이 장식.

파트가 곧 철거될 예정이라, 점포를 주거용으로 리모델링 하려다가 세 명이 생활하기에는 비좁기도 해서 이참에 이사하게 된 거예요. 마침 요즘 저희 가게에서 브랜드 돼지고기를 가지고 이벤트를 하고 있거든요. 혹시 「플래티넘 포크」라고 아세요? 세 종류의 혈통을 교배해서 얻은 품종인데, 육질이 부드럽고 질기지 않은 유명한 브랜드 돼지고기예요. 지방의 감칠맛이 풍부한데 느끼하지도 않고 뒷맛이 깔끔해서 삼겹살처럼 구울 수도 있고 샤브샤브에 넣어 삶을…… 수도…… 있죠…….”

처음 본 사람에게 무슨 말을 이렇게 주저리주저리 늘어놓는 거지. 나란 놈은.

사사키 씨는 종이 가방을 내려다보며 입을 꾹 닫고 있었다. 내 존재를 잊어버린 듯, 멍하니 내용물을 응시하고 있었다.

이런, 분명 이상한 사람 취급하겠지.

아빠, 엄마, 미안해.

이웃과 사이가 나빠진다면 그건 보나 마나 내 잘못이야.

“생강돼지볶음……”

“엥?”

“고기말이, 주먹밥…… 차슈…….”

사사키 씨는 산타클로스에게 선물이라도 건네받은 아이처럼 눈을 반짝이며 요리 이름을 늘어놓았다.

“사사키 씨?”

“앗! 죄, 죄송해요! 오랜만에 삼겹살 얘기를 들으니, 저도 모르게 그만."

예상을 한참 벗어난 반응에 나도 놀라고 말았다. 이 반응은, 선물이 마음에 들었다는 뜻일까?

"고마워요. 음, 다음에, 꼭 만들어 주세요."

정체 모를 반응을 보이던 사사키 씨가 멋쩍은 미소를 지었다. 사람들 앞에서 혼자 앞서나가다가 망신당하는 그 기분은 잘 안다. 나도 수십 초 전에 같은 경험을 했으니까.

"그, 그럼, 저는 이만……. 앞으로도 잘 부탁드려요……."

"아, 네……."

철컥, 현관문이 닫히는 소리가 작게 들렸다.

어딘가 모르게 미묘한 분위기 속에서 마무리된 첫인사였다.

일단은 반응은 좋은 것 같았다. 다음번에 만날 때도 아까처럼 사사키 씨가 청초한 미소를 보여 주길 빌어야지.

"옆집…… 진짜 귀엽네……."

스타일도 세련됐고 말도 잘 통했다. 무엇보다도 사사키 씨의 그 미소. 천사 같다는, 이런 판에 박힌 미사여구밖에 떠오르지 않을 정도로 보는 사람을 홀려버리는 완전무결한 미소였다. 사사키 씨라면 어린 시절부터 남자들에게 인기가 많았을 것이다. 학생이라면 교내 팬클럽 같은 것도 결성됐겠지.

"음……."

사실 나는 사사키 씨를 본 순간부터 어떤 기시감을 느꼈다.

물론 평범한 고등학생인 내가 저렇게 아름다운 소녀를 알았을 리가 없다. 그러나 첫 대면이었는데도 알 수 없는 강렬한 데자뷔가 뇌리에서 떠나지 않았다.

일단 미션은 완수했고 저녁 찬거리나 사러 가 볼까. 새집으로 이사했지만, 엄마와 아빠는 오늘 못 오신다.

부모님이 운영하시는 이자카야는 아파트에서 차로 20분 정도 거리에 있다.

개인이 운영하는, 이른바 오리지널리티가 있는 이자카야다. 때문에 가게 운영이 안정된 지금도 신메뉴 개발에 힘을 쏟으며 거의 매일 가게 한쪽 구석에 있는 직원 휴게실에서 생활하신다. 이불은 물론 TV나 컴퓨터 같은 가전도 갖춰져 있다. 내가 고등학생이 되고 독립심을 기르게 된 것도, 연일 이어지는 부모님의 외박이 한 몫 거들었다.

3인 가족이지만 결국 1인 가구나 다를 바 없었다.

그럼, 오늘은 뭘 먹어 볼까. 아까 본 사사키 씨의 반응을 떠올리자 문득 돼지고기가 먹고 싶어졌다. 돈테키(豚テキ)#2, 가쿠니(角煮)#3, 아스파라거스 차돌박이말이……. 가끔은 회과육(回鍋肉)#4도 괜찮겠지. 이런저런 메뉴를 떠올리며 지갑을 챙기

#2 돈테키(豚テキ) 돼지고기를 철판에 구운 뒤, 간장 소스를 올려서 먹는 일본식 스테이크.
#3 가쿠니(角煮) 두툼하게 썬 돼지고기를 간장 소스에 푹 삶아 낸 요리.
#4 회과육(回鍋肉) 삶은 돼지고기를 얇게 썰어 양배추, 대파 등 각종 채소와 함께 볶은 사천식 제육볶음.

려고 집 열쇠 구멍에 열쇠를 집어넣었을 때였다.

쿵.

무언가 떨어지는, 아니, 쓰러지는 소리가 옆집에서 들려왔다.

나는 810호 앞으로 다시 돌아가 현관문에 귀를 가져다 댔다.

안에서는 아무 소리도 들리지 않았다. 사사키 씨가 거실에 있다면 이곳, 아파트 공용 복도까지 소리가 새어 나올 리 없다. 그렇다는 건 집 복도에서 무슨 일이 일어났다는 뜻이었다.

"사사키 씨."

현관문을 두드리며 사사키 씨를 불러보았다. 만약 집 복도에 있다면 밖에서 들어오는 소리가 들릴 것이다.

그러나 아무런 대답이 없었다.

나는 문고리를 잡고 돌렸다. 잠겨 있지 않았다.

불길한 예감이 들었다.

"……문 열게요."

여성의 집에 함부로 들어가는 건 용서받을 수 없는 일이지만, 지금은 그런 걸 신경 쓸 때가 아니었다. 별일이 없는지 확인만 하면 된다. 만약 불쾌해한다면 무릎을 꿇고 넙죽 엎드려 사과하든 뭐든 할 생각이었다.

문을 열자 현관에는 젊은 여성이 신을 법한 부츠와 펌프스가 가지런히 놓여 있었다. 부모님의 것으로 보이는 신발은 딱히 눈에 띄지 않았다.

왼편에는 욕실과 화장실이, 오른편에는 방 두 개가 있었다.

목재 마루가 깔린 복도는 거실까지 이어져 있었다. 구석구석 청소했는지 바닥에는 먼지 한 톨 떨어져 있지 않았다.

대신 복도에는 두 개의 물체가 널브러져 있었다.

하나는 방금 사사키 씨에게 건넸던 이사 선물이다. 정육점 이름이 쓰여 있는 하얀 종이 가방에서 보냉 팩으로 감싼 돼지고기가 삐져나와 있었다.

그리고 다른 하나는, 아니 다른 한 사람은—.

"사사키 씨!"

사사키 유즈키 씨가 바닥에 엎어져 있었다.

엎드린 자세라 의식의 유무나 안색을 알 수 없었다. 몸이 위아래로 미세하게 들썩이는 걸 보아 호흡은 있는 듯했지만, 상황에 따라서는 구급차를 불러야 할지도 모른다.

오래전 광경이 플래시백되는 바람에 가벼운 현기증이 났다.

꾸물거릴 때가 아니다. 신발을 아무렇게나 벗어던지고 사사키 씨의 가냘픈 몸을 안아 일으켜 세웠다.

"사사키 씨, 저예요. 마모리예요. 들려요?"

"······으······."

사사키 씨의 입술이 희미하게 떨렸다. 나는 고개를 숙여 사사키 씨의 입 주변에 귀를 가까이 댔다.

무슨 말을 하려는 걸까. 발작을 진정시키는 약의 위치나, 주치의의 연락처를 알려주려는 걸까.

사사키 씨가 양손으로 내 손을 감싸 쥐었다. 무척이나 가늘

었고 차가워서 살아 있는 인간이 맞을까 하는 의심이 들 정도
였다.

"……고……파."

"뭐라고요? 다시 한번 말씀해 주세요."

나는 감각을 곤두세우고 귀에 온 신경을 집중했다.

꼬르르르르르르르르르륵.

그건 예를 들자면, 공기로 만들어진 활시위를 당기는 듯한
소리였다.

그 소리는 사사키 씨의 입이 아닌 배에서 들려왔다.

"배고파."

다잉 메시지 같은 말을 남긴 사사키 씨는 창피함에 얼굴이
새빨갛게 물든 채 정신을 잃은 척했다.

☆　　☆　　☆

"폐를 끼쳐서 죄송하고 부끄럽네요……."

로우 테이블 건너편에 앉은 사사키 씨는 고단백 두부 바를
입 안 가득 욱여넣고 우물우물 씹으며 내게 사과했다.

냉장고에 돼지고기를 넣으며 안을 훑어본 결과, 가장 영양
가가 있을 법한 식품이 두부 바였다. 그 외에는 물과 차, 제로

칼로리 젤리뿐이었다.

사사키 씨의 거실과 부엌은 무척 간소했다. 테이블과 쿠션이 아무렇게나 놓여 있었고 러그 매트도, 커튼도 아주 밋밋했으며 부엌에는 변변한 식기조차 없었다. 즉 사람이 생활하고 있는 공간이라 느껴지지 않았다.

가족이 살고 있다면 좀 더 각자의 취미나 기호가 묻어났을 텐데 말이다.

"저, 혼자 살아요."

그런 내 의문을 알아차린 듯 사사키 씨가 입을 열었다.

"아빠가 여기 집 주인분이랑 아는 사이라서 편의를 봐주셨거든요. 처음에는 함께 상경해서 둘이서 살았는데 올해부터 아빠가 회사 일로 고향으로 다시 내려가셨어요. 지금은 고향에서 엄마랑 같이 사시고요."

이 집은 10대 소녀가 혼자 살기에는 너무 넓었다.

"사사키 씨는 고향에 안 돌아가시고요?"

"네. 안 그래도 아빠가 걱정하셨죠. 하지만 전 이쪽에서 일을 계속하고 싶어서요."

"일?"

사사키 씨는 내 반응을 살피려는 듯이 나를 유심히 쳐다봤다. 잠깐의 틈을 둔 그녀는 「……생명의 은인인데 숨기는 건 예의가 아니겠죠?」 하고 중얼거렸다. 그리고 스마트폰으로 무언가 검색하더니 화면을 내 쪽으로 돌려 보였다.

화면에는 다섯 소녀가 있었다. 화면 속 소녀들은 배꼽을 내민 투피스를 입고 각자 정해진 포즈를 취하고 있었다. 그중 가슴에 손을 얹은 채 가운데에 서 있는 소녀의 미소는 어딘가 낯이 익었다. 이 집에 사는 소녀와 닮았다.

　센터를 맡은 소녀의 밑에는 【아리스 유즈키(15)】라고 쓰여 있었다.

　"아이돌……이에요?"

　"네, 이제 막 시작한 거지만요."

　사사키 씨의 표정은 신인이라고는 믿기지 않을 정도로 여유로워 보였다.

　"어쩐지 저랑 달리 어른스럽다 싶었어요."

　"설마요. 마모리 씨야말로 똑 부러진걸요."

　"그, 그럴 리가요."

　"저야말로 전혀 안 그래요."

　그렇게 나와 사사키 씨의 겸손 시합이 시작되고 말았다. 경험상 이런 경우엔 둘 중 하나가 멈추지 않으면 상대를 계속 불편하게 만들 뿐이었다.

　"……이렇게 된 김에 말 틀까요? 나이도 한 살 차이니까요."

　내 제안에 사사키 씨는 시선을 위로 옮기며 잠시 머뭇거리더니 작게 입을 벌려 대답했다.

　"……그, 러네. 그럼 잘 부탁해 마모리."

　아리스 유즈키. 본명 사사키 유즈키가 부끄러운 듯 손에 쥔 머그잔을 만지작거렸다.

조금 전 스마트폰으로 본 그룹의 이름은 들어본 적이 있었다.

【스팟라이츠】.

1년 전쯤부터 노래와 안무가 SNS에서 조금씩 알려지며 화제가 된 5인조 아이돌 걸 그룹이었다. 그러고 보니 음악 방송이나 예능에서 이 다섯 명을 두어 번 본 것 같았다. 기시감의 정체가 이거였나.

"쓰러질 정도로 식단 조절하는 건, 몸매를 유지하려고?"

"응. 살이 잘 찌는 체질이라 조금만 먹어도 금방 살이 붙거든."

그렇게 말하고 사사키가 자신의 팔을 만졌다. 적당히 근육이 붙은 그녀의 상완근은 탄탄해 보였다.

"그래도 너무 무리하는 거 아니야?"

"체중이 조금이라도 늘면 옷도 다시 맞춰야 하고. 사진이나 영상은 평생 남으니까, 예쁘게 찍히고 싶어서."

남녀를 불문하고 성장기에는 키나 골격이 몰라보게 바뀐다. 그러니 몸무게가 는다고 해서 살이 쪘다고 단정할 순 없을 텐데.

"그래도 너무 마른 거 같아. 마침 돼지고기도 있으니 간단하게나마 음식⋯⋯."

"안 돼. 삼겹살은 지방이랑 칼로리가 장난 아니니까!"

너스레를 떠는 듯한 어조였지만 사사키의 말에는 명확한 거부의 뜻이 담겨 있었다.

"등급이 높은 고기의 지방에는 영양분이 많아서 어느 정도는 기초 대사로 소비되거든."

"그런 문제가 아니야. 방심하다가는 바로 살이 찐다고."

"이거 한정품인데, 진짜 괜찮아?"

"괘, 괜찮아. 두부 바 먹어서 배불러."

뻔한 거짓말이다. 아까부터 틈날 때마다 종이 가방을 슬쩍 슬쩍 쳐다본 걸 내가 모를 거라 생각하나.

"그렇구나. 그럼 이 고기 그냥 다시 가져갈까?"

"……응?"

사사키는 별안간 부모와 떨어진 아이처럼 표정이 시무룩해 졌다.

그런 얼굴을 하면 내가 나쁜 놈이 된 것 같잖아.

먹는 것도 싫고, 뺏기는 것도 싫다는 건가.

그렇다면 나는 사사키가 한순간이라도 즐거워하는 쪽을 선 택하고 싶었다. 식욕이란 인간의 3대 욕구 중 하나이기에 의지 로 해결할 수 있는 차원이 아니다.

"좋아. 내가 만들어 줄게! 실력 발휘 좀 해 볼까!"

나는 오른손 주먹을 꽉 쥐며 일어섰다.

"분명 안 먹는다고 했어!"

더 이상의 문답은 무의미했다. 나는 사사키의 반응을 무시 하고 부엌으로 향했다.

내 확고한 의지를 느낀 걸까. 커다란 외침이 내 등에 꽂혔다.

"난 아이돌 아리스 유즈키야. 기름기 많은 삼겹살 같은 건 절대로 먹으면 안 된다고!"

무슨 말이 하고 싶은지 잘 안다. 그렇다고 냉장고에 있는 식재료를 그대로 내버려둘 수 없는 노릇 아닌가. 이러지도 저러지도 못한다면, 그 고민 내가 해결해 줄 테니까.

게다가―.

누군가가 쓰러지는 모습을 더는 보고 싶지 않았다.

☆　☆　☆

먼저 얇은 「플래티넘 포크」를 칼로 5센티미터 크기로 자르고 끓는 물에 데쳤다. 이러면 불필요한 기름이 제거돼 삼겹살이지만 담백하게 먹을 수 있다.

그리고 달궈진 프라이팬에 집에서 가져온 식용유, 튜브에 담긴 다진 마늘과 생강을 넣었다. 향이 솔솔 올라오기 시작하면, 용기에 담아 집 냉장고에 보관해 두었던, 어슷썰기 한 파를 투하한다. 파의 숨이 살짝 죽으면 방금 삶아 둔 돼지고기를 올리고 간간이 프라이팬을 획획 돌려가며 골고루 섞어 준다.

로우 테이블 쪽을 슬쩍 돌아보니 사사키는 꼿꼿이 앉은 채 힐끔힐끔 이쪽 상황을 살피고 있었다. 강아지풀에 관심을 보이는 길고양이처럼 본능과 경계심 사이에서 갈팡질팡하고 있는 게 보였다. 역시 인간이란 고기와 조미료라는 마법의 조합을 쉽게 거부할 수 없다.

곧 완성이었다. 나는 간장, 미림, 술, 중화 조미료로 만든 특제 소스를 쌓여 있는 고기 위에 골고루 둘렀다. 치이이이 하는 갈채와 동시에 식욕을 자극하는 풍미가 진동했다. 다시 뒤를 돌아보니 조금 전보다 사사키와의 거리가 5센티미터가량 가까워진 듯했다.

주재료 완성. 나머지는 고기와 떼려야 뗄 수 없는 콤비인 흰 쌀밥이다. 물론 지금부터 밥을 지을 수는 없으니 이번만은 즉석 밥을 쓰기로 했다. 전자레인지에 돌린 밥은 검정 그릇 중앙에 돔 모양으로 만들었다. 위에 김을 올리는 걸 잊지 말자. 그리고 마지막으로 프라이팬에 있는 고기를 국자로 퍼 밥 위에 듬뿍 얹고 주변에 입가심용 단무지 두 조각 얹으면…….

"스태미나 부타동 완성."

나무젓가락을 준비하고 뒤를 돌자, 사사키가 황급히 거리를 벌리며 원래 있던 자리로 돌아갔다.

"자, 식기 전에 먹어."

나는 김이 모락모락 피어오르는 부타동을 테이블 위에 올려놓았다.

나를 물끄러미 올려다보던 사사키는 입술을 꽉 깨물었다. 그러고는 흡사 마물에게 붙잡힌 콧대 높은 공주 기사처럼 매섭고 위압적인 눈빛으로 나를 쏘아보았다.

"여러 번 말하게 하지 마. 난 절대로 안 먹을 테니까."

꼬르르르르르르르륵.

배 속의 벌레는 복도에서 들었을 때보다 더욱 노골적으로 본성을 드러냈다. 사사키는 감전된 것처럼 주린 배를 움켜쥐고 부타동을 노려봤다.

그때 내 마음속에 있던 작은 악마가 고개를 들었다.

"봐 봐, 브랜드 고기를 사용한 부타동이야~. 불 맛이 제대로 스며들었다고~."

"참아야 해……."

"고기는 얼마든지 있으니까 말만 해~."

"참자…… 참자."

"마요네즈랑 두반장도 있어서 두 가지 맛을 즐길 수 있는데?"

"안 돼, 참아, 참아……!"

사사키 유즈키라는 소녀에게 존경의 마음이 생겼다.

식욕 왕성한 소녀가 고기에, 흰쌀밥에, 덮밥에 필사적으로 저항하고 있었다. 인류 공통의 즐거움을 봉인당하는 괴로움을 나로서는 상상조차 할 수 없었다.

"이런, 비장의 카드를 써야겠군."

나는 오른손에 몰래 들고 있던 하얀 생명의 근원을 꺼냈다.

"앗!"

그 순간 놀란 사사키가 눈을 크게 떴다.

직경 5센티미터 정도 크기의 이것은 이것 자체만으로는 좀처럼 강력한 힘을 발휘하지 못하지만, 다른 요리와 궁합이 맞으면 그 위력은 수십 배에서 수백 배 이상 증폭됐다.

이것의 정체는 바로 달걀이었다.

나는 우선 나무젓가락으로 부타동 정중앙에 얇은 홈을 팠다. 그리고 달걀을 테이블 모서리에 쳐서 금을 내고 양쪽 엄지손가락을 균열 부위에 살포시 찔러 넣었다.

그때 갑자기 왼쪽에서 내 팔을 붙잡는 힘이 느껴졌다.

"……제발, 그만, 부탁이야……."

내 팔을 붙잡고 말리는 사사키의 눈동자는 어딘가 모르게 촉촉해 보였다.

미안, 사사키.

달걀을 오른손으로 옮긴 나는 포크 볼을 던지는 자세를 취했다.

"안 돼! 그것만은……."

엄지, 검지, 중지 세 손가락을 바깥으로 벌리자 껍질 안쪽에서 노란 악마가 강림했다.

퐁당—.

그 순간, 사사키의 마음속에서 너울대던 거센 파도가 결국 방파제를 무너뜨렸다.

"아~~~앗!"

왼손으로 그릇을 든 사사키는 한 치의 망설임도 없이 나무젓가락을 부타동 안으로 찔러 넣었다.

집어 든 고기와 흰밥 뭉치를 바라보는 그녀의 모습은 생이별을 한 가족의 재회를 연상하게 했다.

"아……아……."

잠시 뒤 그 작은 입에 부타동이 빨려 들어갔다. 입술이 위아래로 부딪치며 우물거리기 시작했다. 이 순간을 곱씹으려는 듯 조용히 음미하고 있었다. 윤기 자르르한 고기의 지방에 엷은 분홍빛 입술이 번들거렸다.

꿀꺽 소리가 들린 그 순간—.

"……하아아아아아아♥♥"

사사키의 입에서 가쿠니에 밀리지 않을 만큼 촉촉함을 머금은 목소리가 터져 나왔다.

"응?"

나는 난데없이 울려 퍼진 달콤한 포효에 당혹스러움을 감추지 못했다.

"더는 못 참겠어……♥"

몸짓과 표정, 사사키의 모든 것이 180도 바뀌었다. 먹는 속도가 갑자기 빨라지더니 달걀과 소스에 흠뻑 젖은 고기와 밥이 서로 앞다투어 사사키의 목구멍을 미끄러져 내려갔다.

"담백하지만 짭조름한 돼지고기를 달걀이 부드럽게 감싸줘서 밥이랑 술술 넘어가 버려……♥ 마늘의 묵직한 펀치감과 생강의 알싸함이 마지막에 최악 올라와서 먹으면 먹을수록 식욕을 자극하잖아……♥"

맛집 탐방 리포터처럼 대사를 늘어놓는 사사키의 눈빛이 완전히 맛이 가버린 것처럼 보였다.

어쩌면 내가 엄청난 괴물을 해방시켜 버린 게 아닐까?

"아삭아삭한 파에 고소한 참기름 풍미가 더해져 어금니가 맞닿을 때마다 깊은 향이 터져 나와…… 노란 달걀, 회색 고기, 흰쌀밥. 이 대비는 두말할 것 없이 오로라 그 자체야. 아아, 그릇 안에서 자연 현상을 관측할 줄이야……♥"

"……."

"두반장의 풍미도 끝내주고♥ 자극적이지 않은 재료들이 서로 착착 감겨서 젓가락질을 멈출 수가 없어♥ ……위장을 방심하게 한 뒤 마요네즈로 다시 한번 산뜻하게♥"

분명 안에 들어간 맛술의 알코올은 다 증발했을 텐데, 내 눈앞에는 취객이 한 명 있었다. 그런 사사키의 모습은 부모님의 이자카야에서 자주 목격했던, 흥이 오른 아저씨들을 떠올리게 했다.

"후후, 단무지 씨, 많이 기다렸지♥ 후반전을 위해 남겨 두었으니까♥ 응, 고막에서부터 울리는 오독오독 소리가 경쾌해! 달지도 짜지도 않아서 무의 식감에 오롯이 집중할 수 있어♥"

두 갈래로 나뉜 나무젓가락 끝에서 돼지고기와 밥이 금방이라도 떨어질 듯 위태롭게 매달려 있었다. 크게 입을 벌린 사사키는 스즈후미 식 스태미나 부타동을 부지런히 입안으로 옮기고 있었다.

와작와작, 사각사각, 냠냠.

후우후우, 우물우물, 꿀꺽.

몽실몽실, 바삭바삭, 오도독오도독.

츄릅츄릅, 냠냠, 쩝쩝.

탁.

"한 그릇 더!"

빈 그릇을 내미는 사사키의 입 주변에 밥풀이 붙어 있었다. 그러거나 말거나 그녀는 내게 두 그릇째 부타동을 요구했다. 단정한 외모를 유지해야 하는 아이돌이, 남의 시선 따위 개의치 않는 순진무구한 어린아이의 눈빛을 보내왔다.

"응, 더 줄게."

"고마워!"

사사키는 귀한 보물이라도 맡듯이 그릇을 양손으로 받아 들었다. 그 모습이 어찌나 경건한지 언뜻 보면 악수회 팬미팅에서 아이돌에게 손을 내미는 팬처럼 보일 정도였다.

나는 안중에도 없는 듯 그녀의 시선은 오로지 부타동에만 꽂혀 있었다. 이 정도로 음식에 집중해 주니 소기의 목적은 달성한 셈이다.

사사키가 날름, 혀로 입술을 핥으며 젓가락을 다시 집어 들었다. 두 그릇째임에도 감동은 여전한 모양이었다.

"자, 그럼 이번에도 잘 먹겠습니다~♥"

사사키는 입 안 가득 부타동을 밀어 넣었다. 양 볼을 한껏 부풀린 그녀는 발을 동동 구르며 희열을 발산했다.

"돼지고기도 밥도 소스도 다 최고야~!"

이렇게 좋아해 주면 음식을 만드는 보람이 생긴다. 이자카야를 운영하는 부모님이 그렇게까지 일을 열심히 하는 이유가 무엇인지 비로소 알 것 같았다.

"마모리, 대단해."

사사키가 별안간 내 이름을 부르자 심장이 쿵 내려앉았다. 내 존재 같은 건 금세 잊었으리라 생각했기 때문이었다.

"먹는 순간 깨달았어. 마모리는 진심으로 날 즐겁게 해 주고 싶구나라고."

예상치도 못한 사사키의 반응에 놀란 나는 요리를 하게 된 계기를 떠올렸다. 그저 다른 사람에게 맛있는 음식을 차려 주고 싶었고 그들이 즐거워하길 바랐다.

지금까지의 인생에서 친구나 지인에게 몇 번이나 음식을 만들어 주곤 했다. 모두 내가 만든 밥과 디저트를 맛있게 먹어 주니 뿌듯했다. 그러나 내 요리가 아닌 요리를 만든 나라는 인간 자체에 주목한 사람은 사사키가 처음이었다.

"……왜 그렇게 생각했어?"

"나도 그 마음 알 거든. 내 일도 사람들을 즐겁게 해 주려고 하는 거니까."

사사키의 말에서는 나를 일부러 칭찬하며 치켜세우는 겉치레가 느껴지지 않았다. 그녀의 얼굴에는 성모 마리아처럼 자애가 흘러넘쳤다.

"시간 들여 재어 놓은 돼지고기나 먹기 편한 크기로 자른 파, 간이 딱 알맞은 단무지. 전부 목으로 넘길 때마다 마모리의 상냥함이 전해졌어."

어째서일까. 아까부터 칭찬하는 사사키의 표정과 몸짓이 점점 더 또렷해져 잠시도 눈을 뗄 수가 없었다.

"몇 번이고 말해 줄게. 마모리, 진짜 대단해!"

사사키의 환한 미소에, 가슴 속 한구석에서 발화된 작은 불씨가 단숨에 번져 나갔다.

심장이 떠들썩하게 뛰었다. 자신의 존재를 주장하듯 몸 중심에서부터 큰 소리로 생명을 부르짖고 있었다.

이거, 꿈인가? 그저 밥을 만들어 줘서 먹어 준 것뿐이잖아.

사사키는 다시 부타동에 집중했다……라기보다는 홀라당 마음을 뺏겨 버렸다. 사사키의 젓가락이 다시 바쁘게 움직였고, 싱글벙글 눈웃음을 지으며 음식을 씹어 삼키는 소리마저 흥겹게 들렸다.

마지막 한 술까지 입에 넣은 사사키는 황홀함에 젖은 목소리로 나직이 중얼거렸다.

"하, 행복해……."

자신이 아이돌이라는 사실조차 망각한 듯 한껏 느슨해진 표정이었다. 뺨은 발그레하고 입은 반쯤 열렸으며 눈은 풀려 있

었다.

행복해.

불현듯 사사키의 입에서 흘러나온 그 한마디가 화살이 되어 내 심장에 콕 박혔다.

마모리 스즈후미, 16살. 곧 고등학교 2학년—.

첫사랑은 현역 아이돌이다.

☆　☆　☆

"아~. 망했다……."

행복의 절정에 올랐다가 빠르게 좌절감을 느꼈는지, 사사키가 테이블 앞에서 머리를 마구 휘저었다.

"으, 이게 다 마모리 때문이야……!"

"일단 칭찬으로 받아들일게."

나는 탁상의 식기를 정리하며 이를 악물고 태연한 척했다. 두근거림을 들키고 싶지 않았기 때문이었다.

토라져 나를 쩨려보는 사사키에게 가까스로 눈을 맞춘 나는 한숨을 내쉬었다.

"무리하지 마. 다른 아이돌도 최소한의 식사 정돈 하지 않나?"

먹는다는 것은 취미나 오락 이전에 살기 위해 필수 불가결한 행위다.

내가 무심코 내뱉은 말에 사사키가 미간을 찡그렸다.

"다른 사람들보다 몇 배는 더 노력해야 하니까."

사사키의 목소리에 다시금 희미하게 힘이 실렸다.

"내 꿈은 아이돌의 정점에 서는 거야. 그곳은 남들의 몇 배, 몇십 배 노력해도 닿을락 말락 한 곳이야. 평범한 노력으론 부족해. 그래서 할 수 있는 건 전부 해 보고 싶어. 타협하고 싶지 않으니까."

스스로 고무시키려는 듯 완강한 어조였다.

"우리 부모님은 아이돌 공연장에 가서 서로를 알게 됐대. 두 분 다 아이돌을 좋아하셨거든. 그래서 집에 DVD가 엄청 많아. 그 덕분에 어린 시절부터 라이브 영상을 보며 자랐지."

사사키의 말이 이어질수록 언어가 내포한 열량이 더욱 높아졌다.

"어린 시절에는 매일매일 지루하게 보냈어. 반 친구들이 푹 빠져 있던 텔레비전 드라마에도, 영상 업로드에도 흥미가 전혀 없었거든. 그래서 방과 후에는 시간이나 때울 겸 집 선반에 빼곡히 꽂혀 있던 아이돌 라이브 DVD 중에 아무거나 적당히 골라서 틀어 놨어. 영상 속 아이돌은 언제나 미소 짓고 있었고 노래와 안무도 완벽했던 게 기억나. 처음에는 그저 심심풀이였는데 어느샌가 푹 빠져 버렸지 뭐야."

아이돌의 매력을 막힘없이 말하는 사사키는 자신의 최애를 침이 마르도록 자랑하는 평범한 팬처럼 보였다. 그녀 자신도 아이돌이면서 아이돌이 좋아서 어찌할 바를 몰라 했다.

"빼어난 외모는 말할 것도 없고. 심금을 울리는 목소리, 노래를 돋보이게 하는 안무, 가사를 표현하는 표정과 몸짓, 대중에게 어필하는 스타성. 전부 아이돌을 빛나게 하는 중요한 요소야. 어느 하나라도 결핍되어서는 안 되는 게 완벽한 아이돌이기에 우리들의 선망의 대상이 되는 거야. 나도 그들처럼 무대에서 빛나고 싶어서 아이돌이 됐어."

사사키는 가슴에 손을 얹고 눈을 감았다. 그녀의 눈꺼풀 너머에는 수많은 아이돌의 잔상이 지나가는 것처럼 느껴졌다.

"아이돌은 일본어로 『우상』이라고 해. 숭배하는 대상이자 동경하는 존재야. 아이돌은 모두가 바라는 이상적인 모습을 실체화한 거야."

사사키가 눈을 떴다. 이내 그녀의 시선이 나를 향했다.

"나는 그런 아이돌이 되고 싶어. 너무 눈부셔서 이성이 흐릿해질 정도로. 반짝반짝 빛나는 아이돌 말이야. 적당히 노력하는 사람이 되고 싶지 않아. 그러니 식욕 같은 거에 질 수 없잖아."

사사키 유즈키는 아이돌인 아리스 유즈키로서 모두의 기대에 부응하려 한다. 나는 그러한 자세에 솔직히 감탄했고 이웃으로서 뒤에서 묵묵히 응원하고 싶어졌다.

"……그래도, 식사는 거르지 마."

내가 무심코 내뱉은 중얼거림을, 사사키는 그냥 흘려보내지 않았다.

"왜?"

사사키의 목소리에 분노는 담겨 있지 않았다. 대신 얼굴에 의아함으로 가득한 표정이 맺혔다.

"⋯⋯당연한 거니까. 내가 초등학생 때 아빠가 영양실조로 입원하신 적이 있어. 흔히 말하는 악덕 회사에서 일하셨거든. 매일 늦은 시간까지 잔업을 하시는 바람에 식사도 제대로 못 하셨던 것 같아."

나중에 들은 바로는 당시 체중이 평균 체중보다 15킬로그램 덜 나갔다고 했다.

"어느 날 아침, 현관에서 갑자기 쓰러지셔서 그대로 응급실로 실려 가셨어. 그때 아빠가 죽을까 봐 나도 제정신이 아니었어."

지금은 신메뉴 개발을 겸해서 식사를 거르지 않고 제때 잘 드시기도 하고, 엄마가 늘 옆에 있으니까 한시름 덜었다. 오히려 최근에 아빠를 보면 살이 좀 붙은 것 같았다.

"그렇다고 살을 찌우라는 건 아니야. 다만 사사키가 1일 3식을 잘 챙겨 먹으면서 아이돌 활동에 전념했으면 해."

"무슨 뜻인지는 알아. 하지만 그건 우선순위의 문제야. 나한테 가장 중요한 일은 이상적인 아이돌로 살아가는 거야. 내게 식사는 최하위라고 봐도 좋아. 밥 먹는 데 시간을 쓰느니 그 시간에 노래나 안무 연습할래."

"그럼 내가 모든 식사는 책임질게. 아침, 점심, 저녁은 기본이고 간식도 준비해 놓을 테니까. 어쨌든 굶어서 살 빼는 건 용납 못 해!"

공치사하려는 것도, 돈을 바라는 것도, 단순히 아이돌과 가까이 지내고 싶은 것도 아니다. 그저 그 무엇도 건강보다 우선시할 수 없다는 지론 때문이었다.

그러나 사사키는 조용히 고개를 내저었다.

"이런 건 고생도 아니야. 내일부터는 영양제로 부족한 부분을 채울 거야."

나는 언제 다시 쓰러질지도 모르는 환자를 두고만 볼 수는 없었다. 만약 역 승강장이나 차들이 쌩쌩 지나다니는 도로에서 의식이라도 잃는 날에는 목숨까지 위태로울 수 있다.

"안 돼. 게다가……."

끈질기게 물고 늘어지는 내게 짜증이 난 걸까, 사사키의 눈빛이 험악해졌다.

"그만, 더 이상 참견하지 말아 줘. 내버려두라니까!"

쳇 하고 시선을 피한 사사키는 빈 그릇을 손으로 밀어 냈다.

이런, 두 그릇이나 먹어 놓고 이제 와서 그게 무슨 말이람.

사사키의 정면에 앉은 나는 그녀의 오목조목한 얼굴을 멍하니 쳐다봤다.

나는 사사키의 팬이 아니다. 그저 이웃으로서 순수하게 걱정해서 하는 소리였다. 더구나 좋아하는 사람이 건강하길 바라는 건 당연한 게 아닌가.

"그렇다면 강제로라도 밀어붙여야겠군! 집 안으로 들여보내 주지 않으면 배달이라도 할 거야. 그건 괜찮지? 하루 세끼, 현관 앞에 놔둘게. 주 7일, 하루도 거르지 않을 거야! 놓을 곳이 없으면 우편함에 넣을 거야! 우편함이 가득 차면 택배로 부칠 테니까!"

중학교 졸업 문집, 『장래, 집요한 시누이가 될 것 같은 랭킹』에서 반 여자애들을 제치고 당당히 1위를 거머쥔 나를 만만히 보면 곤란하다고.

"농담……이 아닌 것 같네, 그 눈빛."

"응, 난 한다면 하는 사람이거든."

나는 마음속으로 투지를 활활 불태우고 있었다. 사사키가 뭐라 하든 물러설 생각은 눈곱만큼도 없었다.

"……그래. 알겠어. 진심이구나, 마모리는."

사사키는 무언가 결심이라도 한 듯 고개를 격하게 끄덕이며 나와의 거리를 좁혔다.

그리고 천천히 오른손을 내밀었다.

아무래도 내 열정이 가닿은 듯했다. 절친이 되고 싶다는 뜻으로 악수를 청하는 걸까.

내가 오른손을 뻗는 순간—.

"그럼……."

사사키는 내 오른손을 바짝 끌어당기더니 자신의 양손으로 감싸 쥐었다.

이 모습은 마치 악수회 팬 미팅을 방불케 했다.

"스즈후미를 내 팬으로 만들 거야!"

아무도 당해 낼 자 없다는 싱그러운 미소로 무장한 아이돌이 바로 내 눈앞에 있었다.

"응?"

복도에서 일으켜 세웠을 때만 해도 도자기처럼 하얗고 차가웠던 사사키의 손은 어느새 온기로 가득했다.

분출된 그녀의 들끓는 감정이 손바닥을 통해 내 마음속으로 흘러 들어왔다.

"그—러—니—까. 스즈후미를 내 팬으로 만들겠다고."

"……뜬금없이 이게 무슨 전개야."

왜 호칭을 바꾼 걸까. 물론 좋은지 싫은지 물어본다면 두말할 것 없이 좋은 쪽이지만—.

"혹시 스즈후미는《팬》의 어원이 뭔지 알아?"

사사키는 나를 테스트하듯 입꼬리를 올리며 의기양양한 표정을 지었다.

"음,《즐겁다》의《FUN》아니야?"

"땡—. 문제의 답은《열광적인 사람, 광신도》를 의미하는《Fanatic》입니다."

내가 한 말이 오답이었음에도, 손가락을 좌우로 까딱까딱 흔드는 사사키의 모습은 즐거워 보였다.

"아이돌을 응원하는 방식은 자유. 음악을 듣는 것도, 라이브나 팬 미팅에 가는 것도, 사진집을 사는 것도 오케이. 하지만 팬이라면 절대 그 이상의 선을 넘으면 안 돼. 우상과 실상의 경계선을 철저히 지키고 룰 안에서만 즐겨야 진정한 팬이야.”

무슨 말을 하고 싶은 건지 몰라 나는 고개를 갸우뚱거렸다.

“팬이 최애의 건강을 신경 쓰며 손수 요리를 만들어 주는 건 선을 넘는 거라고. 좀 더 직설적으로 얘기하자면 오지랖이야. 지금의 스즈후미는 《이웃》이지 《팬》이 아니야. 지금처럼 평범한 이웃이라면 대등한 관계니 이것저것 챙겨 주려 하겠지만, 만약 너를 《열광적인 팬》으로 만든다면 내 부탁을 군말 없이 들어줘야 해.”

그렇구나. 순수한 형태로 아이돌을 열광적으로 사랑하는 팬이라면 아이돌의 사생활에 개입하려 하지 않는다. 아이돌의 입장을 고려해 적절한 거리를 유지하는 것이 모범적인 팬의 모습이라는 뜻이었다. 만약 멋대로 간섭하려 한다면 그건 팬이 아닌 스토커다.

빈틈없는 논리였다.

그러나 사사키가 한 가지 간과한 부분이 있었다. 그건 내가 아이돌인 아리스 유즈키가 아닌 이웃인 사사키 유즈키에게 사랑의 감정이 싹텄다는 사실이었다.

“……그럼 난 **유즈키**를 위해 매일 밥을 만들어 줄게.”

나는 내 손을 움켜쥔 사사키의 손을 천천히 떼어 내며 자리에서 일어났다. 그리고 눈앞에 있는 아이돌의 성이 아닌 이름을 불렀다. 마치 친근한 지인을 대하듯 말이다.

네가 나를 팬으로 만들 생각이면, 나는 너를 내 음식에 빠지게 만들 거야.

수명을 깎아가면서까지 완벽한 아이돌이 되겠다니, 그건 절대 용납할 수 없다.

"내 음식에 빠져서 내 음식 없이는 살아갈 수 없도록 만들어 주겠어!"

나는 고집불통 라멘 가게 장인처럼 팔짱을 끼고 의미심장한 미소를 지었다.

"……한번 해보자는 거구나?"

내 선전포고를 들은 사사키의 등 뒤로 투지의 화염이 활활 일기 시작했다.

"한창 성장할 시기인 소녀가 과도한 다이어트를 하는 걸 보고만 있을 수 없지. 내가 만든 음식으로 유즈키의 자존심을 확 꺾겠어. 조만간 나한테 부타동을 만들어 달라고 조르는 날이 오게 할 거야!"

사사키가…… 아니 유즈키가 자리에서 일어서더니 내가 보였던 위악적인 웃음을 똑같이 지으며 응수했다.

"소용없어. 물론 오늘 부타동은 진짜 대만족이었어. 반대로 말하면 그 덕분에 식욕을 가득 채웠으니 이제 두 번 다시 내 의지를 꺾는 일은 없을 거야!"

"그러면 또 음식을 가지고 와도 된다는 말이지?"

"응?"

나는 잠깐의 빈틈을 놓치지 않고 재빨리 허점을 파고들었다.

"의지를 꺾는 일은 없을 거라며? 혹시 아이돌로서의 유즈키
가 지닌 숭고한 신념이 음식 따위에 무너질 수도 있다, 뭐 그런
거야?"

"그, 그럴 리가!"

"벌써 마음이 약해졌나 보군. 애써 무리하지 마."

"무슨 소리야! 언제든 환영이거든!"

좋아, 걸려들었어.

"흥, 스즈후미야말로 자신 있어? 인기 아이돌한테 휘둘릴 텐
데? 평정심을 유지할 수 있겠냐고."

유즈키는 나를 손가락으로 가리키며 콧방귀를 끼었다.

"바라던 바야. 아이돌의 유혹 따위 무섭지 않지."

우리는 서로를 노려봤다.

"난 스즈후미를 내 팬으로 만들 거야!"
"난 유즈키를 내 음식에 빠지게 할 거야!"

이것은 틀림없는 진검승부다.

승자는 한 사람. 패자는 자신의 신념을 내려놓고 상대에게
마음을 바쳐야 한다는 뜻이다.

시합 개시를 알리는 공이 울렸다.

이렇게 여자 아이돌과 남자 고등학생의 심장과 위장을 건 전쟁의 서막이 올랐다.

ROUND.2 「스즈후미도 빨리 잊어버려」

　그 후로 몇 년 하고도 몇 개월이 흘렀다.

　나는 대학생이 되었고 순풍에 돛을 단 배처럼 평온한 캠퍼스 생활을 즐기고 있었다.

　오늘은 내 20번째 생일이다. 학교 친구들로부터 한잔하러 가자는 메시지가 끊임없이 왔지만, 선약이 있다는 말로 전부 거절해 두었다.

　이미 테이블 위에는 요리가 빼곡히 채워져 있었다. 옆에 있는 화이트 스파클링 와인은 유즈키가 친하게 지내는 수입 식자재 전문점에서 얻어 온 것이다.

　"맛이 깔끔해서 부담 없이 마실 수 있대."

　유즈키는 수줍어하며 글라스에 와인을 따라 주었다.

　그렇다. 나와 유즈키는 연인이 되었다.

　몇 년 전 봄 방학 때, 유즈키와의 첫 만남에서 나는 이렇게 선언했다.

　—유즈키를 내 음식에 빠지게 할 거야. 내 음식 없이는 살아갈 수 없게 만들 거야!

　그리고 나는 그 임무를 훌륭하게 완수했다.

드디어 내 인생 첫 와인을 맛보는 순간이었다. 부담 없이 마실 수 있다니 목 넘김이 부드럽다. 약간의 쓴맛이 입안에 감돌아 주스 같기도 했다.

"실은 고급 레스토랑에 데려가고 싶었는데 사람들 시선도 있고 해서."

슬쩍 옆으로 고개를 돌리자 유즈키가 반짝이는 눈동자로 나를 응시했다.

"있잖아, 스즈후미."

눈동자뿐만이 아니다. 유즈키의 촉촉한 입술에 나는 금방이라도 빨려 들어갈 것만 같았다.

"……뽀뽀할래?"

"가, 갑자기 왜……."

"싫어?"

"싫은 건 아닌데……."

사귀고는 있지만 우리는 여태껏 플라토닉 한 관계를 유지해 왔다. 그런데 내가 20살이 된 기념이라 그런지, 오늘따라 유즈키가 유난히 적극적이었다.

"그럼 스즈후미가 먼저 하든가?"

눈을 지그시 감은 유즈키가 턱을 치켜들며 입술 가운데를 검지로 툭툭 두드렸다.

하얗고 보드라운 피부, 오뚝한 콧대, 연분홍 입술. 내 음식을 먹어온 유즈키는 건강하게 성장해 더욱 매력 넘치는 여성이 되었다.

살짝 만진 유즈키의 뺨은 차가우면서도 따뜻한 듯했다. 그러나 뺨 안쪽에서부터 올라오는 온기가 분명히 느껴졌다.

내 입술과 연분홍 입술 사이의 거리가 조금씩 좁혀졌다.

10센티미터. 5센티미터. 4센티미터.

스즈후미, 아침이야, 일어나~.

3센티미터. 2센티미터.

누군가 나를 부르고 있다.

1센티미터…….

잠에서 깨 보니 내 방 침대 위였다.

잠옷 차림으로 누워 있던 나는 서서히 눈을 떴다.

여전히 졸음에서 벗어나지 못한 나는 뇌를 깨우며 꿈에서 주연을 맡았던 미소녀를 떠올렸다.

5인조 아이돌 그룹【스팟라이츠】.

팀의 절대적 에이스인 아리스 유즈키, 15살.

니가타현 니가타시 출신. 신장 154센티미터. 혈액형은 A형.

이미지 컬러는 노랑. 좋아하는 음식은 갈레트[#5]와 크레이프.

#5 갈레트 메밀가루 반죽을 팬 위에 얇게 펴 발라 구운 뒤 그 위에 기호에 따라 달걀, 햄, 치즈, 각종 과일 등 다양한 재료를 얹어 오븐에 다시 굽는 프랑스의 대표적인 음식.

12살에 【스팟라이츠】의 최연소 멤버로 데뷔. 뛰어난 음악적 센스와 타고난 아이돌로서의 자질, 여기에 부단한 노력으로 서서히 두각을 나타내며 현재는 그룹의 에이스로 존재감을 드러내고 있다.

작년에 발매한, 누구나 따라 하기 쉬운 춤으로 구성된 곡이 SNS에서 화제가 되며 주목을 받았다. 그 이후에는 음악 방송은 물론 버라이어티나 드라마에도 출연……

위키피디아에 들어가 보니 프로필과 경력이 자세히 게재되어 있다.

「아리스」라는 고급스러운 성을 쓰고 있지만 예명이다.

원래 성은 사사키이다. 어디에나 있을 법한 흔하디흔한 성.

그 흔한 이름을 쓰는 소녀가 내 이웃이다.

어제인지 오늘인지 모르지만 그런 간절한 소원을 담은 꿈을 꿈 줄이야. 그만큼 유즈키와의 만남은 인상에 깊게 각인된 것 같다.

"……"

가슴에 손을 갖다 대자 두근두근하고 심장이 펄떡거렸다.

『스즈후미~. 아침이야~. 일어나라니까~!』

"알겠어요, 일어났다고……요?"

어째서인지 귀여운 목소리가 들려왔다.

『야, 오늘 데이트하는 날이잖아. 빨리 일어나란 말이야!』

그런 약속을 했었나. 음, 그런 것 같기도 하고.

『그냥 집 데이트하자고? 그럼 나도 옆에 누운다?』

그것도 좋지. 이불의 온기가 아닌 다른 온기를 느끼고 싶다. 근데 슬슬 세탁기를 돌려야 하는데.

『……빨리 안 일어나면 뽀뽀해 버릴 거야!』

좋아, 그럼 계속 누워 있을래.

……추임새를 넣을 수 있을 정도로 머리가 맑아지자 머리맡의 스마트폰을 집어 점등된 화면을 들여다 봤다.

『자~. 빨리 일어나라고~! 혼자서 텔레비전 보는 것도 지겹단 말이야~!』

소녀의 목소리는 스마트폰에서 흘러나왔다.

알람 소리를 누군가 바꿨다. 보나 마나 범인은 이 목소리의 주인공이다.

─스즈후미를 내 팬으로 만들 거야!

어제, 유즈키는 내 손을 다정하게 감싸 쥐며 이렇게 선언했다.

팬은 일정 거리를 지킨다.

팬은 최애의 사생활에 개입하지 않는다.

팬은 최애를 위해 음식을 만들어 주지 않는다.

아이돌 굿즈의 하나인, 보이스 알람. 이것도 나를 《팬》으로 만들기 위한 작전의 일종인 건가. 지난 밤, 선전포고 직후 우린 이런 이야기를 나누었다.

"스즈후미, 우리 번호 교환하자."

"응, 근데…… 어플 사용법을 잘 몰라서."

"이리 줘 봐, 내가 해 줄게."

"고마워. 난 세탁기 돌리러 갈 테니까. 자, 여기."

"응~."

자리에서 일어서기 직전, 유즈키의 얼굴에서 음흉한 미소를 본 것 같기도 하다. 연락처를 등록하면서 슬쩍 보이스 알람을 깔아 놓은 게 분명하다.

역시, 유즈키는 진심이다. 그렇다면 나도 전력을 다해 널 내 음식에 빠지게 만들겠어.

보이스 알람을 반복해서 들은 게 벌써 다섯 번이었다.

☆　☆　☆

아이돌에게는 봄 방학 같은 건 없다. 그래서 유즈키가 집에 머무는 시간은 그때그때 달랐다.

아침 일찍 집을 나서는 날도 있고 밤늦게 귀가하는 날도 있었다. 활동과 별개로 노래나 춤 레슨, 회의도 있으니 스케줄은 늘 분 단위로 짜여 있다고 한다.

그렇기에 영양 섭취는 제때제때 해야 한다. 몸은 재산이니 평소 건강 관리가 중요하다.

저녁 7시를 넘었을 무렵, 810호의 현관문이 열리는 소리가 들렸다. 아이돌님의 귀가다. 나는 적당한 타이밍에 음식을 들고 가 초인종을 눌렀다.

잠시 뒤, 모니터 너머에서, 「……진짜 왔네」라는 목소리가 들려왔다.

그렇게 말하면서도 유즈키는 아무런 저항 없이 문을 열어주었다.

"저녁 식사 가져왔어, 유즈키."

나는 일부러 밝은 목소리를 가장했다.

"……필요 없다고 분명히 말했을 텐데."

유즈키가 목소리 톤을 내리깔았다. 막 목욕을 끝낸 참일까, 검은 긴 머리칼은 덜 마른 상태로 묶여 있었고 뺨은 한층 불그스름했다. 하얀 티셔츠에 돌핀 바지. 편한 옷차림이었다. 매끈한 다리에 시선이 뺏길 것만 같아 나는 황급히 눈을 돌렸다.

"너무 딱딱하게 굴지 마. 이거 봐 봐, 일부러 오카모치에 담아 왔다고."

오카모치란 오래전부터 중화요리 음식점에서 배달을 나갈 때 사용했던, 네모난 은색 상자다. 전 주인이 놓고 간 물건인데, 가게 창고에서 굴러다니는 것을 빌려 온 것이다.

"흥, 똑같은 수법에 안 넘어가. 운동도 이제 막 끝났어."

일을 마치고 집에 돌아오자마자 운동이라니. 매일 혹독한 스케줄을 소화하고 돌아오면 한시라도 빨리 쉬고 싶을 텐데.

"매일 아침저녁 스쿼트 50회, 복근 롤러 30회, 쉐이프업 트레이닝 3세트. 그리고 마무리는 이거."

후후후 하고 웃으며 득의양양하게 꺼내 든 것은 손바닥보다 훨씬 큰 셰이커였다.

"단백질 드링크. 효율적인 단백질 섭취까지, 완벽하지 않아?"

굳은 의지가 전해졌다. 내가 들이닥칠 것을 알고 정면 승부를 보려는 꿍꿍이인 듯싶었다.

"……설마 그게 저녁 식사야?"

내가 떨떠름한 표정을 짓자 유즈키는 자신의 배를 감추듯이 감쌌다.

"……이거면 어제 먹었던 부타동은 무효야. 똑같은 실수를 할 순 없지."

뺨이 발그레 달아오른 유즈키는 베일 듯한 날카로운 눈빛으로 나를 쏘아보았다. 오늘 저녁 식사를 걸러 어젯밤 섭취한 칼로리를 상쇄하려는 심산일까.

유즈키는 셰이커 뚜껑을 열고 단백질 드링크를 단숨에 들이켰다. 마치 목욕을 끝내고 나와 행복에 겨운 표정으로 맥주를 목구멍으로 넘기는 중년 아저씨처럼 허리에 손을 얹은 채 말이다.

"캬~! 잘 먹었습니다! 이제 저녁은 다 먹었으니 스즈후미도 그만 집에 가 봐."

유즈키가 휘이휘이 손을 내저으며 나를 쫓아내는 듯한 자세를 취했다.

눈앞에서 불균형한 식사를 목격한 이상 나는 이대로 물러날 수 없었다.

나는 오카모치의 전면 뚜껑을 열어 안에 든 음식을 공개했다. 미리 윗단과 아랫단을 나누는 판을 제거해 속이 훤히 보이도록 해 둔 상태였다.

"이걸 보고도 과연 똑같은 말을 할 수 있으려나……?"

타원형 그릇의 가장자리에 띠처럼 둘러놓은 화이트소스.

그 안쪽에는 호수 위에 떠 있는 환상의 대륙처럼 자신의 존재를 뽐내는 미트 소스가 있었다.

홍백의 소스 아래에 자리한 샤프란 라이스가 금은보화처럼 황금빛을 내뿜었다.

"오늘의 메뉴는 밀라노풍 도리아."

"우왓!"

유즈키는 뒷걸음질 치며 위장 부근을 손으로 눌렀다.

지금껏 비싼 요리를 수없이 먹어 온 인기 아이돌이라 해도 밀라노풍 도리아의 매력을 모를 리 없다.

국민적 사랑을 받는 이탈리아 레스토랑의 간판 메뉴이자 부동의 인기 상품. 중고등학생들이 접근하기 쉬운 가격대도 밀라노풍 도리아의 인기를 지탱하는 요인이다.

"이것 봐, 소스도 전부 손수 만든 거야. 농후하고 부드러운 화이트소스와 소 넓적다리 살을 아끼지 않고 넣어 만든 미트소스의 조합이 어떤지 궁금하지 않아?"

"안 먹을 거거든!"

유즈키가 밀라노풍 도리아의 자태가 망막에 비치지 않도록 양손을 앞으로 내밀며 눈앞을 가렸다. 그녀의 커다란 눈이 꾹 감겨 있었다.

훗, 시야에 안 들어온다고 참을 수 있을 것 같아?

어설퍼, 어린 소녀여.

나는 왼손에 숨겨 놓았던, 과금 아이템을 꺼내 들었다.

아이템의 정체는 작은 케이스에 들어 있는 유제품. 나는 얇은 직사각형 모양의 그것을 툭툭 표면에 흩뿌렸다.

"이 냄새는…… 설마, 치즈?"

나는 히죽 웃었다.

"부엌 좀 쓸게."

"아, 안 돼!"

성큼성큼 걸어가 부엌까지 입성하려는 나를, 유즈키가 양손을 벌려 저지했다. 그러나 나는 결승선 테이프를 끊듯이 그녀를 통과하곤 집 안으로 들어갔다.

어제에 이어 멋대로 여성의 집에 발을 들였다. 당연히 마음은 편치 않았다. 그렇다 해도 이건 피할 수 없는 진검 승부다. 유즈키를 음식에 빠지게 해야 한다는 숭고한 과업을 달성하기 위해선 예의 바르게 상대의 의사를 일일이 물어볼 순 없는 노릇이다. 이렇게 된 이상, 할 수 있는 건 모두 해 볼 생각이었다.

부엌에 자리한 냉장고 위에서 토스터 발견한 나는 그릇을 넣고 레버를 돌렸다. 상단의 열선이 빨갛게 달아오르더니 치즈가 지글거리며 녹진하게 녹기 시작했다.

"아…… 아아……."

냄새에 이끌린 유즈키가 터덜터덜 부엌 쪽으로 다가왔다. 나는 그녀의 손을 잡아 로우 테이블 앞 쿠션 위에 털썩 앉혔다.

땡 소리가 울리고 토스터의 문을 개방하자 냄새가 단숨에 퍼져 나갔다. 나도 모르게 침을 꿀꺽 삼켰다.

테이블에 냄비 받침을 먼저 깔고 뜨겁게 달궈진 그릇을 날랐다. 유즈키는 최후의 방어선을 지키려는지 다시 한번 눈을 질끈 감았다.

"자, 이제 눈을 뜨고 직접 확인해 봐."

귓가에 나지막하게 속삭이자 유즈키는 놀라 몸을 움츠렸다. 그리고 서서히 눈꺼풀을 들어 올렸다.

"아……."

보글보글 거품이 이는 홍백 소스. 무대 위에서 춤을 추는 듯한, 알맞게 익은 치즈들. 옅은 갈색의 우아한 자태와 마주한다면 먹지 않고는 못 배긴다.

밀라노풍 도리아는 잘 굽기만 하면 완성되는 요리다.

요리란 미각을 넘어 오감으로 즐기는 콘텐츠다.

나는 도리아에 살며시 숟가락을 꽂았다. 그러자 바삭하는 경쾌한 소리가 고막을 가볍게 두드렸다. 내용물을 들어 올린 은색 숟가락을 유즈키의 손에 쥐어 줬다.

"자, 아—. 해 봐."

"시, 싫어……."

유즈키는 손을 쭉 뻗어 필사적으로 숟가락을 밀어 내려 했다. 그러나 숟가락을 놓지 않은 시점에 이미 몸은 굴복한 것이다.

"식으면 치즈가 딱딱해져서 풍미가 떨어질 거야. 뜨거울 때 먹어야 도리아의 진정한 매력을 느낄 수 있어."

"됐다고……."

"그럼 왜 입을 쭉 내밀고 있는 거야? 봐, 지금도 후후 불려는 입 모양이잖아."

"내가 언제……!"

민망함에 유즈키의 양쪽 귀가 미트 소스처럼 빨개졌다.

"그 마음 알아. 김이 모락모락 올라오는 요리 앞에서는 몸이 먼저 반응하니까. 그러니까 유즈키의 입은 도리아를 원한다는 거고."

"……그건."

"건강 관리는 중요해. 이건 식사가 아니야. 그래, 일종의 바디 케어랄까. 목욕하고 나서 하는 마스크 팩이나 스트레칭 같은 거 말이야."

"그, 그런가……. 하지만……."

유즈키의 목소리가 중심을 잃고 흔들리고 있었다. 거의 다 됐으니 좀 더 밀어붙여야지. 나는 최후의 일격을 날렸다.

"특별히 치즈를 듬뿍 뿌렸으니까."

"~~~~읏♥"

숟가락을 쥔 유즈키의 손에 힘이 들어갔다.

유즈키는 후후, 불어 도리아의 표면을 식히곤 숟가락을 미각의 샘으로 밀어 넣었다.

입에 들어간 순간, 공허했던 유즈키의 눈동자가 갑자기 반짝이기 시작했다.

"우유처럼 부드럽고 뒷맛이 깔끔한 화이트소스, 산미를 머금은 토마토, 감칠맛이 농축된 소고기, 이들을 조화롭게 묶어주는 샤프란 라이스……. 그중 제일은, 열을 가하면 존재감이 폭발하는 치즈……♥"

동공이 확장된 유즈키가 숟가락을 움직여 한 입 더 떠 먹었다.

"입안에서 맛, 소리, 냄새가 차례차례 퍼지는 게 꼭 뮤지컬의 한 장면 같아……♥"

엔터테인먼트 관점에서 도리아의 매력을 해설하는 유즈키의 모습은 역시 현역 아이돌다웠다.

테이블 한쪽 끝에 두 종류의 과금 아이템을 올려놓자마자 유즈키가 이를 순식간에 낚아챘다.

하나는 치즈 가루였다. 소스에 사르르 녹아든 천연치즈 위에 유즈키가 눈꽃 치즈를 흩뿌렸다.

다른 하나는 칠리 페퍼 소스. 유즈키가 작은 병을 톡톡 털 때마다 빨간 소스가 캔버스를 수놓았다.

"치즈 가루가 묵직하고 짭짤한 미트 소스를 상냥하게 보듬어 주고 있어♥ 시간차를 두고 한 번 더 뿌렸더니 진득함과 푹신함이 뒤섞여 여러 가지 식감을 느낄 수 있어서 행복해♥ 칠리 페퍼 소스가 순한 도리아의 풍미를 꽉 붙들어 맨다니, 이건 평생 먹어도 질릴 수 없는 맛이야~♥"

어제도 생각한 거지만, 식사 중의 유즈키는 수다쟁이가 되는 것 같다. 평소 식욕을 억누르고 있던 반동일까. 아이돌보다 맛집 탐방하는 리포터에 더 재능이 있는 걸지도 모른다.

"샤프란 라이스는 뭔가 독특해. 『포만감』이랄까. 토스터에서 열 찜질을 하고 나와서인지 바삭바삭해♥"

황홀함에 빠진 유즈키가 볼에 손을 대고 눈을 가늘게 떴다.

아차, 넋 놓고 있는 바람에 곁들임 요리를 깜박했다.

"팝콘새우도 있는데 먹을래?"

"먹을래!"

묻기 무섭게 답이 돌아왔다. 유즈키가 입을 크게 벌리고 와작와작 과자를 씹듯이 팝콘새우를 음미했다.

"부드러워서 입에 넣자마자 사라져, 포크가 멈추질 않아♥ 달달한 오로라 소스#6와 궁합이 환상이야……♥ 근데 이 오렌

#6 오로라 소스 마요네즈와 케첩을 배합한 소스.

지색 소스는 뭐야?"

"선물 받은 당근으로 만든 건데, 내가 개발한 당근 소스야. 설탕, 소금, 올리브 오일로 맛을 냈어. 식감이 좋아서, 씹는 맛이 있는 소스라고나 할까."

"음~. 아삭아삭 씹히는 게 재미있어. 이 소스에도 푹 빠져 버릴 것 같아♥"

산처럼 쌓아 놓은 팝콘새우가 눈 깜짝할 사이에 줄어들었다. 왠지 반려동물에게 먹이를 주는 기분이었다.

"⋯⋯그건 그렇고, 그렇게 뚫어지게 쳐다보면 부담스럽거든⋯⋯."

"천하무적 아이돌님께서 남자의 시선 따위가 신경 쓰여? 아니면, 내 앞에서는 더 이상 아이돌로 있을 수 없는 거야?"

"그, 그럴 리가! 계속 쳐다보던가!"

유즈키는 포크에서 숟가락으로 바꿔 쥐더니 순간 눈을 번뜩였다.

"자, 오늘 만나 볼 음식은 밀라노풍 도리아입니다. 그럼 바로 먹어 보도록 하겠습니다."

맛집 탐방 리포트 출격이다. 내 시선을 카메라로 삼은 유즈키가 나를 바라보며 숟가락을 들었다. 그녀는 음식을 우물거리면서도 사랑스러운 미소는 한결같이 유지하고 있었다. 지금까지는 순조로웠다.

그러나 입안에 소스와 샤프란 라이스의 향이 퍼지는 순간 유즈키의 표정이 한순간에 무너지는 게 보였다. 그녀의 눈가와 입가가 비탕(秘湯)[7] 온천에 몸을 내맡긴 순간처럼 축 늘어지기 시작했다.

"역시 안 되겠어～. 자꾸 음식에 의식이 빨려 들어가～♥"

나는 아이돌 아리스 유즈키를 잘 몰랐다. 물론 텔레비전이나 인터넷에서 지나가듯 몇 번 본 적은 있지만, 딱히 관심이 있지도 않았으니 지금까지 아이돌과는 전혀 접점이 없는 삶을 살아온 거나 마찬가지였다.

지금 내 머릿속은 사사키 유즈키에 대한 생각으로 가득 차 있다고 단언할 수 있었다.

"잘 먹었습니다아!"

왜냐하면 빈 그릇을 볼 때마다 형용할 수 없는 행복을 맛보고 있기 때문이다.

☆　☆　☆

"아아아…… 또 저질러 버렸네……."

유즈키가 테이블에 머리를 쿵쿵 박았다. 이 광경을 보는 것도 2일 연속이다.

"내일은 진짜 문 안 열어 줄 거야!"

#7 비탕(秘湯) 산속 깊은 곳에 숨어 있는 작은 온천.

"이상하네?『언제든 환영』이라고 말한 게 누구였더라—."

유즈키는 내 비아냥거리는 말투에 말문이 막힌 듯 입을 꾹 닫았다.

"아리스 유즈키는 늘 완벽해야 하는데……."

나는 힘없이 고개를 축 늘어뜨린 유즈키에게 물었다.

"왜 그렇게 완벽에 집착하는 거야? 유즈키의 노력을 부정하려는 건 아니지만, 가끔 휴식도 필요한 법이잖아. 여기는 무대 위도 아니고, 카메라가 돌고 있는 것도 아닌데."

"무대 위에서 빈틈을 보이면 안 되는 건 말할 것도 없고. 진정한 아이돌이라면 눈을 뜨는 순간부터 아이돌 모드여야 해. 긴장을 늦추면 그만큼 라이벌과 격차도 벌어지니까."

"그건 너무……."

차마 터무니없다고 말할 수 없었다. 지금 유즈키는 이웃인 나에게도, 아이돌로서 팬에게도 전력을 다하고 있다. 유즈키는 집에서조차 아이돌의 생활을 하고 있었다.

"다들 자신의 분야에서 더 높은 곳을 향해 나아가거나, 동아리 활동이나 공부에 전념하거나, 하며 열심히 살아가. 하지만 아무리 자신을 위해서라지만 인간은 늘 앞만 보고 달려 나갈 수는 없잖아. 그때, 모두를 지탱해 주는 존재가 아이돌이야. 아이돌은, 그들의 마음속에 있는 응원단이니까."

"응원단이라……."

일, 공부, 인간관계, 심지어는 시간 감각조차 잊어버릴 정도로 순수하게 사랑을 느낄 수 있는 대상이 있다면, 틀림없이 큰 위안을 얻을지도 모른다.

"……그래도 난, 유즈키가 걱정이야. 뭐든 정도 것이라는 말이 있잖아."

"힘들지 않아. 난 내 역할을 다하기 위해 완벽해지려고 하는 것뿐이니까. 그러니까 스즈후미에게도 질 수 없어."

어느샌가 유즈키가 내 오른손을 꽉 쥐었다.

그 순간 주변 공기가 일변했다.

"오늘, 음식 만들어 줘서 고마워."

뭉게구름을 떠올리게 하는 포근한 목소리. 구름 사이로 비쳐드는 햇살처럼 눈부신 미소. 손에서 전해지는 온기—.

내 눈앞에 아리스 유즈키가 다가왔다.

불시에 일어난 신체 접촉에 가슴이 세차게 두근거리기 시작했다.

"히힛, 부끄럽나 봐? 귀여워."

거듭 말하지만 나는 아리스 유즈키의 팬이 아니다.

그러나 이런 불의의 습격은 곤란했다. 긴장으로 손바닥에 땀이 배어 올라왔다. 황급히 뿌리치려 했지만 유즈키의 양손에 꽉 붙들리고 말았다.

"스즈후미가 내 팬이 되겠다고 하면 놔줄게."

하얗고 가느다란 유즈키의 열 손가락이 내 오른손을 감싸고 있었다. 악수회 팬 미팅은 아이돌 업계에선 기본 중의 기본이지만, 애당초 소녀와 악수를 하는 행위 자체는 나 같은 일반인들에게는 일탈 행위나 마찬가지였다.

"스즈후미, 이제 그만했으면 해. 이웃집 요리사라는 번거로운 역할 말이야."

유즈키의 손에 힘이 들어갔다. 가련한 입술에서 속삭이는 달콤한 유혹이 내 마음을 서서히 침식해 왔다.

지금 당장 내 손으로 유즈키의 손을 움켜쥐고 싶었다.

그러나 그렇게 한다면 나는 두 번 다시 유즈키와 이웃이라는 관계를 유지할 수 없을 것이다.

"그럼 나는 유즈키의 응원단을 할게!"

나는 왼손으로 테이블 위에 있던 유리잔을 쥐곤 유즈키의 손등에 가져다 댔다.

"앗, 차가!"

순간 유즈키의 악력이 약해졌다. 나는 그 틈을 타 살며시 오른손을 빼내고 유즈키의 비어 있는 손에 유리잔을 쥐여 주었다. 그 안에는 손수 만든 레모네이드가 들어 있었다.

나는 최대한 평정심을 유지하며 삐죽 입술을 내민 유즈키에게 말했다.

"디저트로 당근 타르트도 한번 먹어 봐!"

"스즈후미는 정말 고집불통이네."

유즈키는 불만 가득한 표정을 지으면서도 빨대로 쪽쪽, 레모네이드를 빨아들였다.

ROUND.3 「어디가? 응? 어디 말이야?」

어느 날, 갑작스레 집 현관 앞에서 쓰러진 아빠가 그대로 병원으로 이송되셨다. 원인은 과로와 영양실조였다.

당시에는 어찌할 바를 몰랐다. 아빠는 내가 학교에서 돌아올 때까지 매일 텔레비전 앞에서 멍하니 시간을 보내곤 하셨다.

엄마가 풀타임 근무를 하셨기에 가세가 기울지는 않았지만, 문제는 식생활이었다.

아빠와 둘이서 저녁을 먹게 되면서부터 우리는 미리 사다 놓은 반찬으로 늘 적당히 때우곤 했다. 부자간의 대화는 조금도 없었다. 이런 생활을 계속 이어 나갔기에 아빠의 건강 상태가 좋아질 리가 만무했다.

결국 나는 인터넷 영상을 뒤져가며 무작정 따라 해 보면서 요리를 시작했다. 처음에 도전한 음식은 달걀프라이였다. 알맞게 익히는 데만 달걀 4개를 희생했다. 카레도 도전했다. 분명 겉 포장지에 쓰여 있는 대로 만들었는데, 루는 어째서인지 묽었고 채소는 익지도 않았다.

그러나 아빠는 내가 실패한 음식을 아무 불평 없이 드셨다. 매일, 매일, 매일—.

아빠의 휴직 기간이 끝나갈 무렵, 나는 식생활을 개선해 아빠의 인생에 작은 즐거움을 주고 싶었다.

나는 혼신의 힘을 쏟아 요리를 만들었다. 매일 습관처럼 하는 식사와는 별개로 용돈을 쪼개 산 식자재로 몇 번이고 연습한 메뉴였다.

그날도 늘 그랬듯 아빠가 아무 말 없이 내 요리를 입속으로 옮기는 순간이었다. 아빠의 눈이 휘둥그레지더니 이내 젓가락을 고쳐 잡고 그릇에 들어갈 기세로 허겁지겁 드시기 시작했다.

마지막 한 입을 목구멍으로 넘긴 아빠가 이렇게 말씀하셨다.

"이야, 이거 진짜 맛있네."

아빠의 상기된 목소리를 들은 것은 실로 수년 만의 일이었다.

그날 식탁 위에는 쌀 한 톨도 남아 있지 않은, 부타동 빈 그릇만이 덩그러니 놓여 있었다.

복직 직후, 아빠는 회사를 그만두셨다. 그럼에도 집에 머무는 시간은 오히려 줄어들었다.

얼마 뒤 오랜만에 세 식구가 식탁에 둘러앉아 함께 저녁을 먹을 때였다. 아빠의 입에서 예상치도 못한 발언이 튀어나왔다.

"이번에 지인의 이자카야를 인수하기로 했어."

어디를 그렇게 가나 했더니, 가게에 나가 공부하며 요식업 관련 자격증을 딴 모양이었다.

나는 아빠에게 물었다. 어째서 요리의 『요』자도 모르는 남자가 요식업에 흥미를 가지게 됐는지 말이다.

"스즈후미의 요리를 먹으니, 문득 나도 내가 만든 음식을 누군가가 맛있게 먹어 줬으면 좋겠다는 생각이 들었어."

아빠는 내 머리를 쓰다듬으며 미소를 지었다.

음식을 먹는 행위는 인간을 행복하게 만드는 확실한 방법이다.

그렇기에 나는 유즈키를 가만히 내버려둘 수 없었다.

☆　☆　☆

봄 방학의 끝자락 무렵, 집에서 빈둥거리던 나를 각성시킨 건 초인종 소리였다.

"네ㅡ. 누구세요?"

나는 잠옷 차림으로 눈을 비비며 현관으로 향했다. 택배 기사인가.

가끔 아빠는 집으로 대량의 식자재를 주문하시곤 했다. 「좋은 거니까 너도 한번 먹어 봐!」라고 쓰여 있는 편지와 함께, 때로는 브랜드 고기, 어쩔 때는 유기농 채소, 가끔은 한정판 디저트가 배달되었다.

고맙지만 항상 혼자서 도저히 감당할 수 없는 양을 보내와서 문제였다. 족히 10인분에 달하니 다 소비하는 데 이만저만 힘든 게 아니었다.

나는 샌들을 신고 문을 열었다.

"안녕, 스즈후미."

현관 앞에 서 있는 사람은 810호에 사는 사사키 유즈키였다.

"벌써 8시야. 여태까지 자고 있었어?"

이 이웃은, 마치 수업 중에 졸고 있는 학생을 나무라는 교사의 눈빛으로 나를 쳐다봤다.

"……안녕, 유즈키."

설마 보이스 알람만으로는 부족해서 직접 날 깨우러 온 건가.

입고 있는 복장은 셔츠에 쇼트 팬츠. 그 아래로 보이는 늘씬한 다리에 눈이 부셨다.

"전 한참 전에 일어나 있었습니다."

"뭐야, 그 AI 같은 대답은?"

그야 평일이라면 일찍 일어나 이미 아침 식사를 끝낸 시간이겠지만, 아직 방학 중이었다. 그러니 딱히 혼날 이유가 없다.

"벌써 일 나가는 거야? 스타는 다르구나."

"오늘은 오히려 여유 있는 편이야. 그보다 이거."

유즈키가 내게 책 한 권을 내밀었다. 표지에는 침대에 엎드려 있는 미소녀가 있었다.

"오늘 발매하는 내 첫 사진집. 스즈후미한테 주려고."

표지 속 유즈키는 요염한 표정을 지은 채 이쪽을 응시하고 있었다. 실제로 같은 침대에서 자고 일어난 기분이 들어 심장이 두근댔다. 어느새 잠은 어디론가 달아나 버린 상태였다.

"예약 판매 단계에서 이미 중쇄가 들어갔거든. 아마 서점에서도 쉽게 못 구할걸?"

띠지에는 「쇼핑, 디너, 해수욕…… 【스팟라이츠】부동의 센터, 아리스 유즈키의 바캉스 밀착!」이라고 쓰여 있었다.

"앗, 벌써 시간이 이렇게 됐네."

유즈키가 사진집을 내 품에 밀어 넣더니 내 귓가에 대고 속삭였다.

"……마음껏 즐겨?"

귀가 간지러워 나도 모르게 뒤로 주춤했다. 무적의 미소를 지은 유즈키가 살랑살랑 손을 앞뒤로 휘저으며 엘리베이터 쪽으로 걸어갔다.

나는 한쪽 귀를 손으로 막은 채 현관에 서서 유즈키를 배웅했다.

……즐기라니? 아, 방학을 즐기라는 거겠지!

그렇게라도 생각하지 않으면, 떨림이 멈출 것 같지 않았다.

☆　☆　☆

오전에 빨래와 청소를 마치고 장까지 본 나는 세탁소에 맡긴 교복을 찾아왔다. 오후에는 남은 짐을 푸는 김에 재해 대비용 비상식량을 새것으로 교체했다. 그 후에는 녹화해 둔 방송을 시청하거나 베란다에 마련한 텃밭을 손보거나 했다.

보통 해가 지기 시작하면 모든 일과가 끝났다.

"……."

방으로 돌아온 나는 침대에 정자세로 앉았다. 손에는 오늘 아침에 막 건네받은 따끈따끈한 사진집이 들려 있었다.

사진집이란 쉽게 말해 「아름다움」을 집대성한 책이다. 즉, 그쪽 세계에 본격적으로 발을 들인다는 의미였다. 나를 팬으로 만들려는 유즈키의 일격임이 확실했다.

내가 할 수 있는 최선책은 사진집을 펼치지 않고 그대로 봉인하는 것이다. 그러나 그건 유즈키의 성의를 무시하는 행위였다. 실은 너무 펼쳐 보고 싶다. 미치도록 예쁘겠지.

나는 심호흡하며 마음의 준비를 한 뒤 표지를 넘겼다.

가장 처음 눈에 들어온 사진은 공원으로 보이는 장소에서 한가로이 산책하는 유즈키였다. 하얀 티셔츠에 스웨이드 팬츠. 스포티 하면서도 캐주얼 한 분위기가 물씬 풍겼다.

페이지를 넘길 때마다, 멜빵바지, 메이드복, 우아한 드레스 등 다양한 스타일을 입은 유즈키를 볼 수 있었다.

사진집의 중간 페이지 정도에 다다랐을 때, 배경이 해변으로 바뀌었다. 유즈키는 티셔츠 밑단을 허리춤에 묶고 배꼽을 드러내고 있었다. 셔츠가 타이트해 가슴 윤곽이 더욱 도드라져 보였다.

—마음껏 즐겨?

그 순간 유즈키가 귓가에 속삭였던 말이 머릿속에서 재생되어 머리가 어질어질해졌다.

괜한 의미 부여할 필요는 없다. 사진집은 결국 미술관에 전

시된 그림과 다르지 않으니 그저 매너를 지키며 차분히 관람하면 된다. 게다가 예술적 조예를 높이려는 것일 뿐 다른 목적은 일절 없다. 침착해, 침착해.

나는 거칠어진 호흡을 가다듬으며 페이지를 넘겼다.

"……윽!"

다음 장에는 수영복을 입은 유즈키가 있었다.

쾌청한 하늘, 에메랄드그린 바다에도 결코 밀리지 않는 푸르디푸른 청색 수영복을 입은 소녀. 레이스를 늘어뜨린, 두 개의 삼각형 천 중앙에는, 여성의 상징인 가슴골이 선명하게 보였다. 작지도, 크지도 않은 적당한 사이즈. 팬츠 부분은 파레오(Pareo)[8] 스타일이라 세련미는 물론 여름 분위기까지 효과적으로 연출되어 있었다.

아슬아슬한 유즈키의 비키니 차림이 보였다. 아아, 안 돼. 더는ㅡ.

나는 사진집을 덮고 책상 하단 책꽂이에 꽂았다. 그리고 황급히 부엌으로 이동해 냉장고에서 차가운 녹차를 단숨에 들이켰다. 머리에 띵한 찬 기운이 감돌고서야 번뇌를 물리칠 수 있었다.

아마도 유즈키는 이런 나의 반응을 미리 내다보고 사진집을 준 것임이 분명했다. 떨쳐 내려 발버둥질할수록 상대에 대한

#8 파레오(Pareo) 한 장의 천을 허리 부위에 빙 둘러 착용하는 타히티의 전통 의상.

생각은 더욱 깊어지는 법이다. 그 이상 페이지를 넘기는 건 위험했다.

"다녀왔습니다~."

옆집에서 귀가를 알리는 목소리와 함께 현관문이 열리고 닫히는 소리가 들렸다.

좋아. 공세를 전환할 저녁 식사를 준비하자.

오늘 저녁 메뉴는 야키소바다.

우선 채소 손질부터 시작했다. 양배추는 큼지막하게, 당근은 얇은 직사각형으로 썰었다. 콩나물과 양파 그리고 버섯 종류를 넣기도 하지만, 채소가 너무 많으면 맛이 중구난방이 될 우려가 있으니 고기 이외의 재료는 두 종류로 제한했다.

채소 손질이 끝나면 달궈진 프라이팬에 라드를 올렸다. 일반 식용유도 좋지만 라드를 쓰면 더욱 고소해진다. 적당한 크기의 돼지고기와 손질한 채소를 함께 볶다가 삶아 놓은 중화면을 투입했다.

골고루 잘 볶은 뒤 전용 소스를 휙 둘러 섞어 주고, 여기에 굴 소스를 가미해 더욱 깊은 감칠맛을 더해 주었다. 그리고 표면이 살짝 바삭해질 때까지 강한 불로 한 번 더 볶아 줬다. 나머지는 먹기 직전에 파래 가루, 가쓰오부시, 튀김 부스러기를 뿌려주면 완성이다. 마지막으로 초생강도 듬뿍 올렸다.

조리 시간은 채 30분이 걸리지 않았지만, 그사이 잡념에서 벗어날 수 있었다.

이미 수영복 차림의 유즈키는 기억의 저편으로 사라졌다.
보통 사이즈의 가슴도, 사랑스러운 배꼽도, 섹시한 S라인도 탄
력 있는 엉덩이도, 조금도 뇌리에 남아 있지 않았다.

나는 베란다 문이 열리는 소리가 들리자 인사를 대신해 환
풍기를 틀었다. 불 향 그윽한 소스 냄새를 한번 버텨 보시지.

아까는 속수무책으로 계략에 걸려들었지만, 이제는 내 차례
다. 오늘 밤 푸짐하게 준비한 야키소바로 너를 만족시켜 줄게.

이때까지 나는 이런 한가한 생각이나 하고 있었다.

그리고 수십 분 후, 나는 남자로서 하나의 선을 넘게 되었다.

☆　☆　☆

나는 여느 때처럼 오카모치를 들고 옆집 초인종을 눌렀다.

오늘의 작전은 이렇다. 우선 다짜고짜 김이 풀풀 피어오르
는 야키소바를 꺼낸다. 전날 밀라노풍 도리아 공개 때처럼 눈
앞에서 파래 가루나 튀김 부스러기를 뿌리는 퍼포먼스를 시연
한다. 여기서 굴복하지 않는 것을 대비해 바로 후속타를 날릴
준비를 했다.

야키소바 이외에 마련한 것은 흰쌀밥. 물론 야키소바를 반
찬으로 흰쌀밥을 먹으라는 건 아니다. 둘 다 맛있긴 하지만 진
짜 목적은 「야키소바 볶음밥」이었다.

야키소바 볶음밥은 잘게 썬 야키소바에 밥을 볶는, 고베에

서 시작된 B급 먹거리다. 다만 야키소바의 맛과 차별화를 꾀하기 위해 생선가루를 뿌릴 생각이었다.

완벽한 계획이다. 입가심용 시금치나물도 오카모치 하단에 넣어 두었다.

잠시 후 현관문이 열렸다. 유즈키의 손에 단백질 드링크가 들려 있지 않았다. 다시 말해 가드를 내린 거나 마찬가지였다.

"저녁 가져왔어. 오늘은 야키소바야. 빨리 먹어 봐."

싱글벙글 웃으며 음식을 가져온 나를 보더니 유즈키는 한숨을 푹 내쉬었다.

자, 저항해 봐. 난 이미 갖가지 시뮬레이션을 끝냈으니까.

그러나 유즈키의 입에서 예상치도 못한 말이 나왔다.

"응, 들어와."

"어?"

지금, 「들어와」라고 말한 건가? 그 유즈키가, 아무런 저항도 없이 날 집에 들이려 한다니.

이게 무슨 상황이지. 어제, 그저께는 내가 요리를 내민 순간, 얼굴을 찡그리며 필사적으로 거부했다. 그런데 오늘은 순순히 내 말에 따르는 것이 아닌가.

나는 고개를 갸웃거리며 유즈키의 안내를 받아 부엌에 입성했다. 오카모치에서 야키소바를 담은 은색 접시를 꺼내자 유즈키는 어딘가 복잡한 표정을 지으며 침을 꿀꺽 삼켰다. 뭐, 어때. 나는 내 임무만 수행하면 그만이지. 나는 로우 테이블에서

야키소바에 각종 토핑을 얹고 유즈키에게 손짓을 보냈다.

"이번에는 쫄깃쫄깃한 식감을 살리려고 두꺼운 면을 골랐어. 채소도 크게 썰어서 아삭아삭 씹힐 거야."

"……어제, 그동안 내가 왜 무너졌는지 생각해 봤거든."

유즈키가 단호하게 접시를 내 쪽으로 밀어 냈다.

"부타동도 밀라노풍 도리아도 집에서 쉽게 해 먹을 수 있는 음식이 아니고, 사실 제대로 먹으려면 가게가 아니고선 힘들잖아. 난 그 희소성에 넘어갔던 거야."

"아아."

"하지만 오늘 야키소바는 달라. 전에 가져온 두 음식과 비교해서 누구나 집에서 손쉽게 만들 수 있고, 야외 페스티벌의 포장마차든, 출장 요리든, 먹을 기회가 많아. 그러니까 꼭 지금이 아니더라도 먹을 수 있는 음식이란 거지!"

그렇게 말하며 나를 거침없이 검지로 가리키는 유즈키는 마치 추리를 끝내고 범인을 지목하는 명탐정 같았다.

역시, 희소성이 낮은 야키소바에는 넘어가지 않을 자신이 있다는 거군. 그래서 순순히 날 집으로 들인 거고.

음, 아무리 생각해도 이 아이돌님은 빈틈이 너무 많다.

"근데 이 중화면 말이야, 부모님 가게에서 가져온 거거든. 제면소에서 납품받은 면인데, 비싼 건 둘째 치고 아마 시중에서 사 먹기 힘들 걸?"

"……어?"

유즈키의 낯빛이 어두워졌다.

"갈아 내는 방법도 그렇고 원산지를 철저히 따져서 밀가루 네 종류를 브랜드화 했다더라고.『쫄깃하고 바삭한 식감, 두 마리 토끼를 잡은 진정한 신의 면발』이라는 광고 문구도 붙였을 정도니까, 뭐."

"시, 신의 면발……."

단호했던 유즈키의 목소리가 급격히 자신감을 잃어 갔다. 그러나 그녀는 고뇌를 떨쳐 내고자 격하게 고개를 좌우로 흔들었다.

"신이 뭐 어쨌다고! 언젠가 먹을 기회 있겠지!"

"아쉽지만, 이 제면소 후계자가 없어 여름에 폐업 예정이래."

그래서 아빠는 지금까지 진 신세를 갚는 차원에서 최근 수개월 동안 대량 발주를 넣어 왔다. 가게에서도 야키소바는 어엿한 식사 종류로, 나름 잘 팔린다고 한다.

"됐고! 오늘은 절대로 지지 않을 거야!"

논리적으로 저항하기는 불가능이라 깨달았는지 유즈키는 기합과 근성이라는 최후의 카드로 꺼내 들었다.

"야키소바는 설탕 덩어리야! 이런 다이어트의 적을 입에 넣을 생각은 추호도 없으니까! 갈색 면도, 불 향 가득한 소스도, 푸짐한 고기도, 싱싱한 채소도, 테이블 위의 토핑도 날 유혹하기에는 한참 부족하다고!"

"……그래?"

"확실히 굵은 면발은 탄력도 있고, 밀 향도 진하고 소스도, 잘 스며드니까 야키소바 면으로 제격이긴 해! 저기, 혹시 그 제면소에서 저당질 면도 팔까?!"

"아니, 아마 없을 걸……."

"혹시나 해서! 근데 면 말고도 주변 채소도 큼지막해서 볼륨감 있네, 정말 내 스타일이긴 해! 아니, 그냥 그렇다고!"

설마, 겨우 수십 초 만에 백기를 든 건가?

잠시만. 날 집에 들였을 때 보였던 굳건한 의지는 어디 간 거야.

사실, 이렇게 짧은 시간 안에 마음이 바뀐 이유는, 제면소의 오리지널 면 때문만이 아니다. 유즈키는 아까 전부터 불 향이 베인 소스 냄새를 줄곧 흡입하고 있었다. 야키소바의 그윽한 불 향을 맡고도 평정심을 유지하는 사람은 거의 없으리라.

나는 야키소바가 담긴 접시를 유즈키 쪽으로 슬쩍 밀었다.

유즈키는 그것을 다시 내 쪽으로 밀쳐 냈다.

내가 재차 밀어 냈더니 이번에는 접시가 돌아오지 않았다.

좋아, 지금이다.

"자자, 따끈할 때 먹어야지? 그럼, 양손을 모으시고~!"

"아, 아……."

"잘 먹겠습니다! 해야지."

"잘 먹겠습……니다."

훗, 오늘도 승리. 싱겁군.

유즈키는 잠시 머뭇거리더니 조금씩 야키소바를 입속으로 옮겼다.

천천히 씹는 그녀의 표정이 서서히 밝아지기 시작했다.

"……쫄깃쫄깃해……♥"

바로 한 입 더. 젓가락으로 거침없이 집어 올린 유즈키는 야키소바를 한 번에 후루룩 빨아들였다.

"면이 겉바속촉인데 진한 소스까지 묻으니 최고야♥ 이게 바로 신의 면발이구나……♥ 돼지고기는 야들야들하고 채소는 아삭아삭해서 식감 밸런스가 딱 좋아."

"그치? 야키소바는 내 필살기거든."

"채소가 촉촉하네? 볶을 때 라드 썼어?"

"후훗, 예리하네."

"그래서 진짜 철판구이 가게 맛이 나는 거구나♥"

나도 한 입. 음, 딱 좋군. 채소도 면도 알맞게 익었어. 맛의 깊이는 나무랄 데가 없다.

아무튼 유즈키에게 밥을 먹여 기쁠 따름이다.

전적은 오늘까지 순조롭게 3전 3승. 완전히 굴복시키는 날이 머지않았다.

"그건 그렇고, 스즈후미가 그렇게 좋아할 줄은 몰랐어."

츄릅, 면을 빨아들이며 유즈키가 불쑥 중얼거렸다.

"갑자기 무슨 소리야?"

유즈키는 입꼬리를 올린 후, 양손을 교차하더니 셔츠 밑단을 움켜쥐었다.

"저기, 유즈키?"

그 자세는 보통 탈의실에서 하는 동작 아닌가.

곧이어 유즈키의 투명한 피부가 밖으로 드러났다. 잘록한 허리, 귀여운 세로 배꼽. 적당히 솟은 가슴을 지탱하는, 레이스가 달린 푸른색 천—.

유즈키는 셔츠 안에 수영복을 입고 있었다.

"뭐, 뭐야!"

조금 전, 사진집에서 봤던 광경이 난데없이 눈앞에 펼쳐졌다.

바다. 수영복. 해변. 등대. 해수욕. 여행. 야키소바. 바닷가 근처의 집. 음식—.

머릿속에서 여러 가지 단어가 정신없이 교차하더니 문득 한 가지 가설이 떠올랐다.

"설마!"

나는 유즈키의 집 거실 선반에 있는, 증정본으로 보이는 몇 권의 사진집 중에서 한 권을 꺼내 덮었던 페이지부터 다시 보기 시작했다.

"아⋯⋯!"

유즈키가, 바닷가 근처에 있는 집에서 야키소바를 먹고 있었다.

"말도 안 돼!"

난 의도한 적이 없는데 사진집을 재현해 버린 건가? 그 많은 요리 중에서 하필이면 야키소바를 골랐다고?

아니다. 어쩌면 바다나 수영복 같은 한여름의 풍경을 봤으니 무의식중에 영향을 끼쳤을지도 모른다. 그러나 내가 야키소바를 만들어 올 줄 몰랐다면 유즈키도 수영복을 입는 발상을 하지 않았을 터이다.

"아까 베란다에 나갔더니 맛있는 소스 냄새가 났거든. 분명 사진집을 보고 야키소바가 먹고 싶어졌을 거라 확신했어."

그렇다. 이곳에 오기 전 잽으로 환풍기를 돌린 건 나였다.

그 시점의 나는 방금 그 페이지까지 보지 않은 상태였다. 그러나 유즈키의 입장에서는 그렇게 여길 수밖에 없다. 냄새로 선제공격을 할 생각이었지만 반대로 카운터펀치를 맞아 버렸다니. 유즈키는 야키소바 공격을 역이용해 수영복 차림으로 역습할 계획이었던 것이다.

"어때? 사진집과 비교해서?"

유즈키가 야키소바를 옆으로 치우고 싱긋 웃으며 내게 시선을 던졌다.

"아니, 저, 그게……"

양손을 무릎에 얹으니 자연스럽게 가슴을 모으는 자세가 되면서 유즈키의 가슴골이 더욱 강조되었다.

"사진은 뚫어지게 봐 놓고 시치미 뚝 떼는 거 봐."

후후훗, 효과음이 들릴 정도로 유즈키는 도발적인 미소를 지었다.

제발 그런 눈으로 보지 말아 줘, 민망하니까. 아, 도저히 표정 관리가 안 된다.

"그래서 어땠냐니까?"

나는 어떻게 해서든 적당한 말을 선별해 내려고 했다.

"……건강미가 넘쳤다고 할까."

"어디가? 응? 어디 말이야?"

유즈키는 테이블 쪽으로 몸을 바싹 붙이며 다가와 내게 집요하게 물어 왔다. 이 말은 곧 두 개의 언덕이 가까이 밀착해 왔다는 것이다. 거기 말이야! 바보야!

정면 승부로는 도무지 유즈키를 이길 가망이 없었다. 서둘러 식사를 끝내고 집으로 도망가야겠다.

내가 모르쇠로 일관하자 유즈키는 무표정한 얼굴로 내 손을 잡고 일어났다.

"잠깐 이리 따라와 봐."

여느 때와 달리 강경한 태도였다. 나는 거절할 틈도 없이 복도로 끌려갔다.

날 데리고 간 곳은 복도 구석에 있는, 침실로 보이는 방이었다.

방 안에는 침대에서 커튼까지 화이트 톤으로 통일되어 신비스러운 분위기가 감돌았다.

유즈키는 내 등 뒤에서 대뜸 쇼트 팬츠를 벗었다. 그러나 푸른색 천에 가려진 아담한 엉덩이가 모습을 드러냈다. 사진집과는 달리 파레오는 두르지 않았기에 엉덩이의 형태가 뚜렷이 보였다.

방 한구석에 놓인 침대에 옆으로 드러눕더니 오른손으로 머리를 받쳤다. 흡사 열반상(涅槃像)을 떠올리게 했지만, 유즈키가 그런 포즈를 취하니 그야말로 청순한 광고 모델 그 자체였다.

"사진집에서는 이런 장면도 있었는데, 봤어? 설마 쑥스러워서 끝까지 못 봤어?"

누워 있는 유즈키는 내 쪽으로 농염한 눈빛을 쏘아 댔다. 침구와 수영복이라는 어울리지 않는 조합이 내 본능을 더욱더 부채질했다.

"……어때? 막 두근거려?"

기분 탓일까, 숨소리가 섞인 유즈키의 목소리가 섹시하게 들렸다.

쭉 뻗은 손발, 청초한 피부, 탄력 넘치는 복근.

내가 만든 요리가 저 배 속에 있다.

상상만으로도 심장이 두근거린다.

내 시선을 느꼈겠지.

유즈키가 자신의 배를 쓰다듬으며 이렇게 말했다.

"만져 볼래?"

머리끝부터 발끝까지 가느다란 뱀이 더듬고 지나가는 느낌이 들어 머리가 쭈뼛 섰다.

거절해야 해. 아니, 애초에 아이돌로서 선을 넘는 행위는 하지 않을 거야.

"……그, 그래도 돼?"

그러나 이성이 마비된 내 입은 허락을 구하고 있었다.

"응, 만져 봐."

유즈키는 몸을 일으켜 세우더니 침대 가장자리에 인어공주 자세로 앉았다.

침대 앞에 무릎을 꿇자 시야에 유즈키의 배와 허벅지가 들어왔다.

가늘게 떨리는 오른손으로 천천히 유즈키의 배를 쓰다듬었다.

"흐음."

머리 위쪽에서 작은 신음이 들려왔다.

"우와……."

대체 뭐지, 이 감각은. 뽀얗고 투명한 피부에 손가락이 빨려 들어가는 느낌이었다. 손끝으로 전해지는 체온이, 전기 신호로 바뀌어 뇌 내를 정신없이 가로질렀다. 유즈키의 배에 닿은 손가락이 금방이라도 녹아 버릴 것만 같았다.

"후훗, 배를 드러내는 의상이 있어서 열심히 운동했거든. 확인해 봐."

유즈키가 내 손을 잡더니 그대로 자신의 배로 가져가 댔다. 나는 반사적으로 그녀의 손을 뿌리치려 했지만, 강한 힘에 눌려 피할 수 없었다.

"자, 잠깐만!"

"어때?"

손바닥을 통해 전해진 강렬한 감각이 서서히 내 사고를 잠식해 갔다. 잠들어 있던 본능이 되살아나 이성이 통제 불능 상태가 될 것 같았다. 여기서 멈추지 않으면 하반신이 빳빳하게 경직될지도 모른다.

"사진집 카메라 앵글을 재현해 볼까. 침대에 누워서."

나는 유즈키의 손에 이끌려 침대 위로 올라갔고 결국 우리는 침대에 나란히 눕게 되었다. 유즈키가 오른쪽, 나는 왼쪽. 연인이 꼭 붙어 잘 때와 같은 밀착감에 심장이 방망이질하기 시작했다.

"손 이리 줘 봐."

재차 오른손이 유즈키의 배에 닿았다. 긴장을 늦추면 바로 이성의 끈은 끊어지고 말 거다.

"히히, 쑥스러워 하는 거 봐. 귀여워~."

자칫 입술이 닿을지도 모를 거리였다. 유즈키의 입김이 간지러웠다. 아무리 날 팬으로 만들려 해도 이건 좀 지나쳤다.

그래도 나는 이 유혹을 거부할 수는 없었다. 간지러운 걸까, 내 손이 꿈틀거릴 때마다 유즈키는 몸을 꼬며 신음을 뱉어 냈다. 나는 그 소리가 좀 더 듣고 싶어서 유즈키의 배를 만지작거렸다. 시트가 쓸리는 소리. 촉촉해지는 눈동자. 점점 가빠지는 호흡―.

유즈키의 배는 매끈하면서도 단단했다. 이정도의 근육을 단

런하기 위해 얼마나 많은 시간과 노력을 했을까.

나도 본받아서 헬스라도 시작해 볼까. AB 슬라이드는 어디서 팔려나. 「……저기.」 우와, 복근 장난 아니네. 예술품이라 칭해도 부족함이 없을 정도였다. 「……스, 스즈후미.」 난 초보자니까, 역시 프로 강사 영상부터 봐야겠지. 「이제 그만……」 이왕 하는 김에 단백질 드링크도 찾아봐야겠다. 「스즈후미, 거기는, 앗.」 집에 가면 사진집을 정독해야지. 「야!」

시선을 위로 올리자 유즈키의 불그레한 뺨이 보였다.

나는 불현듯 내 손을 내려다봤다. 내 오른손은 유즈키의 배꼽보다 살짝 아랫부분에 닿아 있었다.

"이제 그만해……."

"미, 미안……."

민망함에 유즈키의 목소리는 금방이라도 사그라질 듯 작았다.

"……."

"……."

주변에 어색한 공기가 떠다녔다.

"그, 그만 가 볼게!"

"으, 응! 내일 봐!"

나는 그릇을 정리하는 것조차 까맣게 잊은 채 유즈키의 집을 서둘러 나섰다.

스스즈후미가 자신의 집으로 돌아간 직후의 일이었다.

나는 침대에서 뒹굴며 몸부림을 쳤다.

너무 오버 했어!

내 머리가 어떻게 됐나 봐! 아무리 스즈후미를 팬으로 만들려 한다 해도 수영복까지 입고 배를 만져 보라고 하다니. 나는 대체 사춘기 남자애한테 무슨 짓을 한 걸까!

방금은 사진집 재현이라기보다는 어느 샌가 단순한 광기로 변해 있었다. 중간에 신음도 냈고, 아마 불쾌했겠지⋯⋯!

"아~~~~!"

나는 베개에 얼굴을 묻고 양다리를 파닥거렸다.

상황을 돌이켜 보자 절로 얼굴이 화끈거렸다.

맨날 스즈후미한테 져서 분했으니까! 적당히 굴복시켜서 우월감이나 느껴볼 생각이었는데!

침대 끝자락에 천장을 보고 눕자 스즈후미가 남기고 간 온기가 등으로 전해졌다.

"하아⋯⋯."

내일 제대로 눈이나 마주칠 수 있을까.

이 수영복은 촬영 때 입고 바로 구입한 것이었다. 올해에는 반드시 한 번은 수영장에 가고 싶었다. 그러나 앞으로 이 수영복을 입으면 오늘 있었던 일이 떠올라 괴로울 게 분명하다. 반대로 다른 수영복을 입으면, 혹시 자의식 과잉 아니냐고 스즈후미가 태클을 걸겠지.

"뭐야, 왜 스즈후미랑 함께 수영장 가는 걸 전제로 하는 건데!"

셀프 반박을 한 나는 등 뒤의 끈을 풀었다.

오늘은 바로 샤워부터 해야지.

ROUND.4 「오지 말아 줘」

벚꽃은 흔히 새로운 시작의 상징처럼 여겨지지만, 도쿄에서는 봄 방학이 끝날 무렵이라 대부분 잎이 지곤 했다. 돌이켜 보니 작년 이맘때도 사진으로 남기기에는 뭔가 부족한 풍경이었다.

오늘은 도립(道立) 오리키타 고등학교 입학식 날이다.

이번 봄 방학은 짧게 느껴질 정도로 많은 일이 있었다.

첫 이사는 상상 이상으로 힘들었다. 가장 큰 원인은 짐 정리의 90퍼센트를 혼자 해야 했기 때문이었다. 바쁘신 부모님을 위해 자처한 일이었지만 역시 만만치 않았다.

이사보다 더 기억에 남는 건 이웃집 인기 아이돌이었다.

더군다나 아이돌과 매일 밥을 먹는 사이가 되리라고, 1년 전 종업식 때만 해도 상상도 하지 못했던 일이었다.

매일 이웃에게 요리를 만들어 주면서도 정작 평소 내가 먹는 음식은 무척 소박했다. 오늘 아침 메뉴는 버터 토스트, 미니 샐러드, 블랙커피, 이게 다였다.

멍하니 빵을 씹고 있는데 아침 뉴스 방송의 연예 코너가 시작됐다.

『다음은 인기 아이돌 그룹【코멧헌터】의 리더 야모토 미코토 씨의 열애설 속보입니다. 소속사에 따르면 야모토 씨는 현재 임신 3개월 차로, 오늘부로 그룹을 탈퇴하기로 했다고 합니다. 야모토 씨는 자신의 SNS에「저의 경솔한 행동으로 멤버와 팬들에게 폐를 끼쳐 죄송할 따름입니다. 리더로서의 책임을 통감하여 그룹을 탈퇴하기로 했습니다. 앞으로도 멀리서나마 우리 멤버들을 응원하겠습니다」라는 코멘트를 남겼는데요…….』

열애, 졸업, 결혼, 임신. 이러한 보도에 대해 팬은 어떤 생각을 할까.

내 의문에 대답이라도 해 주려는 듯 오랜 팬을 자처하는 중년 남성의 인터뷰가 이어졌다. 그는 야모토 미코토를 줄곧 좋아했다며 수입의 대부분을 덕질을 하는 데에 쏟아부었다고 한다. 그러나 주말 열애설 보도를 접하고 나서 홧김에 그동안 사모은 굿즈를 전부 버렸다는 것이다.「살아갈 희망을 잃었다」라는 실의의 한마디를 끝으로 인터뷰가 마무리되었다.

나는 유즈키를 좋아한다. 내 음식을 맛있게 먹어 주는 유즈키가 좋다.

그러나 이런 결말을 맞이하고 싶지는 않았다. 내 목적은 어디까지나「음식에 빠지게 만들어 지나친 다이어트를 막는다」는 것이지, 유즈키가 열애설로 그룹에서 방출되거나 연예계를 은퇴하는 건 바라지 않는다. 애초에 남자 따위에 휘둘릴 유즈키도 아니었다.

……음, 그럼 나도 꿈 깨야 하나?

☆　☆　☆

한 학년이 오르면서 나는 2학년 A반이 됐다.

작년에도 같은 반이었던, 앞자리의 호즈미와 잡담을 나누고 있는데 뒷자리에 앉은 여자애가 작게 비명을 질렀다.

뒤를 돌아보자 책상 위에 단추가 데구루루 구르고 있었다. 아무래도 블레이저의 단추가 떨어진 모양이었다.

나는 당황한 그 여자애에게 말을 걸었다.

"괜찮으면 내가 고쳐 줄까?"

"응?"

하얀 머리띠를 한 여자애는 첫 대면의 남자애가 갑작스럽게 말을 걸기에 당황한 듯했다. 나는 가방에서 바느질 세트를 꺼냈다.

"잠깐 줘 봐."

손으로 블레이저를 가리키자 여자애는 잠시 망설이더니 블레이저를 벗어 내게 건넸다. 곧 체육관으로 이동해야 하니 남은 시간은 단 1분. 좋아, 해 볼까.

내가 바느질을 하는 동안 호즈미가 여자애에게 설명하기 시작했다.

"스즈후미의 눈에 띄면 가차 없어. 애는 다른 사람을 챙겨 주는 걸 지나치게 좋아하거든. 작년에도 반에서 『엄마』 캐릭터였어."

"조용히 해, 배 터질 때까지 밥 주는 수가 있어."

"야 그건 엄마가 아니라 식당 아주머니잖아."

우리의 대화를 들은 여자애가 큭큭, 웃었다.

"좋아, 복구 완료!"

단추를 다는 데 걸린 시간은 58초. 임무 완수다.

"고마워, 마모리……였나? 앞으로 잘 부탁해."

"응, 나도 잘 부탁해."

나는 블레이저를 건네며 우리 모두 즐거운 한 해가 되기를 바라는 마음으로 미소를 지었다.

오리키타 고등학교는 입학식과 시업식(始業式)을 같은 날에 했다. 우선은 입학식을 하고 뒤이어 시업식 순으로 이어졌다. 입학식은 드물게도 상급생도 전원 참가하고 있다. 작년 입학식 때, 보호자뿐만 아니라 2, 3학년 선배들까지 지켜봐 무척 긴장 했던 기억이 있다.

체육관으로 이동하면서 호즈미와 그간의 근황을 얘기했다. 봄 방학 때 매일 점심때까지 잤다든가, 옆 동네에 생긴 예쁜 영화관 이야기라든가, 새우가스샌드위치가 리뉴얼 됐다든가, 옆집에 사는 사람과 친해졌다든가 하는 이야기였다.

체육관은 신입생을 제외 500명에 가까운 학생들로 가득 차 시끌벅적했다. 철제 의자에는 정장을 차려입은 보호자도 몇몇 앉아 있었다.

자리 배치는 상급생이 가장 뒤쪽, 그 앞에는 보호자, 또 바로 앞에는 신입생 순이었다. 식이 시작되면 입장하는 신입생들을 위해 체육관 중앙에 일자로 통로를 만들어 비워 둔 상태였다.

어쩐지 오늘은 유난히 시끄러웠다. 시끄럽다기보다는 다들 들떠 있는 것 같았다. 교사와 상급생도 웅성웅성거렸고, 보호자들도 여기저기 두리번거렸다.

"야, 들었냐? 올해 신입생 중에 유명인이 있대."

옆에 앉아 있던 호즈미가 철제 의자에서 몸을 떼며 말했다.

"유명인? 운동선수?"

오리키타 고등학교는 문무를 겸비한 학생 양성을 목표로, 도립이면서도 동아리 활동을 꽤나 적극적으로 지원하는 곳이었다. 특히 야구부나 농구부는 관동 지역 대회에 자주 출전하곤 했다. 운동부 추천 입학이 있는지는 모르지만, 근처에서 내로라하는 실력자들이 입학하는 일도 드물지 않았다.

"아이돌이래 아이돌. 이름이······."

『그럼, 지금부터 도립 오리키타 고등학교 입학식을 시작하겠습니다. 먼저 신입생 여러분의 입장이 있겠습니다······.』

호즈미의 다음 대사는 스피커의 안내 방송에 묻혔다.

우리는 박수갈채를 보내며 신입생을 맞이했다.

박수가 잦아들자 카랑카랑한 목소리가 이어졌다.

체육관 중앙 통로로 잔뜩 긴장한 얼굴을 한 신입생들이 조용히 줄지어 걸어 들어왔다.

그 안에 있는 한 사람, 이채로운 빛을 발하는 소녀가 있었다.

"진짜냐……."

나는 눈을 부릅떴다.

조화로운 이목구비, 어깨에서부터 부드럽게 떨어지는 검은 머리칼, 당당한 걸음걸이—.

"유즈키……!"

잘못 본 게 아니다. 사사키 유즈키가 학교 후배로 들어왔다.

"응, 아리스 유즈키! 【스팟라이츠】의 센터잖아! 역시 실물도 귀엽네~."

어안이 벙벙한 내 옆에서 호즈미는 입을 헤벌쭉 벌리고 있었다.

내가 잘 아는 이웃이자 아이돌은, 대중의 환호성에 익숙한 듯 흐트러짐 없는 표정으로 자리에 앉았다.

그러고 보니 저번에 봤던 위키피디아에 나이가 15살이라고 쓰여 있었다. 같은 아파트에 살고 있으니 같은 학교를 다니는 것도 딱히 이상하진 않았다.

"아이돌인데도 일반 학교에 다니네. 이따가 교실에 한 번 가볼까."

호즈미는 갈색으로 물든 파마머리를 쓸어 넘기며 히죽 웃었다. 아, 뭔가 꼬이는데…….

"그만둬, 민폐니까 그러지 마."

"흠, 같은 반이었으면 중학교 동창들한테 자랑했을 텐데. 졸업하기 전까지 한 번쯤은 이야기 나눠 보고 싶기도 하고."

나는 말이야, 이야기뿐만 아니라 매일 집에 드나들고 있고, 어제는 무려 침대에서 유즈키의 배를 만졌어. 호즈미가 만약 이 사실을 알면 피눈물을 흘리겠지.

호즈미의 반응은 차치하고, 이 사실이 알려지면 다른 학생들에게 부러움을 사 귀찮아질지도 모른다. 이제야 생활도 안정되기 시작했는데. 냉정히 생각한 결과 주위에 나와 유즈키의 관계를 알려선 안 된다는 결론에 다다랐다.

유즈키를 포함한 1학년들이 퇴장할 때까지도 체육관의 들뜬 분위기는 쉽사리 가라앉지 않아, 입학식은 어수선하게 마무리됐다.

수업이 끝나자 앞에 앉아 있던 호즈미가 호들갑을 떨며 뒤를 돌아봤다.

"역시 안 되겠어. 1학년 교실 가 보자!"

호기심이 폭발한 호즈미는 가방을 둘러메고 금방이라도 교실을 뛰쳐나갈 기세였다. 폭주 직전의 이 녀석을 잠재울 수 있는 건 나밖에 없었다.

"입학식 때도 말했는데, 그 아이한테 민폐야. 그냥 빨리 집에 가자."

"걱정 마. 꼬시려는 거 아니니까. 방학 때 나 여자 친구 생겼거든?"

생각해 보니 작년 겨울쯤에 작업을 걸려는 여자가 있다고 했었다.

"가까이에서 목소리라도 좀 들어 보자. 빨리 가자고~."

나는 거의 끌려가다시피 해서 1층의 1학년 교실 쪽으로 이동했다. 유즈키가 몇 반인지는 알고 가는 걸까. 일일이 교실 돌면서 들여다보면 신입생들의 따가운 눈초리를 견뎌야 할 텐데, 그런 상황은 되도록 피하고 싶었다.

결론부터 말하자면 그건 괜한 걱정이었다.

1학년 교실 쪽 복도로 내려가자 가장 먼저 1학년 A반 교실이 눈에 들어왔다. 그 옆 B반의 앞문 쪽에는 사람들이 모여 있었다. 대략 십수 명은 되는 것 같았다.

멀찌감치 서서 관찰해 보니 교실과 복도 쪽의 인구 밀도가 엄청났다. 사람들 틈 사이로 가지런히 정돈된 검은 긴 생머리가 얼핏 보였다.

유즈키는 사람들에 둘러싸여서도 만면에 미소를 머금고 질문 공세를 능숙하게 받아 내고 있었다. 유즈키의 정면에 있던, 양 갈래로 머리를 묶은 여학생은 아이돌이자 반 친구인 유즈키에게 홀딱 반한 듯했다.

"아리스는 왜 오리키타로 온 거야? 연예인은 보통은 예능과가 있는 사립에 가잖아?"

"연예인이라니, 나도 그냥 평범한 고등학생인걸."

"뭐가 평범해! 얼굴도 조막만 하고 피부도 머릿결도 장난 아닌데, 부러워! 역시 스킨케어는 고급 브랜드로 하니?"

"아니, 드러그스토어에서 파는 저렴한 거 쓰는데? 난 스킨케어보다는 근력 운동이나 식단 조절에 비중을 두는 편이야."

언뜻 보면 유즈키는 어디에나 있을 법한 발랄한 여고생 같았다.

그러나 최근 며칠 동안 함께 식사를 한 나는 알고 있었다. 저건 분명 아이돌 모드다.

이야기를 나눌 땐 무조건 상대의 눈을 응시했고 맞장구 타이밍이나 그 빈도도 완벽했다. 그건 하루아침에 익히는 기술이 아니었다. 분명 중학생 때도 비슷한 생활을 했을 것이다.

"이 정도면 됐지? 호즈미, 그만 가자."

"기다려 봐. 미소녀의 체취를 가까이에서······!"

내가 호즈미의 목덜미에 손을 뻗은 순간, 유즈키의 시선이 우리 쪽으로 향했다.

안 그래도 커다란 유즈키의 눈이 더욱 크게 떠졌다. 내 존재를 눈치챈 듯했다.

"아, 맞다, 미안. 교무실에서 호출한 걸 깜빡했네. 다들 앞으로 잘 부탁해!"

유즈키는 활짝 만개한 미소를 유지한 채 자리에서 일어났다. 그러자 양 갈래 소녀를 포함해 그곳에 있던 학생 모두가 일제히 길을 터주었다. 저 아이들은 유즈키가 정의한 《팬》의 범주에 정확히 들어갔다.

말을 걸어야 하나 고민하는 사이 옆을 지나가는 유즈키가 작은 소리로 중얼거렸다.

"……자료실."

유즈키는 뒤도 돌아보지 않고 그대로 복도를 지나갔다. 그녀의 뒤를 쫓아가려는 몰상식한 학생이 있다면 곧바로 수십 명의 군중이 나서서 막아설 게 분명했다.

"지금, 아리스 유즈키가 뭐라고 하지 않았냐?"

"글쎄? 아무튼 이제 됐지? 난 약속이 있어서 먼저 갈게."

"아아. 나는 여자 친구가 직원회의가 있대서 끝날 때까지 도서실에서 만화책이나 읽으려고."

뭐야, 여자 친구가 선생님이었냐!

☆　☆　☆

3층 자료실. 나는 미닫이문에 난 작은 유리창 너머로 교실 안을 들여다보았다. 5.4평 정도 되는 공간에는 파일이 꽂혀 있는 금속 책장이 늘어서 있었다.

고등학교 생활 2년 차이지만 이 교실에는 오늘 처음 와 봤다. 현재 자료실은 학생회의 서류 보관 창고로 쓰는 모양이었다.

지금으로부터 1년 전, 입학식이 끝나고 교실로 돌아왔을 때, 당시 담임 선생님이 여러 특별 학습 교실에 관한 이야기를 해 주셨다. 그중 이 자료실에 대해서는, 「졸업 때까지 한 번도 들어갈 일은 없을 거야」와 같은 농담을 하셨던 기억이 난다.

자료실은 워낙 사람이 잘 지나다니지 않는 곳이라 때때로 남녀가 이 방에서 수상한 짓을 한다는 흉흉한 소문이 돌기도 했다.

문을 두 번 노크하자 교실 안에서 「네.」 하고 조심스럽게 대답하는 목소리가 들렸다. 유즈키였다.

"『주문은?』"

갑자기 유즈키로부터 질문이 날아왔다.

나는 주저하지 않고 확신에 찬 표정으로 대답했다.

"『부타동, 건더기 가득. 토핑은 달걀로.』"

"『입장을 허가합니다.』"

보안 검색에 통과한 나는 천천히 문을 열었다. 교실 불은 꺼져 있었다.

유즈키는 어두침침 흐린 하늘을 등지고 창가 쪽에 기대어 서 있었다. 교실이 어둑어둑한 탓에 그녀의 표정을 읽을 수는 없었다.

"아까는 미안했어. 갑자기 교실로 들이닥쳐서 화났지? 친구의 폭주를 막으려고 따라간 건데……."

유즈키가 일부러 나를 자료실로 부른 이유는 미리 못을 박아 두려는 의도일 것이다.

유즈키는 내 옆을 지나쳐 교실 미닫이문을 걸어 잠근 뒤 다시 원래 있던 자리로 돌아갔다.

"화 안 났어. 스즈후미가 이 학교 학생일 줄을 꿈에도 몰랐으니까 나도 놀랐거든. 단지 미리 말해 두는 게 좋을 거 같아서 말이야.”

분노나 불만 토로를 하려는 건 아닌 듯했다. 유즈키의 현재 감정을 한 단어로 표현하자면, 「당혹감」일지도 모른다.

“스즈후미한테 질문이 있어. 내 직업은 뭐지?”

“아이돌이잖아.”

“두 번째 질문. 아이돌의 금기 사항은 뭐지?”

“연애, 인가.”

“15점짜리 답이야. 정답은 『동년배 이성과 친하게 지내는 것』이야.”

유즈키는 미간을 찡그리며 우울한 미소를 지어 보였다.

얼굴을 마주친 것만으로 우리의 관계가 탄로 날 거라 생각하진 않았다. 다만 만일 주변에 들켰을 경우, 「단순한 이웃 사이」라고 설명해 본들 누가 곧이곧대로 믿어 줄까. 애초에 학교 내에서 유즈키에게 가까이 접근한 게 실수였다.

“불특정 다수의 남녀, 게다가 소문이나 가십에 민감한 고등학생 앞에서, 나랑 스즈후미가 원래 아는 사이라는 이야기가 돌면 어떻게 되겠어?”

“……오해하기 딱 좋겠지.”

“맞아. 실제 관계가 어떻든지 간에 있는 그대로 받아들이는 사람은 거의 없을 거야.”

나는, 언제가 될지는 모르지만, 유즈키와 연인 사이로 발전하고 싶다. 그러나 상대가 원하지 않는 방식으로 멋대로 나설 의도는 없었다.

"앞으로는 학교 내에서 모르는 사람처럼 행동해 줬으면 해."

솔직히 유즈키가 그런 말을 하리라고 어느 정도 짐작하고 있었다.

"난 학교에서 남사친을 만들 생각은 없어. 혹시라도 SNS에서 이상한 소문이 퍼져도 바로 부정할 수 있으니까. 다시는 1학년 B반 교실에 오지 말아 줘."

교내에서 유즈키와 말을 할 수 없다 해도 서운하지 않다고 한다면 그건 거짓말이다. 그러나 그녀의 직업을 생각하면 내가 어떻게 처신해야 하는지, 답은 이미 나와 있었다. 나는 짧게 숨을 뱉은 뒤 그러겠다고 답했다.

"알겠어. 매일 도시락을 싸줄 수 없는 건 아쉽지만."

"도시락은 절대 안 돼."

유즈키가 얼굴을 들이대며 강조했다. 쳇.

"그럼, 이만 가 볼까. 함께 있는 걸 누가 보기라도 하면—"

드르륵—.

순간 유즈키의 시선이 문 쪽으로 이동했다. 나도 흠칫 놀라 고개를 돌렸다.

"어? 아리스 유즈키 아니야?"

자료실 입구에 남학생이 서 있었다. 상의 색깔로 보아 3학년 같았다. 유명한 아이돌과 조우한 상급생의 눈이 휘둥그레졌다.

유즈키의 눈동자가 초조함으로 흔들렸다.

"어, 분명 잠갔는데……?"

"아아, 자료실 열쇠는 학생회에서도 가지고 있거든 다음 달 행사 때문에 예전 자료를 좀 찾아보려고……."

사람의 왕래가 거의 없다는 자료실에 갑자기 불청객이 나타났다.

"……그건 그렇고 아리스 유즈키가 왜 여기에 있어? 거기 년 누구야? 2학년? 근데 문을 잠갔다니, 여기서 대체 뭘 하려고……?"

몇 초가 흐른 뒤 선배는 무언가 깨달은 듯 몸을 흠칫 떨었다. 아니야, 그런 오해는 곤란해.

이 자료실은 일부 학생에게는 음흉한 일이 일어나는 비밀 장소로 인식되고 있었다. 어스름한 비밀 교실에 여자 아이돌과 남학생이라. 그런 상상을 하는 건 지극히 자연스러웠다.

나는 오늘 아침에 본 연예 뉴스 장면을 떠올렸다. 인기 아이돌의 열애. 팬 인터뷰. 원망을 꾹꾹 눌러 담은 말 한 마디 한 마디가 뇌리를 스치자 등줄기가 서늘해졌다.

유즈키의 얼굴은 이미 사색이 되어 있었다. B반에서 봤던 상냥한 미소는 온데간데없었다.

"미, 미안. 방해했나 보네. 난 아무것도 못 봤으니까, 비밀로 할게……."

그렇게 잔뜩 상기된 목소리로 그런 말을 하면 누가 믿을 수 있을까. 학생회실로 돌아가자마자 작은 불씨가 단번에 엄청난 불길이 될 게 뻔했다.

나는 종종걸음으로 자료실에서 멀어지는 선배에게도 들릴 정도로 크게 소리쳤다.

"빨리 대답해 줘!"

그리고 유즈키 쪽으로 고개를 돌렸다. 그녀의 등 뒤에 있는 창문을 주시하자 교실 문 쪽에 숨어 있는 선배의 상의가 반사되어 보였다. 몰래 엿듣고 있다는 증거였다.

"유즈키, 확실히 대답해 달라고!"

"대, 대답?"

나는 어리둥절한 표정을 짓는 유즈키를 더욱 몰아붙였다.

"고백했으니까 대답해 달라고. 흐지부지 넘어가지 마!"

눈짓으로 신호를 보내자 내 작전을 눈치챈 듯 유즈키가 작게 고개를 끄덕였다.

그 순간 유즈키 주변을 감싸던 공기가 일변했다.

"……미안해요. 마모리 선배하고는 사귈 수 없어요."

시선을 떨구고 입을 굳게 닫은 유즈키는 진심으로 미안해한다는 표정을 지었다.

신입생 사사키 유즈키에서 아이돌 아리스 유즈키로 모드를 바꾼 것이다.

"어째서! 팬 미팅 때, 날 좋아한다고 말해 줬잖아!"

"그건 팬이니까, 이성으로서는……."

적당히 얼버무리려는 듯 부자연스러운 미소, 쉴 새 없이 머리카락을 만지작거리는 동작, 어색함을 느끼는 인간이 무의식 중에 취하는 행동 중 하나다.

"정말로 조금의 가능성도 내겐 없는 거야?"

"……."

무언은 긍정의 뜻이다. 가늘게 내쉰 한숨으로 굳은 결의를 드러냈다.

"……알겠어. 앞으로 학교에서 귀찮게 하지 않을게. 그래도 가끔은 라이브 보러 가도 되지? 아이돌 유즈키를 좋아하는 건 진짜니까."

"네, 고마워요."

유즈키는 아랫입술을 꽉 깨물며 가슴 언저리에서 손을 불끈 움켜쥐었다.

나는 팔로 눈물을 훔치는 척하며 자료실을 뛰쳐나갔다. 문 뒤에 숨어 있던 선배를 지나쳐 복도를 돌아 한 층 아래에 있는 2학년 복도로 향했다.

다행히 복도에는 다른 학생의 모습은 보이지 않았다. 여기까지 오고 나자 일단 안심이 되었다.

"후……."

혼자가 되니 이제야 실감이 났다.

연기지만 실연은 정말 가슴이 미어지네!

☆　☆　☆

2층 2학년 복도로 내려온 나는 계단 바로 옆에 있는 우리 반인 2학년 A반으로 피신하고 뒷문을 닫았다. 여기서 잠깐 죽치고 있다가 하교할 생각이었다.

구름 사이로 비어져 나온 햇빛이 창을 통해 들어왔다.

"……."

아마도 그 선배는 자신이 목격한 이 빅뉴스를 주변에 떠벌리고 다닐 것이다. 소문이 학생회 내부에서 그친다면 다행이지만 그럴 가능성은 희박했다.

나는 자료실에 있던 유즈키처럼 창을 등지고 섰다.

잠시 뒤, 교실과 복도를 연결하는 미닫이문 유리 너머로 한 여학생이 지나가는 게 보였다. 유즈키였다.

순식간에 사라졌지만 어딘가 안절부절못하는 모습이었다. 이리저리 두리번거리는 걸로 보아 날 찾고 있는 게 분명하다. 여기까지 찾아와 준 건 고맙지만 둘이 있는 모습을 누군가에게 또다시 목격당하면 귀찮아지니 불러 세울 생각은 없었다.

그러나 유즈키는 발길을 돌려 다시 우리 반 교실 앞으로 왔다. A반을 지나치는 짧은 순간에 날 발견했나 보다. 그녀의 머리카락은 흐트러져 있고 이마에는 땀이 송골송골 맺혀 있었다.

유즈키가 미닫이문에 손을 갖다 댄 순간, 나는 왼손을 앞으로 내밀어 「기다려」라는 신호를 보냈다. 내 의도를 알아챈 유즈키는 움직임을 멈췄고, 나는 유즈키 쪽으로 천천히 다가갔다.

"미안!"

유즈키는 교실 밖 문 너머에서 고개를 푹 숙인 채 서 있었다.

"목격자가 또 생기면 피곤해지니까 빨리 집에 가."

나는 애써 차분한 어조를 유지하며 문을 사이에 두고 유즈키를 부드럽게 다그쳤다.

"다 내 책임이야. 스즈후미를 곤란하게 해서 정말 미안해."

"신경 쓰지 마. 어쩔 수 없었잖아."

유즈키가 침울할 필요는 없었다. 물론 고백 연기까지 하게 될 줄은 몰랐지만 말이다.

"학교에서는 앞으로 말을 안 걸 테니까. 걱정하지 말고 마음 편하게 학교생활 했으면 좋겠어."

"그렇지만……."

문 반대편에 있는 유즈키는 쉽게 물러날 것 같지 않았다. 학교에서의 내 평판이 떨어질지도 모른다는 것에 대한 죄책감을 느끼는 모양이다.

정말이지, 못 말리겠네. 나는 반보 뒤로 물러선 뒤 미소를 지어 보였다. 유리를 통해 보이는 소녀의 눈동자에는 눈물이 맺혀 있었다.

"외상값 청구할게."

"응?"

"나중에 내 부탁 하나를 들어 달라고. 그럼 공평하잖아. 설마 최고의 아이돌님께서 은혜를 원수로 갚을 생각이었어?"

"그럴 리가! 3배로 갚아 줄 거야!"

유즈키는 볼에 잔뜩 바람을 넣어 부루퉁한 표정을 지었다. 계속 풀이 죽어 있는 것보다 훨씬 나았다.

내가 헤어짐의 말 대신 유리에 손을 올리자, 유즈키도 같은 포즈를 취했다.

투명하고 차가운 유리를 사이에 두고 우리는 손을 마주 댔다.

이윽고 유즈키는 마음이 조금 풀린 듯 싱긋 미소를 지으며 돌아갔다.

나는 유리에 닿았던 손바닥을 만져 보았다.

차가우면서도 뜨거웠다.

☆　☆　☆

그날 저녁. 오늘도 유즈키의 거실에 모여 있었다.

유즈키의 얼굴빛은 사색이 되어 있었다. 마치 자료실에서 이웃에게 경고하려다 침입자에게 발각된 모습과 같았다. 나는 그걸 보지 못한 척 시치미를 뚝 떼며 서둘러 저녁 준비에 돌입했다.

오늘의 메뉴는 전부터 유즈키가 먹고 싶다고 했던 스페셜 메뉴다. 고기도 생선도 아낌없이 넣은, 그야말로 생명의 화신. 다만 의욕이 너무 앞선 나머지 결국 예산을 넘어버리고 말았다.

"리필은 필수야~. 그나저나 이런 걸로 아이돌의 살을 찌울 수 있을까~? 여하튼 배가 찢어질 때까지 먹는다고 했으니까~."

"그렇게 말한 적 없는데……?!"

학교에서 돌아오고 몇 시간 후. 식재료를 오카모치 안에 가득 욱여넣은 나는 유즈키의 집으로 돌격했다. 그리고 「외상값 받으러 왔어.」라는 대사를 날렸다.

당연히 유즈키는 저항했다. 그러나 내가 가슴을 움켜쥐며, 「아─. 실연의 상처가 욱신거리네─. 아퍼─. 괴로워─.」하며 발연기를 펼치자, 그녀는 마지못해 나를 집 안으로 들였다.

로우 테이블 앞에 무릎을 꿇고 앉아 몸을 잔뜩 웅크린 유즈키는 채권자에게 발이 묶인 채무자의 얼굴을 하고 있었다. 앞으로 어떤 괴롭힘을 당할지 몰라 벌써부터 몸을 떨고 있는 것처럼 보였다.

나는 원형 접시에 올린, 혼신을 담은 작품을 조용히 테이블 위에 놓았다.

그걸 본 유즈키가 눈을 동그랗게 떴다.

"이건……."

"오늘의 메뉴는 갈레트야."

갈레트는 크레이프의 원형이라고도 불리는 프랑스 브르타뉴 지방에서 시작된 요리다. 원 모양으로 구운 반죽에 토핑을 얹어서 네모나게 접은 비주얼로 SNS 포스팅에 최적화된 프랑스 음식이라 특히 여성들에게 인기가 많은 일품요리였다.

밀가루를 원재료로 하는 크레이프와 달리 갈레트는 주로 메밀가루를 사용했다. 그래서 단맛이 덜해 일본에서는 디저트라기보다는 메인 요리로서의 성격이 강했다.

"평소 만들어 준 남성적인 음식이 아니네? 날 육즙과 기름으로 숨 막히게 한다면서?"

"내가 언제 그랬어. 아무튼 입학식도 했고 반 아이들한테 시달리기도 했고, 뭐 여러 가지로 힘들었을 테니까. 오늘만큼은 다 내려놓고 좋아하는 음식을 마음껏 먹었으면 해서."

위키피디아나 공식 홈페이지에 쓰여 있는 대로라면 아이돌 아리스 유즈키의 최애 음식은 갈레트와 크레이프였다.

그러나 나는 알았다. 일반인 유즈키가 원하는 것은 부타동이나 밀라노풍 도리아나 야키소바 같은 서민 음식이라는 사실을 말이다.

그렇다고 해서 프로필에 기재된 내용이 다 거짓은 아니라고 생각했다. 갈레트의 토핑에는 고기나 생선 등 다양한 재료가 사용되기에 실로 유즈키의 취향에 딱 들어맞는 메뉴였다. 인간은 좋아하는 음식을 먹으면 기운을 차리곤 하니까.

갈레트는 보통 베이컨, 연어 회, 달걀말이, 버섯 4종. 치즈와 생크림도 들어가, 프랑스식 피자에 가까웠다.

"갈레트가 내 최애 음식이긴 한데……."

"아, 가슴이 아프네, 실연이란 참 괴롭구나."

"그 얘기는 그만……."

유즈키는 입을 삐죽 내밀었지만, 저항의 강도는 평소와 달리 한참 부족했다.

"일단 한 조각이라도 좋으니 먹어 봐. 빚은 그걸로 탕감해 줄 테니까."

"그, 그럴까? 그럼, 오늘 식사는 참회한다는 뜻에서!"

돌연 유즈키가 열띤 목소리를 내기 시작했다.

"어쩔 수 없지 뭐! 먹고 싶진 않지만 은혜를 갚는 셈치고! 응, 알겠어, 알겠다고."

녀석, 방금까지만 해도 시큰둥한 척해 놓고 결국 내 핑계를 대는군.

"그럼, 잘 먹겠습니다~!"

유즈키가 나이프와 포크를 능숙하게 움직여 조각난 갈레트를 혀 위에 올렸다.

"우와……."

갈레트를 문 유즈키의 입이 순간 떡 벌어졌다.

"바삭바삭한 베이컨과 버섯 향이 좌악 퍼지면서 입안이 단숨에 서양을 품은 느낌이야! 간이 센 듯해도 치즈랑 생크림이 더해져서 부담스럽지 않아. 향긋한 반죽은 과자처럼 바삭한데 씹으면 씹을수록 쫄깃쫄깃해져서 신기해~!"

불과 몇 분 전까지만 해도 침울해 보였었는데 어느샌가 함박웃음을 짓고 있었다. 역시 유즈키에게는 지금 이 표정이 제일 잘 어울렸다.

"따뜻한 갈레트에 차가운 연어의 조합도 절묘해. 이 물컹물 컹하게 씹히는 느낌이야말로 연어 특유의 식감 아니겠어!"

나도 슬슬 첫 갈레트를 먹어 볼까. 음, 전체적으로 간도 완벽 하고 딱 알맞게 구워졌군.

내가 여유롭게 음미하는 사이에 유즈키는 아무 말도 없이 폭풍 흡입을 하는 중이었다. 이 페이스라면 앞으로 5분도 안 돼서 다 해치울지도 모른다.

나는 나이프를 움직이던 손을 멈추고 자리에서 일어나 유즈 키에게 말했다.

"모처럼 먹는 갈레트니, 아직 여기서 만족하기에는 일러. 속 재료 리필은 괜찮아? 토마토랑 아스파라거스로 산뜻하게 쉬었 다 갈 거야, 아니면 저먼 포테이토나 소세지로 달릴 거야. 바나 나랑 딸기 같은 디저트 류도 있어."

"……음, 포테이토랑 소세지로 할래."

무거운 계열로 선택했다는 점이 역시 유즈키다웠다.

한창 가스레인지 앞에서 반죽을 열심히 굽고 있는데 바로 등 뒤에서 유즈키의 기척이 느껴졌다. 내가 조리하는 광경을 지켜본다고 하기에는 무척 조용했다.

나는 결국 줄곧 마음에 걸리던 걸 입 밖으로 꺼냈다.

"솔직히, 아직 저기압이지?"

"……."

대답이 없었다. 즉, 긍정의 의미였다.

"나랑 있을 때는 그렇게 애써 꾸미지 않아도 돼."

"······어떻게 알았어?"

"당연하지. 매일 함께 있으니까."

유즈키는 체념한 듯 한숨을 푹 내쉬며 내 등에 머리를 기댔다. 허리에서 약간 윗부분에 어렴풋이 유즈키의 체온이 맴돌자 나도 모르게 등을 곧게 폈다.

"난 무대 위나 카메라 앞에서만이 아니라 학교에서도 완벽한 아이돌이어야 해. 근데 자료실에서는 완전 실패였어. 게다가 스즈후미에게 폐도 끼쳤고······. 더는 이런 한심한 모습 보이고 싶지 않았는데 갈레트도 얻어먹고, 허세나 부리고. ······ 엉망진창이네."

"웃기지 마. 이 정도는 폐도 아니라고."

지금껏 내가 얼마나 많은 친구를 챙겨 왔는지 알긴 알까. 그 녀석들에 비하면 유즈키는 우등생에 속했다.

"어째서 그렇게까지 나한테 잘해 주는 거야? 내가 완벽한 아이돌을 꿈꾸고 있는 건 스즈후미와는 상관없는 일일 텐데. 나를 도와줘도 아무런 이득도 없잖아."

진심으로 곤란해하는 유즈키의 마음이 등 뒤에서도 전해졌다. 게다가 나는 톱 아이돌이 되고 싶은 유즈키에게 그 꿈에 대해 이러쿵저러쿵 논할 자격이 없었다.

"딱히 아리스 유즈키가 완벽한 아이돌이 되길 바라고 돕는 건 아니야. 난, 무엇이든 최선을 다하는 사사키 유즈키를 격려하고 싶어서 도와주는 거야. 사사키 유즈키가 매일매일을 즐겁게 보냈으면 하니까."

"⋯⋯."

뒤에서 아무런 대답이 들려오지 않았다. 내 말의 진의를 파악하려는 걸까.

"그리고 이번은 결과적으로 유즈키를 위한 게 됐지만 이건 나를 위한 것이기도 해."

"⋯⋯그게 무슨 뜻이야?"

"아까, 『나를 도와줘도 아무런 이득도 없잖아』라고 말했잖아. 그건 그렇지 않아. 이렇게 함께 밥을 먹고 있으니까. 같은 식탁에 둘러앉은 사사키 유즈키가 즐겁게 밥을 먹어 주고 건강하게만 있어 주는 것, 난 그거면 돼."

매번, 유즈키는 내가 만든 음식에 설렌다. 그 광경을 테이블 맞은편, 특등석에서 바라볼 수 있어 행복할 따름이었다.

"그냥 유즈키와 함께 보내는 식사 시간이 행복해. 난 그래."

"⋯⋯그렇구나."

"그러니까 신경 쓰지 말고 늘 하던 대로 해 줘. 내일도 유즈키에게 밥을 만들어 줄 거지만 빚 갚을 생각으로 무리해서 먹지는 말아 줘."

"뭐야, 그게. ⋯⋯아무튼 고마워."

유즈키의 목소리에서 안도감이 느껴졌다. 내일이면 기분이 조금은 나아져 있겠지.

"마지막으로 한 가지만 물어볼게. 만약 내가 곤경에 처한다면…… 스즈후미는, 도와줄 거야?"

유즈키가 나약한 소리를 한 건 이때가 처음이었다.

나약함뿐만이 아니었다. 그 안에는 희미하게 다른 감정이 꿈틀대는 듯했다.

부디 그게 무엇인지 알아채 달라는, 기도에 가까운 바람이 마음 깊은 곳에서 조심스럽게 나를 응시하고 있었다.

"……바보 같은 질문이네."

나는 조리하던 손을 멈추고 천천히 뒤를 돌아봤다. 유즈키는 잔뜩 긴장한 표정으로 가슴 앞에 양손을 꼭 모으고 있었다.

유즈키가 정말로 무엇을 원하는지는 모른다. 내가 하는 행동은 어쩌면 참견꾼에 지나지 않을지도 몰랐다.

그러나 내 대답은 처음부터 정해져 있었다.

"지켜 줄 거야. 어떤 상황이든 무슨 일을 당하든 **사사키 유즈키**를 무조건 지켜 줄 거야. 당연하잖아."

내 대답을 들은 유즈키의 첫 반응은 안도였다.

잠시 뒤 그게 무슨 뜻인지 이해한 걸까, 유즈키가 갑자기 눈을 크게 뜨더니 내 시선을 피하듯, 고개를 획 숙였다.

"그렇……구나."

검은 머리칼 사이에서 보일 듯 말 듯 한 양쪽 귀가 주홍빛으로 차츰 물들어 가고 있었다. 장시간 불 근처에 있던 탓에 더워서일까.

"괜찮아?"

내가 얼굴을 가까이 들여다보자 유즈키는 물을 뒤집어쓰고 소스라치게 놀란 고양이처럼 폴짝 뒤로 물러났다.

"괜찮아! 응, 괜찮고말고!"

유즈키는 스스로에게 되뇌듯이 몇 번이고「괜찮아」를 연발했다. 갑자기 왜 그러는 거지.

잠시 유즈키는 손가락을 꼬무락꼬무락하더니 천천히 고개를 들어 나를 멀거니 쳐다보았다.

"……."

"왜? 내 얼굴에 뭐 묻었어?"

왠지 유즈키의 표정에는 밥을 거부할 때와 마찬가지로 분함과 고뇌 같은 감정이 뒤섞여 있는 듯했다.

"……난 절대로 지지 않을 거니까!"

"으, 응?"

유즈키가 돌연 자신의 의지를 표명했다.「최애 음식 갈레트를 먹었다고 내가 식욕의 노예가 됐다고 착각하지 마」라고 주장하고 싶은 걸까. 여하튼 부담감은 떨쳐 낸 것 같으니, 그거면 됐다.

내가 갈레트를 그릇에 새로 담자 유즈키가 옆에서 유심히 들여다보았다. 그러나 시선은 갈레트가 아닌 나를 향해 있었다.

"……기억할게. 스즈후미가 지켜 준다고 한 말."

수줍은 미소를 띠는 유즈키를 보니 심장이 쿵 내려앉았다.

지금까지 나는 사사키 유즈키라는 인간을 가까운 거리에서 지켜보았다.

그런데 지금 유즈키는 여태껏 본 적 없던 표정을 짓고 있었다.

아이돌 모드가 아니었다. 정체를 알 수 없는 유즈키의 미소는 그 어느 때보다도 아름다웠다.

ROUND.5 「많이 먹이고 싶은 거잖아?」

"오오오, 이게 누구야, 마모리 스즈후미구먼—."

2학년 A반, 창가 쪽에서 두 번째 열, 앞에서 두 번째 줄인 내 자리에 앉으려 할 때였다. 앞자리에 앉은 껄렁한 호즈미가 나를 매섭게 노려봤다.

"어, 호즈미, 안녕."

"내가 화가 났거든, 널 친구라고 생각했는데 말이지."

"그건 참 고맙네."

호즈미는 어제는 시업식 도중에 여자 친구와의 알콩달콩한 연애담을 쉴 새 없이 떠들더니 오늘은 반대로 자신의 불만을 숨김없이 드러내고 있었다. 수줍어하다가 화도 냈다가, 참 알다가도 모를 정신없는 녀석이었다.

"너, 아리스 유즈키한테 고백했다며?"

나는 서랍에 필통을 넣으려다 그만 바닥에 떨구고 말았다.

"……그걸 어떻게?"

"학생회 친구한테 들었어. 네가 어제 방과 후에 아리스 유즈키를 자료실로 불렀다며."

역시, 인간의 입은 틀어막으려야 막을 수 없다. 선배에서 후배로, 그 친구에게까지. 오늘 교문을 들어온 순간부터 사방에서 시선이 느껴졌는데 기분 탓이 아니었다.

"그렇게 갈구더니, 내로남불이냐? 고상한 척하지나 말든가."

"사랑 앞에서 이성도 무용지물이지."

"금단의 사랑에 빠지는 기분이 뭔지는 알겠지만."

역시 교사를 애인으로 둔 녀석이라 그런지 이해가 빨랐다.

참고로 호즈미가 사귀는 여성은 역사 선생님이었다. 평소 감정을 잘 드러내지 않는 분이지만 의외로 연애에는 적극적인 모양이다.

"농담 그만하고, 여하튼 라이벌 의식 느끼는 이상한 녀석들한테 괜히 시비 걸릴 수 있으니까 조심해라. 극성팬들한테 찍히면 너만 귀찮아지잖아."

귀한 충고 고맙다, 마이 프렌드.

어쨌든 나는 고등학교 생활을 순조롭게 보내고 싶었다. 학교에 유즈키의 극성팬이 있다면 한밤 중 불시의 습격을 받을 수도 있으니, 당분간 해가 지면 외출은 되도록 삼가는 게 좋겠다.

종이 울리자 여기저기 흩어져 있던 아이들이 각자 자리로 돌아가 앉았다. 그리고 1분도 채 지나지 않아 담임 선생님이 교실로 들어오셨다.

주름 하나 없는 초록색 재킷, 빳빳하게 다려진 새하얀 블라우스, 무릎 아래로 살짝 내려오는 롱 스커트를 조합한 옷차림은 언뜻 보아도 융통성 없는 사람이라는 인상을 주었다.

"모두 좋은 아침. 바로 출석 부를게."

짧은 검은 머리카락이 살랑거렸다. 부드러운 어조는 흡사 호숫가에서 서성이는 정령의 목소리 같았다.

이름은 미카미 모모세. 2학년 A반의 담임 선생님이자 현대 문학 담당이시다. 나이는 대략 20대 중반 정도로 아마 오리키타 고등학교의 최연소 교사일 것이다. 즉, 남학생들의 전폭적인 지지를 받는 존재였다.

동그란 눈, 매끈한 코, 촉촉하고 탄력 있는 입술에 천진하면서도 당찬 구석이 있는 그녀의 얼굴은 아이돌 그룹 멤버 사이에 있어도 꿀리지 않을지도 모른다.

미카미 선생님은 때로는 상냥하고 때로는 엄격하셨다. 성실하고 진지해 고리타분한 사람일까 생각했지만, 수업 중에 자신의 취미 이야기를 꺼낸다거나, 운동회 때는 스스럼없이 학생들과 수다를 떨기도 했다. 적당한 유쾌함도 미카미 선생님의 인기 비결이라고 할 수 있다.

"모모 샘이 담임이라 다행이지 않냐."

"아리스 유즈키보다 모모 샘이 훨씬 예쁘지."

반 아이들 이곳저곳에서 지방 방송을 켜고 수군거리며 감탄을 늘어놓는데도, 미카미 선생님은 대수롭지 않은 듯 담담하게 아이들의 이름을 가나다순으로 불러나갔다.

"마모리 스즈후미."

"네."

미카미 선생님과 눈이 마주쳤다. 최근에는 예쁜 여자의 얼굴에 익숙해졌으리라 생각했는데, 여전히 긴장되었다.

"……좋아, 전원 출석이네. 1교시는 현대 문학이니까, 바로 시작할 건데 그전에 한 가지 학교에서 전달 사항이 있어."

전달 사항이라. 아침 HR 시간에는 좀처럼 듣기 힘든 단어였다.

"올해 신입생 중에 연예계 활동을 하는 학생이 있는데 말하지 않아도 누군지 다들 알고 있겠지?"

유즈키는 입학식만으로도 엄청난 주목을 받고 있었다. 아이돌에 관심 없는 아이들도 건너 건너 들었을 터이다.

"우리 학교는 아이돌 활동이 허용되고 있는 만큼, 해당 학생이 학업과 연예계 활동을 병행할 수 있도록 학교에서도 적극적으로 지원할 계획이라고 해."

오리키타 고등학교의 이념은 「자주성 존중」이다. 학생이 아이돌 활동을 하는 것도 가능하다는 방침이었다.

"교우 관계도 마찬가지. 오리키타 학교에서 많은 친구를 사귀고 성인이 되어서도 유대감을 이어 나갈 수 있다면 좋겠어. ……그런데."

한순간 교실을 감싸는 공기가 순식간에 바뀐 것을 피부로 느껴졌다.

"연애에 관해서는 아무쪼록 신중하게 행동하길 바라. 맞아, 학교 측이 특정 학생들 간의 교제를 막을 권리는 없지. 하지만 그 아이의 경우, 이성과 둘이 있는 사진이나 영상이 인터넷에 퍼지면 아이돌 활동에도 악영향을 끼칠 수도 있으니까. 절대로 호기심에서라도 그 아이의 반에 가지 않도록."

나는 미카미 선생과 재차 눈이 마주쳤다. 한없이 나긋나긋한 말투지만, 뭐라 말할 수 없는 위압감이 느껴졌다. 선생님뿐만이 아니었다. 반 아이들의 시선이 일제히 내게 꽂히는 듯했다.

"일방적으로 호감을 품다 못해 인적 없는 곳에 데려가는 건 말도 안 되는 행동이야. 어디까지나 학생의 본분은 공부라는 걸 잊지 마. 이상."

나는 괜히 범죄자가 된 기분이 들었다. 내 입에서 시작된 소문이긴 해도 역시나 계속 그런 취급을 당하니 기운이 빠졌다. 온화하고 사람 좋은 미카미 선생님의 말이라 오히려 더 무겁게 다가왔다.

그날, 내 표정이 줄곧 어두웠는지, 반 배정으로 뿔뿔이 흩어진 친구들이 복도를 지나칠 때마다 내게 주스를 사다 줬다. 덕분에 내 위장은 주스로 넘실거렸다.

☆　☆　☆

이번 주는 내내 오전 수업이었지만 여러 선생님의 자질구레한 심부름을 하다 보니 하교 시간이 점점 늦어졌다.

점심과 저녁, 어느 쪽이라 딱 잘라 말하기 애매한 시간대. 집에 갈 때 편의점에서 간식거리나 사 먹을까. 심부름 값으로 받은 밤만쥬 하나로는 공복 상태의 배를 달랠 수 없었다.

나는 1층 교무실에서 나와 가방을 가지러 2학년 A반 교실로 향했다. 교실까지는 가는 여러 경로 중, 나는 1학년 복도를 지나는 쪽을 선택했다. 1학년 A반 옆에 있는, 건물 가장 구석 계단을 이용해야 바로 위층인 2학년 A반까지 가장 빨리 갈 수 있기 때문이다.

D반, C반을 차례대로 지나, 1학년 B반 앞에 멈춰 섰다. 유즈키의 반이었다.

안 돼. 누군가가 이러고 있는 내 모습을 목격한다면 스토커로 의심받는 신세가 될지도 몰랐다. 아침에 들었던 미카미 선생님의 말씀대로 어서 이곳에서 벗어나야 했다.

내가 막 교실 앞문 쪽을 지나갈 때였다.

"······음?"

교실에서 누군가의 목소리가 들려왔다.

앞뒤 문은 전부 굳게 닫혀 있어 목소리의 주인공은 알 수 없었다.

정식 동아리 활동은커녕 신입생 동아리원 모집 홍보 기간조차 아니니 옷을 갈아입기 위해 닫아 놓은 건 아닐 터였다. 1학년 수업은 내일이나 내일모레부터 시작이니 예습이 있을 리도 만무했다.

설마 도둑? 그러나 학생이 빠져나간 교실에 지갑이나 귀중품이 있을 리 없었다.

나는 왼쪽 주머니에 스마트폰이 있는지 조심스럽게 확인한 후, 오른손으로 미닫이문 손잡이를 잡았다. 그리고 안에 있는 누군가에게 들키지 않도록 천천히 옆으로 밀어 열었다.

"아아, 유즈키짱…… 사랑해……."

사사키 유즈키의 자리에 어떤 여성이 있었다.

그 여성은 황홀한 표정으로 의자에 볼을 비벼 대고 있었다. 입고 있는 초록색 재킷은 의자 모서리에 짓눌려 주름이 져 있었다.

"하아…… 유즈키짱의 탱탱한 엉덩이가 닿은 이 의자를 뜯어다가 목욕한 다음 마스크 팩으로 쓰고 싶어……."

마치 강아지가 주인의 무릎에 매달리듯이 여성은 의자를 끌어안고 볼을 문질렀다.

"이런 모습을 학생에게 들키기라도 하면 내 인생은 그걸로 끝…… 구치소 영치물은 사진집이 좋겠지…… 책갈피는 유즈키의 머리카락으로 할까…… 히히히히……."

나는 말문이 막혔다. 목소리가 안 나온다기보다도 어떻게 반응해야 좋을지 몰라 몸이 그대로 굳어 버렸다.

"곧 교무 회의 시작이네. 그만 가야지."

여성이 고개를 들었다.

그리고 문틈으로 교실 안을 들여다보던 나와 시선이 맞닿았다.

"……미, 미카미 선생님……."

"마모리……."

그 순간 시간이 멈춰버린 느낌이었다.

여성, 그러니까 2학년 A반 담임인 미카미 모모세가 다시 한 번 볼을 의자에 비비면서 내게 질문했다.

"너도 유즈키짱의 엉덩이를 느껴 보려고 온 거니?"

"그럴 리가요!"

내가 학교에서 이렇게 소리를 질러 본 적은 체육관에서의 응원전 이후로 처음이었다.

"선생님, 이게, 무슨 짓이에요?"

식은땀이 멈추질 않았다. 인간은 원초적인 공포와 마주하면 언어 능력이 저하 되나 보다.

"혹시나 해서 말해 두지만, 아직 핥지는 않았어."

"만약 그러고 있었다면 당장 뜯어말렸겠죠."

결국 미카미 선생님이 자리에서 일어나더니 나를 똑바로 응시했다.

"선생님이 HR 시간에 말하지 않았니? 유즈키짱의 반에 접근하지 말라고 말이야."

뻔뻔하다. 본인이 잘못한 행위는 쏙 빼놓고 적반하장으로 내 잘못을 지적하다니.

"B반에 오려고 한 건 아녜요. 교실에서 이상한 소리가 나서 들여다본 것뿐인데 설마 이런 광경을 목격할 줄이야……."

"나도 참, 이 혼잣말하는 버릇, 빨리 고쳐야 하는데."

미카미 선생님이 고쳐야 할 건 그게 아니잖아요.

"저기, 혹시, 아리스 유즈키 팬이세요?"

"팬이라……."

미카미 선생님이 훗 하고 나를 조롱하듯 웃으며 가슴에 손을 갖다 댔다.

"이왕 이렇게 됐으니 밝혀야겠군,【스팟라이츠】팬클럽의 회원 번호 000005가 바로 나야."

미카미 선생님이 카드 케이스에 두 손가락을 집어넣더니 꺼내 든 종이는 반짝거리는 회원 카드였다.

"월 식비는 5천 엔 이내로 해결하고, 집에서 마시는 술은 대용량으로 싸게 사서 쟁여 놓고, 옷은 중고 매장이나 인터넷 쇼핑몰에서 구입하고, 조카에게 용돈도 주지 않고 결혼식 축의금은 최대한 소액으로. 남은 돈은 전부 유즈키짱을 덕질 하는 데 썼거든. 그러고 보니 이런 생활도 벌써 몇 년이나 해 왔네. 공무원을 계속하려는 것도 오로지 월급이 안정적이여서야."

비로소 아침 HR 시간 때, 유독 나를 보는 미카미 선생님의 시선이 따가웠던 이유를 알게 되었다.

미카미 선생님은 유즈키의 평온한 학교생활을 바란 게 아니었다. 그저 나에게 질투심을 느낀 것이다.

"지금까지 수없이 많은 이벤트를 따라다녔어. 지방 라이브, 신곡 발표 기념 방송, 팬 미팅, 라디오 공개 방송…… 근데 악수회는 한 번도 가본 적이 없어. 왠지 아니?"

"글쎄요."

"유즈키짱이 너무 예쁘니까 그렇지!"

공포 그 자체였다. 늘 상냥하고 친절한 미카미 선생님이 격한 반응을 보이다니. 미카미 선생님이라면 깜빡 죽는 반 아이들에게 이 광경을 보여 주고 싶을 지경이었다.

"좋아, 정리해 보자. 분명 난 오리키타 고등학교의 아이돌 같은 존재야. 외모며 스타일이며 붙임성까지 완벽해. 매년 학생들에게 고백도 얼마나 받는지 몰라. 지방 잡지사에 『미모의 여교사』라는 타이틀로 특집 기사가 실리는 건 시간문제지."

미카미 선생님의 나르시시즘이 훨씬 더 큰 문제였다.

"하지만 동네에서 난다 긴다 해도 난 어차피 일반 시민일 뿐이야. 진짜 앞에서 나 같은 사람은 그저 평범한 아이돌에 지나지 않거든. 나 같은 가짜가 그렇게 뽀얗고 늘씬하고 매끈매끈한 손을 만지면 부정 탈지도 몰라. 최애와는 일정 거리를 유지해야 해. 악수할 때 한두 마디씩 나누잖아? 코앞에서 유즈키짱의 육성을 듣는 순간, 커터 칼로 내 귀를 썰어서 포르말린에 담가 놓고 싶어질 거야."

그 순간 나는 유즈키에게 들었던,《팬》의 어원이 떠올랐다.

"설마 우리 학교로 입학할 줄이야…… 요행? 아니 이건 시련이야. 성스러운 사명을 부여받은 교사로서 유즈키짱을 훌륭한 어른으로 성장시켜야 하는 숙명. 하지만 아무런 준비 없이 갑작스럽게 유즈키짱과 접촉한다면 난 그 자리에서 본분을 잊고 말겠지. 그래서 이렇게 의자부터 하나씩 만지면서 서서히 적응

해 가려는 거야."

상식에서 크게 벗어난 인간은 이미 괴물이나 마찬가지였다. 흉측한 괴물과 싸우는 애니메이션을 봐도 대체로 최종 보스가 인간의 모습을 하고 있는 것처럼, 순수 악이란 인간의 탈을 쓰고 있는지도 몰랐다.

"충분히 설명됐겠지?"

되긴 뭐가 됐다는 걸까, 이쪽은 아직 할 이야기가 남아 있는데 말이지.

"이건 어디까지나 교사 일의 연장선 위에 있는 행위야. 학생과의 눈높이를 맞추기 위해서지. 오늘 일은 못 본 걸로 해, 알겠니?"

어째서 저렇게 당당한 걸까. 하긴 동아리 활동이나 학생회가 본격적으로 시작되면 방과 후라도 학생들이 계속 왔다 갔다 하니 그런 만행은 저지르지 못할 것이다.

"……두 번 다시 이런 짓을 하지 않겠다고 약속하면요."

"그건 장담 못 해."

오늘 본 미카미 선생님의 표정 중 가장 진지했다. 순순히 따라 줘야 하는 부분인데 말이다.

"우리 나라에 츠쿠모가미(付喪神)가 존재하는 건 알지? 인간이 소중하게 써온 물건에는 신이나 정령이 깃든다는 믿음 말이야. 유즈키쨩이 매일 앉는 이 의자에는 분명 그녀의 혼이 깃들어 있을 거야. 아아, 그 존재는 분명 사랑스러운 무언가일 테고……. 잠깐, 불만은 내가 토로하고 싶은데? 진중하게 일에 집중하는 선생님 좀 그만 내버려둘래?"

미카미 선생님이 팔짱을 끼며 가슴을 강조하는 포즈를 취해 보였다. 참 고집이 세구나, 이 선생님은—.

평소에는 온화하고 애교 넘치는 미카미 선생님이 실은 변태 오타쿠라는 사실을 폭로한다고 해도 아무도 믿지 않을 것이다. 말은 누구나 만들어 낼 수 있는 거니까.

더욱이 증거가 없을 경우에는 그렇다.

나는 주머니에서 스마트폰을 꺼내 재생 버튼을 눌렀다.

『하아…… 유즈키짱의 탱탱한 엉덩이가 닿은 이 의자를 뜯어다가 목욕한 다음 마스크 팩으로 쓰고 싶어…….』

『코앞에서 유즈키짱의 육성을 듣는 순간, 커터 칼로 내 귀를 썰어서 포르말린에 담가 놓고 싶어질 거야.』

다시 들어봐도 소름 끼쳤다.

"……언제 녹음을?!"

여유로웠던 미카미 선생님의 표정이 순식간에 일그러졌다.

"수상한 사람이 있을 것 같아 혹시 몰라 문 열기 전에 녹음 버튼을 눌러놨거든요."

물론 그 수상한 사람의 정체가 설마 담임 선생님일 줄은 몰랐지만 말이다.

우연이긴 해도 내 눈에 띈 이상, 이대로 예비 스토커를 못 본 척 지나갈 수는 없었다.

"퍼트릴 생각은 없어요. 하지만 성직자를 자처할 거면, 좋아하는 아이의 리코더를 물고 빠는, 초등학생이나 할 법한 간접 성희롱은 그만두시죠?"

"그럼, 허락을 받으면 괜찮다는 거야?"

"말도 안 되는 소리 하지 마세요!"

내 일갈에 미카미 선생님은 어깨를 축 늘어뜨리고 한숨을 길게 뱉었다.

"별수 없네. 일단 알겠어. 하지만 방심하지 마. 우리 학교에는 나 말고도 유즈키짱의 팬이 많거든. 유즈키짱한테 집적대는 광경이 목격되는 날에는 수천만의 군대가 소장용 미개봉 태피스트리를 손에 들고 네 앞에 나타날 거니까."

오리키타 고등학교의 학생 수가 800명도 안 되는데 수천만은 대체 어디서 솟아난 거지.

아무튼 유즈키가 학교 생활하는 데 있어서 최소한의 안전은 보장되었다. 유즈키한테는 일단 비밀로 하는 게 좋겠지.

"……이런, 곧 직원회의라 가 볼게."

"회의 전에 뭐 하는 짓이에요, 진짜……."

"아무쪼록 밤길 조심하도록 해. 그리고 집 문단속 잘하고."

미카미 선생님은 교사의 입에서 나와서는 안 되는 불온한 말을 내뱉으며 그대로 교실을 나섰다.

"……나도 그만 가야겠어."

갑자기 피곤이 밀려왔다. 기분 전환이나 할 겸 저녁은 내가 좋아하는 걸로 만들어야겠다.

　그때까지만 해도 나는, 그날 밤 내 멘탈을 갉아먹는 또 하나의 사건과 직면하리라고는 상상조차 하지 못 했다.

☆　☆　☆

　밤 9시 30분. 날이 완전히 저물었고 아파트에 적막이 흘렀다.

　나는 최근 며칠 동안 이웃의 저녁을 챙겨 주었다. 처음에는 단순히 음식을 만들어 줄 목적이었지만 어느샌가 식사 시간 자체를 함께 공유하게 되었다.

　나는 오늘도 저녁을 함께할 이웃의 귀가를 몇 시간째 목 빠지게 기다리고 있었다. 내 생활은 이미 그녀를 중심으로 흘러가고 있었다.

　유즈키가 보고 싶다. 그런 생각을 하던 찰나 초인종이 울렸다.

　우리 집으로 직접 올 줄이야, 제법 솔직해졌군.

　물론 그럴 리가 없었다. 그러나 이때의 나는 들뜬 기분과 장시간의 공복 탓에 판단력이 저하된 상태였다.

　나는 모니터를 들여다보지도 않고 현관의 잠금장치를 풀고 그대로 문을 열었다.

　문 틈새로 번쩍이는 은색 물체가 보였다.

　순간, 미카미 선생님의 말이 뇌리를 스쳤다.

　―아무쪼록 밤길 조심하도록 해. 그리고 집 문단속 잘하고.

아뿔싸.

이미 체중을 앞으로 한껏 실어 문을 밀어 열었기에 되돌릴 수 없었다. 도움을 청하려고 해도 810호의 아이돌은 아직 귀가하지 않았고, 808호의 중년 부부는 아침에 엘리베이터에서 만났을 때 오늘부터 2박 3일간 이즈(伊豆)로 온천 여행을 간다고 했다. 외통수였다.

적어도 범인의 특징만이라도 기억해 둬야겠다. 살아서 증언만 할 수 있다면 대성공. 이곳에서 한 인간의 생명이 끊긴다 해도 피로써 다잉 메시지를 남겨야 했다.

상대방의 머리카락은 밝은 갈색이고 어깨에 닿을 정도. 양쪽 귀에는 에메랄드빛 귀고리를 착용하고 있었다.

복장은 고등학교 교복이었다. 위에는 블라우스, 풍만한 가슴에는 빨간 넥타이, 밑에는 심플한 검정 스커트. 아슬아슬하게 짧은 스커트와 무릎 바로 아래서 끝나는 검정 스타킹 사이로 건강미 넘치는 허벅지가 드러나 있었다.

어깨에는 보스턴 스타일의 가방. 지퍼에는 「R」 모양의 은색 액세서리가 대롱대롱 매달려 있었다. 문틈 사이로 보였던 물체가 이거였던 걸까. 그러고 보니 이 액세서리, 초등학생 시절 친구에게 줬던 것과 비슷하게 생겼는데?

"야, 스즈. 이 누나가 행차하셨잖아."

어둠을 밝히는 쾌활한 미소와 함께 모습을 드러낸 사람은 내가 잘 아는 인물이었다.

"……리카? 아, 놀랐잖아."

"반응이 그게 뭐야. 모처럼 그리운 소꿉친구가 집들이하러 왔건만~."

키시베 리카. 오리키타 고등학교 선배이자 전에 살던 곳의 이웃이었다.

우리 가족은 이곳 『레지던스 오리키타』로 이사 오기 전, 다른 아파트에서 살았다. 그 건물 옆으로 전원주택이 있었고 그곳에 키시베네 가족 3명이 살았다. 나와 리카는 나이도 비슷했기에 어린 시절부터 양 가족 모두 친하게 지낼 수 있었다.

고집스러운 눈매, 오른쪽 눈 밑의 점, 스키 점프대처럼 위로 치솟은 붙임 눈썹, 오똑한 코, 통통한 핑크빛 입술. 이사 이후 한동안 만나지 못해서였을까, 당찬 성격이 고스란히 묻어나는 리카의 얼굴에는 어딘가 쓸쓸함이 배어 있었다.

"설마 감동했어? 사랑스러운 이 리카 누나의 깜짝 방문에?"

"놀랍긴 하네. 근데 아파트 로비는 어떻게 통과했어?"

"응? 그냥 어머님한테 번호 물어봤는데? 알바 끝나고,『스즈네 집에 놀러 가고 싶다』고 휴게실에서 칭얼댔더니 가르쳐 주셨어."

우리 엄마의 보안 의식 정말 처참하구나.

리카는 우리 부모님이 운영하는 이자카야 『아이엔키엔』에서 홀 서빙 아르바이트를 하고 있다. 다들 새 출발을 시작하는 3, 4월은 성수기라 최근에는 매일 가게에 나가는 것 같았다.

리카는 백화점 지하상가의 종이 가방을 자랑스럽게 내밀어 보였다.

"이거, 스즈가 전부터 먹고 싶어 했던 푸딩이야. 좀 늦었지만 집들이 선물."

"우와, 진짜야? 고마워."

예전부터 리카는 내가 무심코 한 말까지 세세하게 기억해 주곤 했다. 배려심이 뛰어나다는 뜻이었다.

"그리고 이건, 스즈가 갖고 싶어 했던 한정판 조미료야. 요건 선물 받은 쿠키, 그리고 요거는 스즈한테 어울릴 거 같아서 사 둔 셔츠랑 양말이랑 바지……."

"와, 잔뜩 사 왔네!"

자질구레한 부분까지 일일이 챙겨 주니 소꿉친구보다는 시골에서 아들을 보러온 엄마 같기도 했다.

"……일단 들어와."

"아싸! 그럼 실례—"

로퍼를 벗고 터벅터벅 복도로 걸어 들어가는 리카의 뒤를 나는 복잡한 심경으로 따라갔다.

☆　☆　☆

"지금부터 이 리카 누나가 스즈의 투정을 다 받아 주겠어!"

거실 한복판에 서서 리카가 가슴을 쭉 펴고 선언했다. 아, 또

그러네.

"이사하랴 새 학기에 적응하랴 피곤했지? 오늘만큼은 실컷 응석 부려도 좋아."

리카가 블라우스 소매를 걷으며 흐음, 숨을 크게 내쉬었다.

"괜찮아, 오랜만에 만났는데 기분만 받을게."

"빼지 마, 자자, 뭘 해 줬으면 하는지 리카 누나에게 어서 말해 보렴."

아무것도 하지 말아 달라고 솔직히 말하면 화내려나.

리카는 집들이 선물과는 별개로, 금방이라도 터질 듯한 비닐봉지를 들고 왔는데, 그 안에서 무언가를 계속 꺼내고 있었다. 앞치마, 고무장갑, 마스크……. 전형적인 가사 도우미의 기본 준비물이었다. 아무래도 알바 끝나고 할인 매장에 들러 사 온 모양이다.

리카는 나를 위해 자꾸 뭐라도 해 주고 싶어 했다. 그런 마음 씀씀이는 고맙다만 한 가지 문제가 있었다.

툭 까놓고 얘기해서, 리카는 집안일에 젬병이었다.

요리할 때는 항상 불쇼를 했고, 바느질할 때는 꼭 피를 봤고, 정리 정돈한답시고 이곳저곳 기웃거리지만 리카가 지나간 곳은 오히려 너저분해졌다. 의욕이 스킬을 따라오지 못하는 탓이었다.

그래도 『아이엔키엔』에서 손님들로부터의 평은 좋았다. 리카 본인도 일이라기보다는 손님과 커뮤니케이션을 한다는 감각으로 접근하는 듯했다.

"그럼 이삿짐부터 풀어 볼까."

"다 했어."

"그럼 장보기는?"

"집에 오는 길에 다 사 왔어."

"……그럼 빨래."

"다림질까지 끝냈어."

"아, 짜증 나! 내가 할 게 없잖아! 부지런도 하다!"

화내면서 칭찬하는 건 리카의 재능이었다.

"리카는 손님이니까 소파에 편히 앉아서 쉬어. 선물만으로도 고마우니까."

"그럴까?"

이건 조금의 거짓도 섞이지 않은 내 본심이다. 막 아르바이트를 끝내고 놀러 온 소꿉친구를 부려 먹을 정도로 마모리 일가는 악덕하지 않았다.

"응응, 일단 손 씻고 가글부터 하고 올래?"

"네~."

리카는 슝 하고 욕실로 튀어 갔다. 그 틈에 나는 유즈키의 저녁 준비를 이어 갔다.

그런데 5분이 지나고 10분이 지나도 리카가 욕실에서 돌아오지 않았다. 일을 보는 것 같지는 않고 내 방을 몰래 염탐하는 타입도 아닌데…….

그때였다. 복도 끝에서 리카의 비명이 들려왔다. 뭐야, 뭐야.
나는 요리하던 손을 멈추고 소리가 난 욕실 쪽으로 향했다.

"엇……."

리카는 물이 흥건한 욕실에서 엉덩방아를 찧은 채 바가지를
뒤집고 있었다. 욕실 문이나 천장은 물론 온갖 곳에 거품이 튀
어 있었다. 배수구로 꼴꼴 흘러 들어가는 세제는 방금 비닐봉
지에 들어 있던 건데, 아무래도 욕실용이 아닌 모양이었다.

"뭐 한 거야?"

내가 차가운 눈빛으로 쏘아보자, 리카는 당황한 듯 주변을
두리번거릴 뿐이었다.

"그게…… 손을 씻으려는데 욕실 바가지가 더러워 보여서,
그냥……. 닦다 보니 점점 일이 커져 버렸네……."

"그래서, 신나게 청소하다가 거품에 벌러덩 넘어졌다는 거군."

"……응."

"갈아입을 옷 가져올게."

"……응."

리카가 저질러 놓은 덕에 집안일 리스트가 새롭게 갱신되는
순간이었다.

잠시 후, 샤워를 끝내고 나온 리카가 거실로 돌아왔다. 리카
가 입고 있는 옷은 내 옷장에서 꺼낸 티셔츠와 슬랙스였다. 셔
츠가 너무 크지는 않을까 싶었지만 리카의 몸 특정 부분이 건

강하게 잘 자란 덕분에 기장이 딱 맞았다.

"리카가 사 온 푸딩, 냉장고에 넣어 뒀으니 먹어."

"네～."

리카는 소파에 파묻히든 앉아서 푸딩 뚜껑을 열었다.

"스즈는 안 먹어?"

"난 밥 먹고 나서 먹으려고."

"헐, 저녁 아직도 안 먹었어?"

"요즘 들어 매일 불규칙해."

"나도 아직인데～. 그럼, 옷이랑 샤워실 썼으니까 보답하는 의미로 오늘은 내가……."

"응, 아니야. 괜찮아. 내가 만들어 줄게!"

다른 건 몰라도 이사하자마자 집에 불을 낼 수는 없었다.

게다가 그사이에 유즈키가 귀가할지도 모른다. 이웃에 화제의 신입생이 산다는 사실을 알면 여러모로 귀찮아지니, 리카한테는 당장이라도 만들어 먹을 수 있는 걸로, 그리고 얼른 먹고 돌아가길 비는 수밖에 없었다.

"그럼, 바로 먹을 수 있는 닭고기 죽이라도…… ."

리카가 푸딩을 입으로 옮기며 의심스러운 눈초리로 나를 째려봤다.

"……머—언—가 수상하단 말이야."

"뭐?"

"예전에는 아무리 늦어도 손이 많이 가는 음식 만들어 줬잖

아. 그런데 지금은 나보고 빨리 집에나 가라는 뜻이야?"

"아, 아닌데?"

리카는 가끔 신묘한 촉을 발동할 때가 있었다. 그러나 괜찮다, 속사정까지는 간파해 내지 못할 거다.

"스즈, 나한테 숨기는 거 있지?"

"숨기긴 뭘……?"

"스즈는 거짓말할 때면 늘 오른쪽 볼이 실룩거리잖아. 소꿉친구의 매의 눈을 무시하지 말라고."

꿈에도 몰랐다. 놀람과 동시에, 나는 지금껏 리카의 생일에 서프라이즈 선물을 하려다 번번이 실패했던 일이 떠올랐다.

"아—아, 서운해라. 머—얼리 이사 간 소꿉친구가 마음까지 거리 두기를 하네~."

"그, 그게 아니라, 그럴 만한 사정이……."

"……혹시, 여자 친구가 오기로 했어?"

리카의 목소리 톤이 갑자기 낮아졌다. 이야기가 별안간 연애 이야기로 넘어갔다.

"학교에서 이상한 소문을 듣긴 들었는데, 2학년 스즈후미 마모리가 아리스 유즈키한테 고백했다더라고."

순간 내 심장이 덜컥 내려앉았다. 이미 소문이 리카의 귀에까지 들어간 건가.

"당연히 안 믿었지. 스즈는 아이돌에 관심도 없을뿐더러 그렇게 가벼운 사람도 아니니까. 자신의 신념이 뚜렷하잖아."

나를 응시하는 리카의 눈은 자못 진지했다.

"……맞아?"

리카가 우리 집에 온 진짜 목적은 나를 챙겨 주려는 것도, 집들이 선물을 건네려는 것도 아니었다.

어쩌지, 어디까지 솔직하게 털어 놔야 할까.

"아…… 아리스 유즈키한테 고백한 건 사실이야. 근데 피치 못 할 사정이 있었어."

"그 사정이 뭔데?"

차마 유즈키가 이웃이라는 사실은 밝힐 수는 없었다. 하물며 이웃 사이인 것을 숨기기 위해 밀담을 나누다가 제삼자에게 발각된 거라고 어떻게 말하겠는가. 설령 한눈에 반했다고 적당히 둘러대 봤자 리카가 믿어 줄지도 미지수다. 그렇다고 소꿉친구에게까지 그런 거짓말은 하고 싶지 않았다.

"자료실에서 우연히 아리스 유즈키와 마주쳤거든 그때 때마침 3학년 선배가 온 거야. 근데 나랑 아리스 유즈키가 이상한 짓이라도 한 줄 오해하니까. 그래서 순간 떠오른 게 가짜 고백이었어. 음흉한 소문이 퍼지는 것보다야 낫잖아. 생각해 봐, 상대는 아이돌이라고."

나는 적당히 진실을 섞어 새빨간 거짓말이 되지 않도록 수위를 조절했다. 아무리 유즈키의 명예를 지킨다지만, 어찌 됐든 소꿉친구를 속이는 꼴이 되니 왠지 마음이 불편했다.

"……음. 스즈가 그렇다고 하니 믿는 수밖에 없지만."

리카는 여전히 납득이 가지 않는 표정이었지만, 우선 의심의 눈초리는 거둔 듯했다.

"다시 한번 물을게, 진짜로 아리스 유즈키랑 사귀는 거 아니지?"

"안 사귀어. 그건 사실이야. 걱정 끼쳐서 미안해."

나는 얼굴 앞으로 손을 모으고 성심성의껏 리카에게 사과했다.

"……알겠어. 오늘도 무슨 약속이 있는 거 같으니 일찍 갈게."

"미안, 다음에 벌충할 테니까."

"그건 그렇고, 현관에 있던 젊은 여자 부츠는 누구 거야?"

"어라, 유즈키는 우리 집에 들어 온 적이 없는……데?"

그 순간 리카는 주변을 순식간에 얼어붙게 만드는 싸늘한 기운을 내뿜고는 푸딩을 단숨에 입안으로 밀어 넣었다.

"칫, 갈게!"

그리고 가방을 어깨에 메더니 싱크대에 빈 푸딩 용기를 신경질적으로 던져 놓고, 현관으로 성큼성큼 걸어갔다. 그건 그렇고, 그 몰골로 집에 갈 작정인가.

"스즈 바보! 푸딩 먹다가 사레나 들려라!"

황급히 리카를 쫓아가려는데 그만 빈 용기를 바닥에 떨어뜨려 부엌 매트에 갈색 얼룩이 졌다. 이런, 재빨리 정석대로 닦지 않으면 캐러멜 소스가 더 번질지도 모른다.

"……아아, 제길!"

하지만 지금은 부엌 매트보다 리카가 우선이었다.

복도로 가자 이미 리카가 막 현관문 손잡이에 손을 얹은 참이었다.

"잠깐만, 리카!"

내 말을 무시한 리카는 그대로 현관 밖으로 나섰다. 나는 신발도 신지 않고 헐레벌떡 아파트 공용 복도로 뛰쳐나가 리카의 가냘픈 어깨를 손으로 붙잡았다.

"이거 봐! 스즈는 인기 아이돌이랑 뜨거운 시간 보내든가 맘대로 해. 나 같은 건 아무 때나 불러서 집안일이나 척척 해 주는 가정부 취급이나 하면서!"

"그건 오해야!"

나는 단 한 번도 리카가 집안일을 척척 해 준다고 생각한 적이 없다!

"아까도 말했는데 난 유즈키랑 사귀고 있는 게 아니야……!"

"엄청 친하잖아! 그렇게 사이가 좋으시면 차라리 아예 한집 살림 차리시든가─."

"……무슨 일이야?"

소란을 단번에 잠재우는 또렷한 목소리가 들려왔다.

나와 리카는 동시에 810호 쪽으로 시선을 돌렸다.

거기에 있던 사람은 현관문 구멍에 막 열쇠를 집어넣으려던 유즈키였다.

"……저기, 스즈후미. 가정부라니? 그 사람은 누구야?"

그 순간 『독 안에 든 쥐』라는 속담의 의미를 사전에서 찾아보면 분명 예문으로 지금 내가 처한 상황이 소개될 테지, 하고 잠깐 망상에 잠겼다.

"…… 무슨 상황인지 설명 좀 해 줄래?"

이 질문은 유즈키와 리카, 둘 중 누구의 입에서 나온 말이었을까.

☆　☆　☆

"저기, 진짜로 섞기만 하면 돼?"

"아아. 그건 끈기 있는 리카만 할 수 있는 중요한 작업이야."

"좋아, 나한테 맡기라고~."

로우 테이블 왼편에서 리카는 앞에 있는 볼에 정신을 집중했다. 어쨌든 리카의 기분이 조금은 풀어진 듯 보였다. 그사이 나는 오른편에 앉은 유즈키에게 머리를 숙였다. 우연히 맞닥뜨렸으나 나와 유즈키가 이웃이라는 사실을 같은 학교 학생이 알아 버렸으니 말이다.

"……아니야. 처음부터 스즈후미를 자료실로 부른 내 잘못

이야. 스즈후미가 미안할 게 뭐 있어."

　조금 전 리카에게는 아주 간략하게 설명했다. 내가 이사 온 곳이 우연히 유즈키의 옆집이라는 것. 이웃집에 인사하러 갔을 때 유즈키가 공복으로 쓰러진 것. 그리고 가끔 내가 음식을 챙겨 준 것. 오해를 불식시키기 위해 자료실에서 가짜 고백을 꾸몄다는 건 이미 설명했지만 재차 확인시켜 주었다.

　"미안. 리카까지 집에 들어오게 됐네."

　"괜찮아. 그 상황에서 그냥 보내면 괜히 찝찝하기만 하니까. 게다가……."

　유즈키는, 볼 안에 있는 재료를 섞는 데에 몰두하고 있는 리카를 경계하는 눈빛으로 쳐다봤다. 조금 전 소개는 했지만, 아무리 내 소꿉친구라 한들 유즈키의 입장에서는 단지 처음 본 여자일 뿐이었다. 리카가 다른 사람에게 비밀을 발설하지 않을, 신뢰할 수 있는 사람인지, 본인의 눈으로 직접 확인하고 싶은 거겠지.

　"……있잖아, 스즈, 스즈?"

　리카가 내 팔을 끌어당기며 나를 불렀다.

　"응, 왜?"

　"이 반죽, 아직 간 안 했지? 간장이랑 미림이랑 소스 넣고, 메이플 시럽까지 해서 밑간하려고 하는데 어때?"

　"저지르기 전에 미리 물어봐 줘서 고마워. 하지만 지금 상태로 오케이야."

그것보다 오늘의 메뉴는 오코노미야키라니까!

내 표정에 깃든 불안함을 감지한 건지, 리카가 쿡쿡 웃었다.

"그렇게 불안하면 나만 보든가—. 난 요리에 서투니까."

조금, 아주 조금이지만, 어찌 됐든 자기 성찰을 했다는 사실만으로 발전한 것이다. 나는 그렇게 소꿉친구의 눈에 띄는 성장을 곱씹었다. 테이블 위에 사방으로 튀고 널브러진 반죽을 티슈로 닦아 내면서 말이다.

"알았어. 리카가 혼자서도 만들 수 있게끔 다시 천천히 알려 줄…….'

그 순간 주욱, 옷자락이 뒤로 당겨지는 느낌이 들었다.

돌아보자 유즈키가 내 옷자락을 쥐고 있었다.

"……나도, 요리 잘 못하는데…….'

유즈키는 지금껏 보여 준 적 없던 오묘한 표정을 짓고 있었다. 어디까지 자신을 드러낼지 아직 정하지 못한 것 같았다.

"아리스 유즈키 씨—. 지금 막 내가 스즈랑 이야기꽃을 피우는 거 못 봤어요—?"

"뭐 어때서. 그리고 여기 우리 집이거든?"

"그렇게 나온다면, 스즈는 내 거거든?"

"그건 아니야—."

나도 모르게 두 사람의 대화에 끼어들었다. 지금처럼 정색하고 이 전쟁에 말려들면 안 됐다. 무리해서라도 내가 진행자로 들어가 중재하지 않으면 오늘 오코노미야키는 물 건너갈게 분명했다.

나는 기름을 두른 철판에 리카가 만든 오코노미야키 반죽을 넓게 깔았다. 헤라로 동그랗게 모양을 만든 뒤 중앙에 살짝 홈을 팠다. 중심부에는 불이 세기 때문에 움푹 파 놓으면 전체적으로 균일하게 익힐 수 있다.

"……설마설마했는데 소문의 아이돌이 스즈의 이웃이라니."

우롱차를 홀짝이던 리카가 맞은편에 앉아 있는 유즈키를 응시했다.

"스즈후미에게 늘 신세 지고 있어. 여러모로 말이야."

리카의 말에 자극을 받은 걸까, 유즈키는 의미심장한 말로 응수했다.

로우 테이블을 사이에 둔 두 여자는 눈으로 격렬한 싸움을 벌이고 있었다. 오른쪽에는 유즈키, 왼쪽에는 리카. 나는 그 중간에 껴서 입을 꾹 닫고 요리에만 열중했다. 무색무취의 존재감 없는 게임 속 점원처럼 말이다.

이대로 눈싸움이 계속 이어지나 싶더니, 돌연 리카가 슬그머니 내 등 뒤로 다가왔다. 유즈키의 눈빛에 압도돼 일찌감치 백기를 든 모양이었다. 마치 동물원에서 갓 태어난 새끼 호랑이가 외국에서 들여온 거대한 동물을 위협하듯 내 등 뒤에 숨어서 얼굴을 빼꼼 내밀고 샤아— 하고 유즈키에게 이빨을 드러냈다.

한편 유즈키는 언뜻 온화한 미소를 짓고 있는 듯 보였다. 다만 그것은 아이돌 모드라기보다는 억지로 꾸며낸 미소로 애써 감정을 억누르고 있는 것뿐이었다.

"……오해할까 봐 미리 말해 두는데, 내가 먼저 스즈후미에게 『밥을 해 달라』고 부탁한 적 없거든. 근데 그렇게 째려보니 당황스럽네."

유즈키는 조금도 주눅 들지 않았다. 오히려 여유로움마저 느껴졌다. 매일 같은 테이블을 사이에 두고 밥을 먹다 보니, 유즈키의 속마음을 가늠할 수 있는 능력까지 생긴 것 같았다.

"……스즈의 요리가 먹기 싫으면, 단호하게 거절하면 되는 거 아냐?"

"그러고 있어. ……근데, 나도 모르게 먹게 되는 걸 어떡해."

"결국 스즈의 요리를 좋아한다는 거구나. 아니면 설마…… 스즈를 좋아해?"

"좋……!"

기습적인 질문에 말문이 막힌 유즈키는 반사적으로 상반신을 살짝 뒤로 젖혔다.

"너, 너야말로 아까부터 스즈후미한테 껌딱지처럼 붙어 있잖아?!"

"난 스즈후미의 누나니까 괜찮거든—."

리카는 어부바를 한 아이처럼 내 등에 체중을 실었다.

"누나? 아무리 봐도 여동생 같은데?"

첫 대면인데도 이렇게 빨리 상대에 대한 파악이 끝난 건, 리

카의 단순한 성격 탓일지 혹은 유즈키의 대인 스킬이 뻐어난 덕인지는 모르겠다.

어린 시절부터 리카는 사람과 잘 어울리지 못했다. 지금도 여전히 자신만의 독특한 스타일로 동년배와 커뮤니케이션을 하곤 했다.

"너무 신경 쓰지 마, 유즈키."

유즈키는 리카의 페이스에 말려 지친 걸까, 눈을 내리뜨고 혼잣말로 나지막하게 중얼거렸다.

"……뭐야, 그렇게 달라붙어서……"

"저, 유즈키?"

"응! 괜찮아, 난 아무렇지 않아!"

이번에는 동요를 감추려는지 유즈키가 얼굴에 손부채질하며 열을 식혔다. 역시 오늘따라 어딘가 이상했다.

아차차, 슬슬 반죽이 익을 때가 됐는데.

양손에 헤라를 든 나는 거침없이 반죽을 뒤집었다.

그러자 노릇노릇하게 구워진 오코노미야키가 자태를 드러 냈다. 밀가루 음식 특유의 향이 방 안 가득 퍼져나가자 긴장이 누그러졌다.

자, 올라갈 재료를 확인해 보자. 가쓰오부시, 파래, 소스 종류는 이미 테이블 위에 놓여 있다. 아, 맞다. 야키소바 때 먹었 던 초생강이 아직 집에 남아 있을지 모른다.

"집에서 초생강 좀 가지고 올게."

"어? 초생강 우리 집 냉장고에 놔두지 않았어?"

그 순간 리카의 어깨가 부들부들 떨렸다.

유즈키의 말대로 냉장고를 열자 초생강이 담긴 밀폐용기가 구석에 덩그러니 놓여 있었다.

"있어, 있어. 기억력 좋네."

"그야 매일 만들어 주니까."

리카의 어깨가 부들거리며 경련을 일켰다.

"……스즈, 전에 먹었던 특제 겨자 마요네즈 만들까?"

"아, 고마워. ……혼자 만들 수 있겠어?"

"그럼. 그 정도야 껌이지. 집에서 수십 번은 해 먹었는걸."

이번에는 유즈키의 어깨가 파르르 떨렸다. 둘 다, 미세한 전기에 감전이라도 된 걸까. 잠시나마 느슨해졌던 공기가 다시금 팽팽해지기 시작했다.

"자, 자! 곧 완성이야!"

이 이상 격화되면 위험해진다고 본능이 경고 신호를 보냈다. 나는 마무리를 서둘렀다.

나는 오코노미야키를 전기 불판 구석으로 밀어 놓고 특제 소스를 발랐다. 겨자 마요네즈는 짤 주머니를 써서 웨이브 모양으로. 파운데이션 작업이 끝나면 파래 가루와 가쓰오부시로 볼 터치를 해 입체감을 연출했다. 나는 헤라로 6등분으로 자른 오코노미야키 조각을 리카와 유즈키의 앞 접시에 올렸다.

"그럼, 둘 다 맛있게 먹어."

"잘 먹겠습니다!"

테이블 앞으로 돌아온 리카는 숨 돌릴 새도 없이 젓가락으로 오코토미야키를 죽죽 찢었다.

"우왓, 반죽 엄청 푹신푹신해!"

"마를 넣었거든."

리카가 젓가락으로 찢은 오코노미야키를, 크게 벌린 입속으로 넣었다.

"속살은 사르르! 해산물은 쫄깃! 마요네즈는 어쩜 이렇게 맛있는 걸까!"

찹찹, 씹어 대는 리카와 달리 유즈키는 아직 손을 대지 않았다. 항상 이 단계에서 입씨름을 벌이곤 했지만, 오늘은 리카도 있으니 어떻게 공략해야 할지 고민이 되었다.

"이 음식은……."

"응?"

그 콧대 높은 유즈키가, 자신의 의지로 젓가락을 쥐었다.

"……스즈후미가 키시베 씨만 먹으라고 만든 건 아니니까!"

유즈키는 마치 번지 점프대 위에 서서, 고민 끝에 뛰어내리기로 결심한 사람처럼 눈을 번뜩이며 오코미야키를 젓가락으로 집어 들었다.

입에 들어간 순간, 유즈키의 표정은 먹구름을 저 멀리 날려버린 푸른 하늘처럼 맑아졌다.

"와, 진짜 살살 녹아……!"

이번에는 제대로 한입 베어 물었다.

"양배추와 마, 새우와 문어. 대지와 바다가 둘이 사이좋게 손잡고 짙은 여운을 퍼뜨리고 있어. 특제 소스와 겨자 마요네즈도 매운맛과 단맛의 조화가 환상적이야……."

"그치? 스즈가 몇 년에 걸쳐서 개발한 배합이야. 아버님, 어머님도 가게에서 쓰고 있거든!"

조금 전까지 으르렁거렸던 두 사람이 이제야 서로 웃는 얼굴을 맞대고 요리를 즐기고 있었다.

이것이 바로 오코노미야키의 매력이었다.

대지와 바다의 보배들. 극과 극에 있는 식재료가 하나의 반죽으로 팀을 꾸리듯, 오코노미야키 앞에서는 모두 하나로 뭉쳐졌다. 식사라는 만국 공통의 커뮤니케이션은 사람의 지위나 관계를 따지지 않았다.

맛있는 요리는 인간을 웃음 짓게 한다. 거기에는 다툼도 경쟁도 없다. 이게 바로 세계 평화—.

오코노미야키는 우리 나라를 대표하는 음식이자, 평화를 상징했다!

두 번째 오코노미야키를 구우려던 순간, 왼쪽 시야에서 강렬한 시선이 느껴졌다. 리카가 젓가락을 쥔 채, 물끄러미 나를 바라보고 있었다.

"스즈도 그만 굽고 좀 먹어—."

"괜찮아. 둘이 먼저 먹어, 내 거는 따로 만들 거니까."

리카는 자신의 젓가락을 내려놓고 대신에 내 젓가락을 집었다. 그리고 불판에 올려진 오코노미야키를 들어 올렸다. 에이, 설마…….

"아~ ♪"

누가 봐도 참 눈물겹게 고마운 상황이지만, 리카가 내 눈앞에 들이민 것은 지금 막 굽고 있어 열기가 풀풀 올라오는 뜨거운 오코노미야키 한 덩어리였다.

"아니, 리카, 너무 커."

"아~ ♪"

리카는 순수하게 호의를 베푸는 것뿐이었다. 나는 있는 힘껏 입을 크게 벌렸다.

"아, 아—앙…… 앗, 뜨거……!"

달궈진 석탄을 문 듯 입안의 온도가 급상승했다. 나는 혀로 오코노미야키를 굴리며 식혔다. 그리고 재빨리 우롱차를 입에 머금어 입속을 달랬다.

"스즈후미, 여기 여기."

리카의 반대편을 보자 유즈키가 입을 벌리고 있다. 그러나 그녀는 젓가락을 쥐고 있지 않았다.

"아—."

"뭘?"

"뭐긴, 스즈후미는 나한테 밥을 많이 먹이고 싶은 거잖아?"

"그건, 그런 뜻이 아니……."

무방비로 노출된 유즈키의 입이 보였다. 새하얀 이는 가지런했고 오코노미야키를 먹고 있던 와중이었음에도 파래 가루도 가쓰오부시도 전혀 끼어 있지 않았다.

　"키시베 씨가 스즈후미한테 아— 해 줬으니까. 스즈후미가 나한테 아— 해 줘야지. 자자, 내 식욕을 자극할 절호의 찬스 아니야?"

　오늘 유즈키는 어째서인지 평소보다 먹는 데 적극적이었다. 아무튼 공세를 이어 나가기에 딱 좋은 상황이었다. 한편으로는 눈을 지그시 감은 채 입을 크게 벌린 유즈키를 보니 왠지 하면 안 될 짓을 하고 있는 기분이 들었다.

　"어서, 아—."

　"으응, 아……."

　떨리는 손으로 오코노미야키를 유즈키의 입에 넣으려는 순간이었다.

　"응, 알겠어!"

　갑자기 옆에서 리카의 손이 뻗쳐왔다.

　"읍!"

　"꼭 스즈후미가 아니어도 되지? 내가 많이 먹여 줄 테니까~. 꾹꾹 넣어 줄게~."

　"으으읍!"

　완코소바를 먹듯이 리카가 연달아 유즈키의 입에 오코노미야키를 밀어 넣자, 유즈키의 볼이 먹이를 입에 저장해 두려는

햄스터처럼 볼록하게 부풀어 있었다.

"으읍…… 컥! 뭐, 뭐 하는 거야!"

"아— 해 달라면서? 만족해?"

오늘 여러 번 반복됐던 눈싸움이 다시 시작되었다. 나를 가운데 둔 채 둘 사이에서 스파크가 파지직 튀었다. 누구 하나 물러설 기색은 조금도 없어 보였다.

그다음 동작은 둘이 미리 입을 맞추기라도 한 듯 거의 동시에 움직였다.

오른쪽에서 유즈키가, 왼쪽에서 리카가 내게 손을 뻗었다.

""자, 아—!!""

젓가락이 휠 정도로 큰 오코노미야키 조각을 들고 내 코앞까지 들이댔다.

""스즈후미, 선택해!!""

나는 철판에 헤라를 내려놓고 질린 얼굴로 한숨을 푹 내쉬었다.

이 두 사람, 닮은 구석 하나 없을 줄 알았는데, 이럴 때는 죽이 척척 잘 맞는군.

ROUND.6 「빨리 만들어♥」

　벚꽃이 완전히 지고 새잎이 다음 햇살을 품는 시기로 접어들었다. 기온이 서서히 올라 아직 4월 하순임에도 불구하고 여름이나 별반 다를 바 없는 날이 이어지고 있었다.

　최근 2주에 가까운 시간, 아리스 유즈키의 팬이라 자처하는 남자에게 습격을 받은 일도, 미카미 선생님이 유즈키의 의자에 볼을 비비는 일도 없었다. 반 친구들 사이에 돌았던 내 고백 소동도 일단락되어 평온한 일상을 되찾았다.

　나는 매일 2인분 식사를 준비해 옆집으로 쳐들어갔고 늘 그렇듯 이웃은 저항했지만, 결국에는 내 쪽에서 승리를 거머쥐며 지극히 평화로운 날들이 계속되었다.

　골든 위크를 앞둔 일요일. 나는 아침 일찍 숙제를 끝내 놓은 채 빈둥거리며 휴일을 보내고 있었다.

　띵—동.

　그때 초인종이 울렸다.

　식자재가 집으로 배달된다는 얘기를 아빠에게 들은 바도 없었다. 808호 부부도 아침 일찍 외출을 나섰으니, 초인종을 누른 인물은 현실적으로 둘 중 하나였다.

　갈색으로 머리를 물들인 소꿉친구 아니면 이웃집 인기 아이돌이다.

모니터 너머에 모습을 드러낸 사람은 후자였다.

나는 현관문을 열며 경계심의 불을 작게 지폈다.

전에 유즈키가 우리 집에 찾아왔을 적에는 그녀의 손에 사진집이 들려 있었다. 그날은 눈앞에서 수영복 차림으로 있질 않나 배를 만지게 하질 않나, 아무튼 묘한 분위기가 연출돼 여러모로 난처했다. 사춘기 남자의 취약한 부분을 가지고 장난치지 말았으면 한다.

"어, 유즈키, 이 시간에 어쩐 일이야?"

민무늬 컷앤소(Cut and Sew) 티셔츠에 면바지를 입고 있는 유즈키는 어째서인지 쭈뼛거리고 있었다. 뒷짐 진 손에 무언가를 감추고 있는 게 분명했다.

"있잖아, 스즈후미, 머리 나빠?"

뭐지, 이 신선한 도발은—.

"아, 아니, 공부 잘하는지 궁금해서."

슬쩍 유즈키의 뒤춤을 보자, 참고서와 프린트물이 보였다.

"……설마 공부 알려 달라고?"

유즈키는 참고서로 얼굴을 가리고 기어들어 가는 목소리로 중얼댔다.

"……스즈후미에게 쿠폰 하나 줄게."

"뭐라고?"

"아이돌과 함께 하는 1일 데이트권. 맞아, 스즈후미를 내 팬으로 만들려는 작전이야. 책상 앞에 나란히 밀착하고 앉아 공부하면서 스즈후미의 심장을 두근거리게 할 고도의 테크닉이 거든…….”

“그냥 솔직하게 털어놓지?”

유즈키는 허를 찔려 순간 말문이 막힌 듯했지만, 또다시 이 런저런 변명을 늘어놓기 시작했다.

“학교도 별로 나가지 못한 데다가 조퇴도 많이 해서……. 일 단 수업에 못 나간 대신 과제 제출하면 된다고는 하는데, 수업 대체 과제라고는 해도 분량이 어마어마하다고 해야 하나, 혼자 서 해 보려는데 모르는 문제도 많아서 도저히 끝이 보이지 않 아서…….”

“그럼 반 친구들 모아서 공부 모임을 만들어 보는 건 어때?”

“그건 안 돼. 바보 이미지로 낙인찍히잖아. 그것도 그렇 고…… 학교에서 평범하게 이야기 나누는 친구가 있긴 한데, 일부러 휴일에 시간 내달라고 부탁하기도 미안하고, 과제를 도 와줄 정도로 친한지도 잘 모르겠고…….”

이목구비를 가리고 있었지만 참고서 옆으로 삐져나온 유즈 키의 귀는 이미 빨갛게 달아올라 있었다. 나한테 찾아오기 전 에 수없이 고민했음이 틀림없다. 지금도 있는 용기 없는 용기 다 짜내고 있겠지.

“……알았어. 아까 질문에 답하자면, 1학년 기말고사에서 20 등 했어.”

유즈키의 표정이 한층 밝아졌다. 바로 얼굴에 감정이 드러나는 어린아이 같은 얼굴을 보고 있자니 역시 나보다 한 살 어린 동생이라는 게 여실히 느껴졌다.

"그럼, 우리 집에서……."

"아, 미안. 집안일이 아직 좀 남아서, 아예 우리 집에서 하는 건 어때?"

잠시 정적이 흘렀다.

"……어? 아, 으, 응, 그럴까?"

"오케이─. 그럼 들어와."

"일단, 집에서 이것저것 준비해서 다시 올게……."

"알았어. 그럼 이따가 봐."

현관문이 닫히기 직전에, 「설마 무슨 일 있겠어, 키시베 씨랑도 별일 없었잖아……」라고 혼잣말로 중얼거리는 유즈키의 목소리가 들렸다. 그건 무슨 의미였을까.

음, 모르겠다.

그건 그렇고 내 입술 끝이 씨익 치켜 올라간 걸 유즈키는 분명 못 봤겠지.

☆　☆　☆

"그럼, 실례하겠습니다~."

유즈키는 경계심이 강한 고양이처럼 몸을 잔뜩 움츠리며 거실로 향했다.

"뭔가 집이 심플한 느낌이네. 스즈후미랑 딱 어울리는 분위기랄까."

그건 피차일반일 텐데. 유즈키의 집에도 장식이라고 할 만한 것이 거의 없었으니까.

"빨리 시작하자. 이거 우롱차인데, 찻잎 많이 넣어서 향긋하고 맛있어."

잔을 내려놓은 나는 거실 로우 테이블을 사이에 두고 유즈키와 마주 앉았다. 과목은 영어가 중심인 듯했다.

"그럼 어디부터 할까?"

"잠깐만, 프린트물에서, 이 부분인데…… 음?"

유즈키가 갑자기 주변을 획 둘러보았다. 훗, 제법 눈치가 빠르군.

유즈키는 이 정체불명의 위화감을 틀림없이 느꼈을 것이다. 집의 가장 깊숙한 곳까지 발을 들인 이상 눈치챌 수밖에 없지.

하지만 이미 늦었다. 현관은 체인까지 걸어 단단히 잠갔고 스마트폰은 손을 뻗어도 닿지 않는 곳에 은근슬쩍 치워 놨다. 도움을 요청하려 해 봤자 808호 중년 부부는 아침 일찍 오이타로 여행을 떠났으니 아무리 소리쳐 봐도 그 누구의 귀에도 들릴 리 없다.

"……스즈후미? 왜 웃어?"

"아무것도 아니야. 그건 그렇고 빨리 과제나 시작하자고."

내가 프린트물에 손을 뻗자 유즈키는 재빨리 손을 뒤로 뺐다.

"……나, 아무래도 집에 그냥 갈까 봐. 역시 과제는 혼자 힘으로 하는 게 낫지 않을까 싶어서."

"미안해할 거 없어. 자자, 일단 우롱차부터 마셔 봐. 기분 전환할 겸."

"……."

침묵이 무겁게 내려앉았다. 환풍기 돌아가는 소리가 여느 때보다 귀에 거슬렸다.

"……스즈후미, 설마……."

나는 자리를 박차고 일어나려는 유즈키의 팔을 붙잡았다.

"어딜 가려고?"

추측건대 지금 거울을 본다면, 거울 속에 나는 음흉한 미소를 짓고 있을 게 분명했다.

"아…… 안 돼…… 이거 놔!"

어느샌가 유즈키의 눈에 눈물이 글썽거렸다.

그리고 유즈키는 비명에 가까운 소리를 질렀다.

"정말 이러기야? 지금 『이에지로(家二郎)』[#9]를 만들고 있지?!"

#9 이에지로(家二郎) 푸짐한 양과 자극적인 맛으로 유명한 라멘 체인점 '라멘지로'의 마니아들이 각자 집(家, 일본어 발음으로 '이에')에서 자신들의 스타일로 재탄생시킨 라멘.

나는 유즈키를 붙잡은 손에 힘을 풀고 부엌으로 갔다.

가스레인지 위에는 큰 냄비 두 개가 올려져 있었다. 한쪽은 돼지 뼈와 비계 그리고 채소가 가득 들어 있는 냄비로, 보글보글 소리를 내며 육수를 뽑아내는 중이었다. 다른 한쪽은 대파의 푸른색 부분을 넣어 차슈를 삶고 있었다. 가정용 환풍기로는 도저히 빨아들일 수 없는 진득한 냄새가 뇌를 마비시켰다.

"이렇게 손이 많이 가는 요리는 휴일이 아니면 엄두도 못 내거든. 지로 계열에 들어가는, 강력분을 사용한 극태면(極太麵)[#10]도, 적어도 전날에 미리 숙성시켜 놔야 하니까."

라멘지로마루. 통칭 『지로마루(二郎丸)』. 특히 남성들에게 열렬한 지지를 받는 라멘 체인점이었다.

특징은 뭐니 뭐니 해도 곱빼기라는 말조차도 무색할 정도의 압도적인 볼륨감과 진한 조미료를 아낌없이 쏟아부어, 건강과는 거리가 먼 강렬한 맛이다. 토핑도 마늘, 비계, 두껍게 썬 차슈 등으로 그야말로 반칙이었다. 지로마루의 맛과 양을 기준에 두고 독창적으로 리뉴얼한 「인스파이어 계열」, 「지로 계열」이라 불리는 장르도 존재했다.

지로마루 본점에는 대기 줄이 끝없이 이어져 있고, 맛은 계속 머릿속에 맴돌 만큼 중독적이라 집에서 지로마루의 맛과 양을 재현하려는 사람이 많았다. 이른바 「이에지로」였다.

#10 극태면(極太麵) 직경 2.2밀리미터에서 3.0밀리미터 정도의 두꺼운 면.

"먹을지 말지는 유즈키의 자유야. 과제 끝내 놓고 녹초 상태에서 이에지로의 폭력적인 비주얼에 버텨 낼지는 모르겠지만 말이야."

쉴 새 없이 펜을 굴리는 동안 거실에는 고기와 비계의 눅진한 냄새가 끊임없이 표류하고 있었다. 아무리 저항하고 발버둥 쳐봤자 뇌는 힘없이 굴복하고 만다.

공부 스트레스로 판단력이 떨어진 시점에「과제를 완수한 자신에게 주는 상」으로 제격인 칼로리 악마. 안 먹고 버틸 재간이 있을까.

나는 털썩 주저앉은 유즈키에게 한마디를 던졌다.

"자, 공부를 시작하자."

☆　☆　☆

유즈키는 초반 1시간은 한눈팔지 않고 오로지 과제에 집중했다. 본능을 억제하기 위해 로우 테이블 밖으로 시선을 뺏기지 않으려 노력했다.

공부 자체는 순조로웠다. 역시 평소 노래나 춤을 외우는 데도가 터서인지 습득력이 빨랐다. 가르쳐 준 내용은 바로바로 자신의 것으로 흡수할 뿐만 아니라 응용문제도 척척 풀어낼 정도로 두뇌 회전이 빨랐다.

하지만 지로마루의 냄새가 충만한 환경은 유즈키의 집중을 끈질기게 방해했다. 점점 정신이 아득해지고 눈은 초점을 잃어가고 있었다. 지나치게 필기를 열심히 하는가 싶어 노트를 들여다보니, 경전을 필사하듯이「지로마루 지로마루 지로마루 지로마루 지로마루 지로마루 지로마루 지로마루 지로마루 지로마루 지로마루 지로마루」라는 글자를 노트 한 면 전체에 빼곡히 써 내려가며 욕망을 달래고 있었다. 그걸 본 순간 등줄기가 얼어붙었다.

어느덧 해가 뉘엿뉘엿 저물어 가고 있을 무렵. 무리하게 머릿속에 욱여넣은 방대한 지식과 거듭되는 이에지로의 유혹으로 인해 유즈키는 결국 한계에 봉착했다. 혼이 빠져나간 유즈키의 눈에는 뱅글뱅글 소용돌이가 일었고 계속 입맛만 다실 뿐이었다.

"······더 ······리."

"응?"

"더는 무리야!"

유즈키는 백기 투항을 함과 동시에 바람 빠진 풍선처럼 축 늘어졌다. 샤프를 떨어뜨린 그녀는 고개를 푹 숙여 테이블에 엎드렸다. 어깨를 흔들어도 옴짝달싹하지 않아, 마치 테이블 주변에만 시간이 멈춘 듯 보였다.

"유즈키, 괜찮아?"

유즈키가 다시 고개를 치켜들었을 때, 그녀의 두 눈이 나를 쏘아보고 있었다. 그 모습은 마치 맹수의 눈처럼 표독스러웠다.

"……저기, 슬슬 저녁 먹을 때 되지 않았어?"

이에지로 작전이 성공을 거두는 순간이었다.

하지만 마냥 기뻐할 수만은 없는 이유가 있었다.

"……아니. 이거 제출 내일까지 아니야? 다 할 때까지 저녁밥은 보류야."

해야 할 일을 마무리 짓지 않으면 마음 편히 이에지로를 즐길 수 없다.

"당 충전하면 기분 전환되잖아. 동기 부여도 되고."

"라멘 같은 거 먹고 나면 졸릴걸. 아무튼 안―돼."

식사를 재촉하는 유즈키와 그런 그녀를 나무라는 나. 평소와 정반대 입장이 되어 있었다.

실은 나도 지금 당장 참고서를 내던지고 저녁 준비를 하고 싶지만, 아직 과제가 남아 있는 이상, 어느 쪽을 우선시해야 하는지 명확했다.

"모르는 거는 전부 배웠고, 나머지는 혼자 할 수 있어. 뒷정리하는 시간도 있어야 하니까 지금이라도 바로 저녁 준비하는 게 낫지 않을까?"

"상관없어. 어차피 큰 냄비는 물에 담가 놓고 설거지는 내일할 거니까."

"설거지는 내일 한다고 해도, 오늘 남은 집안일 있을 거 아니야? 얼른 밥 먹고 같이 쉬자."

어느샌가 옆에 와 있던 유즈키가 내 귓가에 속삭이기 시작했다. 온몸에 전기가 찌릿했고, 머릿속이 하애졌다.

줄곧 테이블에 붙어 있던 유즈키와 달리, 수시로 부엌으로 가 냄비를 확인하는 바람에 내게도 축적된 식욕이 만만치 않았다. 나는 당장이라도 솟구칠 듯한 식욕을 필사적으로 제어하고 있는 중이었다.

"피곤하지 않아? 점심때부터 쉬지 않고 공부 알려 주고. 스즈후미도 참 근성 있어."

그러더니 유즈키가 불쑥 내 머리를 쓰다듬어 주었다. 칭찬받는 데 익숙하지 않아서일까, 머리에 온 신경이 쏠렸다.

"위장을 다이렉트로 자극하는 진한 스프, 탱글탱글하고 쫄깃쫄깃한 극태면, 알싸한 향을 더하는 다진 마늘, 풍부한 육질의 목살 차슈…… 이제 참지 마. 이에지로는 언제 어디서나 원할 때 먹을 수 있어서 이에지로라고."

시야가 흔들리고 머리가 어질어질했다. 판단력이 흐릿해져 어딘가에 몸을 기대고 싶었다.

"나, 난…… 괜찮……."

마지막 일격처럼 유즈키의 입술이 내 귓가에 닿을락 말락한 거리까지 다가왔다.

"빨리 만들어♥"

숨을 가득 머금은 달콤한 목소리가 귀로 흘러 들어와 뇌의

지휘 계통을 마비시켰다.

"⋯⋯네."

나는 자리에서 일어나 비틀비틀거리는 걸음으로 부엌으로 향했다.

국물과 기름을 일체화시키는 유화 작업도 거의 마무리되어 가는 참이었다. 우리의 식욕이 폭발하는 타이밍을 정확히 잰 것처럼 말이다.

냉장고에서 꺼낸 건 어젯밤 준비해 둔 극태면. 밀 껍질 부분이 다량 함유된, 독특한 풍미를 맛볼 수 있었다. 나는 이 면을 끓는 물에 투입하고 꼬들꼬들해질 때쯤 건져 올렸다.

진간장, 미림, 조미료를 배합한 카에시, 그리고 유화가 끝난 국물을 1 대 5의 비율로 섞는다. 여기에 일반적인 라멘의 두 배가량인 300그램에 달하는 면을 넣었다. 면에 국물이 잘 배도록 이리저리 뒤집고 섞어주고 나면 다음은 토핑 차례였다.

대량의 숙주와, 큼직큼직 썬 양배추를 살짝 숨이 죽을 때까지 삶고, 여기에 카에시로 간을 맞춘 뒤 면 위에 왕관을 씌우듯 올려 주면 된다.

나는 어깨 너머로 조리 과정을 지켜보던 유즈키에게 물었다.

"마늘 넣을까?"

지로마루 또는 인스파이어 계열 가게에서는 토핑을 넣기 전에 이렇게 질문했다.

「채소」라고 답하면 숙주와 양배추를 곱빼기로 올려 주었다.

「마늘」이라고 답하면 다진 마늘을 듬뿍 넣어 주었다.

「기름」이라고 답하면 비계가 우아한 자태로 눈처럼 내려 쌓였다.

「카라메」[#11]라고 말하면 카에시를 위에서부터 뿌려 주었다.

「듬뿍」이나 「듬뿍듬뿍」이라고 말하면 그야말로 양이 대폭 상승했다.

고기를 증량하고 싶을 때는 돼지고기나 돼지고기 곱빼기 등의 식권을 따로 사면 됐다.

지점에 따라 다소 차이는 있을지언정 이러한 주문 방식은 지로 계열의 대명사였다.

유즈키가 입을 뗐다.

"채소, 마늘 듬뿍듬뿍. 비계, 간장 소스 듬뿍. 큰 돼지고기 곱빼기로."

조금의 주저함도 없이, 일사천리로 주문을 읊었다.

우선은 숨이 죽은 채소 토핑을 면 위에 산처럼 얹는다. 정상의 고도는, 대략 30센티미터를 넘었다. 뒤이어 어린아이의 주먹 크기만 한 다진 마늘 한 덩이를 채소 옆으로 올리고 그 옆에는 목살 차슈 8조각을 배치했다. 두툼하게 썬 돼지고기에는

#11 카라메 진한 농도의 국물.

카에시가 잘 배어 있었다. 거칠게 찢긴 물컹물컹한 돼지비계를 아낌없이 올려 줬다. 하얀 입자를 전신에 두른 라멘은 마치 눈의 요정 같았다.

"오래 기다리셨습니다. 『채소, 마늘 듬뿍듬뿍. 기름, 간장 소스 듬뿍듬뿍. 큰 돼지고기 곱빼기』입니다."

테이블 위에 그릇을 내려놓자마자 유즈키가 꿀꺽 침을 삼켰다. 나무젓가락을 쥔 그녀의 손이 마약 중독자처럼 덜덜 떨리고 있었다. 거친 호흡은 피와 살에 굶주린 괴물을 연상케 했다.

신비롭고 묵직한 자태를 뽐내는 이에지로는, 사막 한복판에서 우연히 발견한 오아시스 같았다. 공부로 지친 유즈키와 나에게는 단비나 마찬가지였다.

"'잘 먹겠습니다!!'"

우리는 동시에 나무젓가락을 라멘이 담긴 그릇에 찔러 넣었다. 그러나 한 번의 젓가락질만으로는 도저히 면까지 도달할 수 없었다.

먼저 비계에 뒤덮인 채소부터 공략하자.

"숨 죽은 채소 사이사이로 비계랑 카에시가 스며든 거 봐 봐, 비주얼 깡패야."

숙주와 양배추는 단일 재료로는 맛이 다소 밍밍했지만, 덕분에 비계와 카에시의 매력이 더욱 도드라졌다.

유즈키는 아무 말 없이 채소 산을 조금씩 오르고 있었다. 기름기로 그녀의 입술이 번들거렸지만 개의치 않은 듯 입 안 가득 음식을 밀어 넣었다.

유즈키는 순식간에 채소를 절반가량 먹은 뒤에야 겨우 한숨을 내쉬었다.

"비계에 단맛이 쏙 배어 있어……♥ 채소는 그냥 반찬 대용으로도 되겠는걸……♥"

이어서 유즈키는 큼지막한 차슈에 젓가락을 뻗었다.

"우와, 입에 넣자마자 사르르 녹아~♥ 텁텁해지면 향긋한 우롱차를 마셔 입안을 산뜻하게~♥"

나는 차슈를 그릇 바닥 깊숙이 담가 놓았다. 이렇게 하면 국물의 엑기스가 배어 더욱 야들야들해졌다.

내가 유즈키보다 먼저 면에 도달했다. 꼬들꼬들하게 삶아진 면을 집어 올리자 국물이 사방으로 튀었다.

"쫄깃한 식감은 단연 지로 계열 라면의 묘미야. 탄력 있는 면발이 입 안에서 춤추잖아."

"기름 때문에 입 주변이 미끈거려. 단단한데도 우동처럼 후루룩 넘어가 버리잖아♥"

절반 정도 먹자 어느새 이마에 땀이 송골송골 맺혀 있었다. 손수건으로는 감당이 안 돼 나중에는 손으로 대충 훔쳤다.

맞은편에 앉은 유즈키도 더운 것 같았다. 땀방울이 맺힌 얼굴은 어딘가 요염해 보였다.

지로마루의 상징인 고봉으로 올려 주는 마늘은 발한 작용에 더해 아드레날린 분비를 촉진하는 효과도 있다고 했다.

어느샌가 우리는 만면에 미소를 가득 띠며 라멘에만 열중했다. 공부로 인한 피로, 기다리고 기다리던 이에지로, 공복 상태에서 섭취하는 다량의 마늘은 우리를 무아지경으로 이끌기 충분했다.

그리고 식사의 후반전, 사건이 일어났다.

불현듯 유즈키가 젓가락을 내려놓더니 입술을 손가락으로 문질렀다.

아무리 유즈키라도 지로마루를 다 비우기는 힘들었던 걸까?

그렇게 생각하던 찰나, 유즈키가 양손을 엇갈려 컷앤소 티셔츠의 옷자락을 쥐었다.

"……어?"

이 동작, 본 적이 있다. 「야키소바 사태」 때, 수영복을 보여주기 위해 취했던 행동이었다.

"웃—차."

다행히도 이번에는 티셔츠 안에 수영복은 없었다.

푸른 비키니 대신에 모습을 드러낸 건 얇은 분홍빛 캐미솔이었다.

상반신은 가느다란 끈 두 개에만 의지하고 있었다. 어깨와 겨드랑이 부근이 드러나 있어 땀이 맺혀 있는 게 보였다.

"욱……!"

제길, 기관지에 면이 들어갈 뻔했잖아. 나는 우롱차로 황급히 상황을 모면했다.

진정하자. 아무튼 브래지어는 아니잖아. 피부를 덮고 있는 면적은, 거리에서 흔히 보는 배꼽을 드러낸 Y2K 패션[#12]에 비하면 훨씬 넓지 않은가.

"아, 더워……."

손부채질 하는 유즈키의 팔과 옆구리에 맺힌 땀이 희미하게 반짝였다.

"……왜 자꾸 힐끔힐끔 쳐다 봐?"

"그, 그냥."

안 되겠다. 속옷 차림의 이성을 실제로 본 적 없는 사춘기 남자에게 캐미솔 같은 건 어차피 큰 브래지어와 별반 다를 바 없었다.

반면 유즈키는 내가 당황하는 모습에 개의치 않고 식사를 다시 시작했다. 귀 뒤로 머리카락을 쓸어 넘기는 동작, 아슬아슬하게 보이는 옆구리, 땀이 밴 목덜미. 라멘에 집중하려 해 보지만 테이블 너머로 자꾸 시선이 꽂혔다.

유즈키가 차슈를 베어 물자 고기의 근섬유 사이에서 육즙이 튀어나왔다. 유즈키는 턱 선을 타고 흐르는 땀방울을 손등으로 훔치면서 입가에 묻은 육즙을 혀로 날름하며 닦아 냈다.

이내 그녀는 입을 동그랗게 모아 면을 호쾌하게 빨아들였

#12 Y2K 패션 2000년 전후로 젊은이들 사이에서 유행한, 타이트한 배꼽티, 와일드 바지, 미니스커트 등 과감하면서도 톡톡 튀는 색감과 디자인이 특징인 패션.

다. 번들거리는 면발은 기름이라는 이름의 루즈를 입술에 연신 발라 댔다.

그사이 내 그릇에 있는 면은 이미 불어 있었다.

"잘 먹었습니다!"

유즈키가 잔에 담긴 우롱차를 단숨에 털어 넣고 후아, 하고 한숨을 내뱉었다. 그릇 안에는 국물 이외에는 건더기 하나 남아 있지 않았다.

나도 번뇌와 싸우며 가까스로 그릇을 비웠고, 우리는 그대로 거실에 벌러덩 드러누웠다.

"또 먹어 버렸네……. 근데 오늘은 어쩔 수 없었어!"

뒤로 눕는 바람에 유즈키의 캐미솔이 말리며 배꼽이 드러났다. 그렇게나 많은 양을 집어넣었는데도 그녀의 배는 조금도 불룩 솟아 있지 않았다. 유즈키는 자신의 배를 쓰다듬듯이 위에서 아래로 쓸어내려 엷은 분홍빛 캐미솔을 원위치시켰다.

누워 있던 유즈키가 등을 꾸물꾸물 움직이며 내 왼쪽으로 바싹 다가왔다.

"왜?"

"아니, 그냥, 얼마 전까지만 해도 스즈후미 집에서 밥을 먹을 거라곤 상상도 못 했거든."

가깝다. 상기된 볼과 하얀 목덜미의 극명한 대비도, 호흡으로 인해 상하로 움직이는 유즈키의 가슴께도 뚜렷하게 보였다. 손을 뻗으면 얼마든지 만질 수 있는 거리였다. 나는 우리 사이에 처진 투명하고도 얇은 벽을 당장이라도 찢고 싶었다.

나는 이런 기분을 애써 감추기 위해 평범한 질문을 던졌다.

"······공부, 할 수 있겠어?"

"귀찮아~. 그냥 자고 싶어~."

유즈키의 눈은 이미 풀려 있었고 눈꺼풀이 내려앉기 일보 직전이었다.

이럴 줄 알고 밥은 공부가 끝나고 먹자고 한 건데. 나는 쓴웃음을 지으면서도 억지로 유즈키를 일으켜 세우지는 않았다.

"······나 말이야, 오랜만에 휴일다운 휴일을 보낸 것 같아."

이야기를 들어 보니, 유즈키는 지금껏 주말에도 쉬지 않고 일했다고 한다. 아마 인기를 얻게 되면서 하루를 통째로 쉬어본 날은 손에 꼽을 정도일지도 모른다.

그래서일까 과제하고, 밥 먹고, 빈둥대는 평범한 일상이 그토록 즐거운 모양이다.

"······있잖아, 다음에 또 쉬는 날 생기면—."

유즈키가 드러누운 채 시선을 내 쪽으로 던졌다.

"과제는 오전 중에 끝내고 오후에는 어디라도······."

그러나 돌연 무언가 떠올랐는지 유즈키는 눈꼬리를 축 늘어뜨리고 허공을 응시했다.

"······아니야, 아무것도."

길게 늘어뜨린 찰랑대는 긴 머리칼이 왠지 모르게 윤기를 잃어가는 듯 보였다.

학교 친구들에게는 선뜻 놀자는 말을 꺼내기 힘든 반면, 만나기 편한 이웃집 남자. 아무리 사귀는 사이가 아닐지라도, 둘이서 나란히 걷고 있는 모습이 사진으로 찍히기라도 한다면 그걸로 모든 게 끝이다. 유즈키는, 어쩌다 한번 얻은 휴일에조차도 사람들 앞에서 당당하게 노는 게 용납되지 않는, 아이돌이라는 가면을 항상 쓰고 살아야 하는 걸까.

"요즘 보드게임에 흥미가 생겼거든."

"응?"

"천 엔 이내로 꽤 괜찮은 가정용 보드게임을 팔더라고. 근데 보통 보드게임은 상대가 있어야 하잖아? 반 친구 녀석들은 관심 없는 거 같고, 혹시 괜찮으면 같이 하지 않을래? 웨이트나 연습 도중에 짬 나는 시간 아무 때나."

잠자코 대답을 기다리고 있는데 유즈키가 머리를 쓸어 넘기며 나지막하게 말했다.

"……음, 시간 되면 그러자."

"……아, 시간 되면 말이지."

문득 「집 데이트」라는 말이 떠올랐지만 짓궂은 장난 같아 입 밖으로 꺼내지는 않았다.

"그건 그렇고 곧 골든 위크인데, 계획 세웠어?"

"나? 연휴 시작되면 바로 숙제 끝내 놓고 반 친구들이랑 놀러 갈까 해."

유즈키의 상황을 알기에 놀러 갈 계획을 얘기한다는 게 조금은 미안했다. 그렇다고 솔직히 미안하다고 얘기하자니 오히려 유즈키를 불편하게 할 것 같아 그냥 속에 담아 두었다.

"그리고 리카가 펭귄 쇼 보고 싶다고 해서, 수족관에 같이 가기로 했어."

"……그렇구나. 키시베 씨랑."

"생일이 아니고서야 어디 놀러 가자고 하지도 않는 애가, 오코노미야키 먹었던 날부터 저 가게에서 디저트 먹고 싶다느니, 저 영화 재밌어 보인다느니 틈만 나면 연락해 오더라고. 입시 공부 시작하기 전에 실컷 놀아 두려는 건가."

저번 달까지만 해도 리카와 이웃이었기 때문에 함께 노는 날은 외출보다는 대체로 서로의 집에 놀러 가 조용히 만화책을 읽거나, 오코노미야키를 만들어 먹거나, 하며 한가로이 하루를 보내곤 했다. 몸이 멀어지니 자연스럽게 어울리는 방식도 달라져서 그런 게 아닐까 싶었다.

리카가 고등학교를 졸업하면 만날 횟수도 더욱 줄어들 테고, 리카에게 애인이라도 생기면 맘 편히 연락을 못 할지도 모른다. 그렇게 되면 무척 허전하겠지.

유즈키도 마찬가지였다. 평범한 남자 고등학생인 내가 현역 아이돌과 얽힐 수 있었던 이유는, 단순히 집이 가깝다는 우연이 작용했기 때문이었다.

유즈키를 힐끔 보니 왠지 모르게 풀이 죽은 모습이었다. 이윽고 몸을 일으킨 유즈키가 마늘과 비계 육즙이 빠져 나온 국물을 후룹, 마시더니 무언가 결심한 듯 입을 뗐다.

"……수족관 가면 일일이 보고해."

"응?"

"그러니까 어디를 돌고 있는지, 뭘 먹고 있는지, 전부. 15분마다 메시지 보내라고."

무슨 뜻일까. 설마 유즈키도 펭귄을 좋아하는 걸까. 아니면 연휴 때 아무 데도 놀러 가지 못하니 내게 실시간으로 상황을 전해 들으면서 수족관을 간접 체험하고 싶은 걸까.

"그럼 동영상으로 보내 줄게. 리카가 옆에서 계속 시끄럽게 떠들겠지만."

"……사진이면 돼. 셀카."

"셀카? 수족관은 어두워서 얼굴이 잘 안 나올 텐데."

"괜찮아! 참고로 펭귄도 돌고래도 말미잘에도 별로 관심 없거든!"

그럼 대체 어디에 관심이 있다는 걸까.

왠지 모르지만 유즈키가 잔뜩 성을 냈다. 이럴 때는 섣불리 깊이 들어가지 말고, 디저트를 쥐어 주면서 화를 삭이게 하는 방법이 제일이었다.

나는 라멘으로 무거워진 몸을 겨우 일으키며 유즈키에게 물었다.

"바닐라셔벗, 오렌지셔벗, 어느 쪽?"

"오렌지. ……그리고."

"민트 많이? 알고 있어."

"앗싸♪"

자리에서 일어나자 유즈키는 싱글싱글 웃고 있었다.

유즈키와 함께 지낸 지도 어언 한 달이 지났지만 새삼 느낀 바가 있다.

집안일 스킬을 제아무리 갈고 닦아도, 여자의 마음은 도통 모르겠다는 것이다.

ROUND.7 「바래다 줘서 고마워」

고등학교 2학년이 된 지도 한 달이 지났다.

골든 위크는 흡사 라멘지로마루의 회전율처럼 순식간에 지나갔다. 나는 밤마다 호즈미의 길고 긴 연애담을 전화로 들어주거나 부모님 가게에 나가 환풍기 청소를 도우며 슬로 라이프를 보냈다. 반면 이웃은 주말과 공휴일도 가리지 않고 일하러 나갔다.

참고로 리카와 수족관에 가지 못했다.

직전에 리카의 몸 상태가 안 좋았기 때문이었다. 어쩐지 연휴 초반부터 신나게 달린다 싶더니, 체력이 전부 소진된 모양이었다. 미안하다는 메시지를 받은 나는 병문안을 갔다.

"약속 깨서 미안…… 누나가 돼서 참…….."

리카는 한껏 풀이 죽어 있었지만 내가 고명을 많이 올린 우동을 만들어 주겠다 하니 배시시 웃으며 코를 훌쩍였다.

5월에는 중간고사도 있고 다음 공휴일까지는 두 달 이상 쉬는 날 없이 내내 수업이라, 2학년 A반의 텐션은 바닥까지 떨어졌다. 호즈미는 다음 시험에서 낙제점을 받으면 데이트 금지령이 내려지기에 마치 오랜 시간 청소를 게을리해 방치된 강에 축적된 쓰레기 더미처럼 얼굴이 거의 죽상이었다.

녀석은 1학년 2학기 기말고사 절반 이상의 교과목에서 낙제점을 받은 전력이 있었다. 방과 후에 공부를 지도해 달라는 간청을 받아 수락하긴 했다만, 과연 며칠이나 가려나.

이렇게 말하는 나도 이웃과 1주일 동안이나 같이 식사를 못해 기분이 썩 좋다고 말할 수는 없다.

유즈키가 소속된【스팟라이츠】는 최근 버라이어티 방송에 조금씩 얼굴을 비추기 시작했다. 그러나 어디까지나 본업은 사람들 앞에서 춤추고 노래하는 아이돌이다. 가까운 시일에 도쿄에서 큰 공연을 할 예정이라 유즈키를 비롯한【스팟라이츠】멤버는 연일 늦은 시간까지 리허설에 매진하고 있다고 한다.

그러고 보니 유즈키와 알게 된 뒤로 그녀들이 공연하는 모습을 제대로 본 적이 없었다. 라이브 스트리밍 티켓도 판매한다고 하니 한번 사 볼까.

HR이 끝나고 나는 앞자리에 앉아 졸고 있는 급우 녀석에게 말을 걸었다.

"어이, 공부해야지. 도서관 가자."

"……다음 주부터 하는 건 어때?"

설마설마했는데 첫날부터 바로 포기 선언이라니. 그러나 나는 여기서 바로 물러날 정도로 무책임한 사람이 아니었다.

"공부는 습관이야. 빨리 일어나."

다른 아이들이 차례차례 교실을 나서는 와중에도 호즈미는 끈질기게 책상에 눌어붙어 있었다.

"야, 스즈후미, 너도 타인의 부탁을 거절하는 법 좀 슬슬 몸에 익히지 그러냐."

본인이 부탁해 놓고, 이건 무슨 또 상황인가.

"1학년 때부터 애들한테 베풀기만 했잖아. 후보자도 없는 위원회를 떠맡질 않나, 임간 학교[#13]에서는 다른 반까지 가서 불 붙이기를 도와주질 않나, 밸런타인데이나 화이트 데이 때에도 반 아이들한테 과자를 나눠 주질 않나, 신학기 첫날부터 여자 교복 단추를 꿰매서 달아 주질 않나."

"……재밌어서 하는 것뿐이야."

나는 가까운 사람이 곤경에 처하면 할 수 있는 한 도와주고 싶다. 이웃이든 반 친구든 돕고 싶으니까 돕는다는 말이다.

"뭐든 도맡아서 하려는 건 네 자유지만 가끔은 다른 사람에게 의지도 해 봐. 주변 사람들한테 의견을 구하질 않으니, 첫눈에 반한 아이돌에게 무작정 돌진해서 사랑 고백이나 하는 거 아니야."

"그건 좀 잊어 줘."

분명 3학년이 되어도, 먼 훗날 동창회에서 만나도 이 이야기는 영원히 입방아에 오를 것 같았다.

"잘 들어, 호즈미. 오늘은 딱 15분 만이라도 좋아. 고작 15분이야. 첫 관문만 넘어서면 공부 같은 건 관성으로 이어 나갈 수

#13 임간 학교 수업 대신 산과 숲에 둘러싸인 곳에서 합숙하면서 자연을 경험하고 협동심과 체력을 길러 주는 일종의 자연 체험 학습.

있어."

나는 호즈미의 팔을 붙잡고 억지로 도서실로 데리고 갔다. 성적이 떨어졌다는 이유로, 친구가 애인과 데이트를 할 수 없게 되는 사실이 안타까울 따름이다.

결국 이날 호즈미에게 1시간 동안 공부를 시키는 데 성공했다. 한 번 시작하기만 하면 그다음은 오기로 어떻게든 되는 법이다. 오늘 자습 말미에는 「공부의 참 재미를 드디어 깨달았어!」라고 말하며 잔뜩 상기된 호즈미를 보았다.

어차피 내일이면 리셋되겠지만, 뭐.

나는 호즈미보다 먼저 도서실에서 빠져나와 학교를 나섰다.

그럼, 오늘은 어느 슈퍼에 가 볼까. 가끔은 상점가에 위치한 작은 슈퍼도 좋지. 아, 드러그스토어에서 세제랑 칫솔이랑 배수구 클리너를 사야 했다. 슬슬 세탁소에서 코트도 찾아 와야 하는데…….

호즈미는 그렇게 말했지만 나는 집안일이 즐거웠다. 또 사람들에게 도움을 줄 수 있을 때 행복하다. 결단코 내 능력을 넘어 무리해서 도우려고 하지는 않았다. 내 그릇이 어느 정도인지는 스스로도 잘 파악하고 있다.

유즈키도 처음에는 내가 음식을 만들어 주는 것에 대해 미안한 감정을 느꼈지만, 최근에는 어느 정도 받아들인 것 같다. 계속 이런 삶을 살 수 있었으면 하는 건 너무 욕심이려나.

"……유즈키 보고 싶네―."

불현듯 입에서 내 진심이 새어 나왔다. 서로 마주 보고 잡담이라도 나누고 싶었지만, 공연도 임박했고 그 후에는 팬 미팅도 잡혀 있다고 했다.

"스즈후미ㅡ."

이대로 5월 내내 못 만나는 건 아닐까……. 유즈키의 부모님은 고향인 니가타에 사신다고 하던데 연락은 자주 하는 걸까.

"스ㅡ즈ㅡ후ㅡ미ㅡ."

영상 통화라도 걸어 드리면 좋아하실 텐데.

"스즈후미!"

머릿속의 잡념이 볏짚으로 지은 집처럼 한 방에 날아가 버렸다.

잡념이 사라지자 유즈키가 보였다.

"계속 불렀는데, 일부러 무시하는 거야?"

유즈키는 교복 차림이었다. 갈색 블레이저, 빨간 넥타이, 검은 치마ㅡ.

여고생 모드의 유즈키는 아무리 봐도 예뻤다.

"……미안. 생각 좀 하느라. 이제 집에 가는 거야?"

"응. 오늘은 오후 수업만 들었지만. 같이 갈래?"

유즈키는 내 대답을 듣지도 않고 앞서 걸었다.

"학교에서는 알은체하지 말자고 해 놓고선."

"여긴 학교에서 멀어서 괜찮아."

통학로에 교복 차림의 고등학생은 눈에 띄지 않았고, 통행하는 차도 없었다.

"그래도 주간지 기자들 눈은 조심해서 나쁠 건 없으니까."

"같은 아파트에 살고 같은 학교에 다니는 것도 사실이니까, 그 정도로 기사를 쓰지는 않을 거야. 공공장소에서 손을 잡거나 하지 않는 이상 말이야."

"유즈키가 그렇게 말한다면야 뭐……."

자료실에서의 밀회 때는 무척 조심스러웠는데, 그사이 심경의 변화라도 있던 걸까. 나는 유즈키와 두 명이 들어올 정도의 간격을 벌리고 보폭을 맞춰 걸었다. 역시 조심해서 나쁠 건 없다. 그러나 거리를 계속 유지하려는 나와 달리, 유즈키는 어딘가 모르게 서운한 표정을 짓고 있었다.

"……좀 더 가까이 와도 돼…… ."

학교에서 아파트까지의 거리는 도보로 20분 정도다. 조만간 자전거를 살까 고민 중이었는데, 이런 특권을 누릴 수 있다면 당분간은 걸어서 통학하는 게 낫겠다.

우리는 함께 걸으며 이런저런 시시콜콜한 이야기를 나눴다. 수업을 따라가기 힘들어졌다든지, 반 친구가 3학년 선배에게 헌팅을 당했다든지, 친구에게 공부를 가르쳐 주기로 했다든지, 어떤 사람이 매일 밥을 만들어 줘서 웨이트 시간을 늘렸다든지, 평범한 친구 사이에서 나눌 법한 화젯거리였다.

"어? 이런 데 페이마가 있네."

최근에 막 오픈 한 건지 「신규개점」 광고 깃발이 펄럭이고 있었다.

페이보릿 마트, 약칭 『페이마』인 이곳은 업계 2위의 점포 수를 자랑하는 편의점이다. 시즌마다 발매하는 디저트와 계산대 옆에 위치한 핫 스낵은 꽤나 잘 팔렸다.

그중에서도 단연 인기 상품은 가게 이름을 내건 뼈 없는 프라이드치킨 『페이마치킨』이다. 2006년 발매 이후 페이마를 대표하는 핫 스낵으로 사랑을 받아 왔다.

혹시나 하는 마음에 나는 농담을 섞어 유즈키에게 이런 제안을 해 봤다.

"고등학생답게 방과 후 군것질이나 해 볼까? 내가 쏠게."

"……후."

단칼에 거절하리라 생각했건만, 유즈키는 묘한 자세로 몸이 굳어 있었다. 아마도 머릿속에서 대답을 고르느라 모든 자원을 총동원하고 있는 듯했다. 어, 이거 조금만 부채질하면 넘어오려나?

"새로 생긴 점포래. 이제 막 튀겨 내서 바삭바삭한 치킨이 줄지어 전시되어 있을걸."

"……후우."

"요새 공연 리허설 하랴 뭐 하랴 이래저래 바쁘게 살아왔으니까, 포상이라도 줘야 하는 거 아니야? 지금 원기 회복 안 하면 언제 하겠어. 가끔은 자기 자신을 칭찬해 주라고."

교복 옷자락이 옆으로 당겨졌다.

"……먹을 거야?"

"……흐음."

유즈키의 말투는 막 잠에서 깨 투정 부리는 꼬마 아이 같았다.

"알았어. 사 올게. 뭐 먹고 싶어?"

유즈키는 10분이 넘도록 스마트폰으로 공식 사이트에 올라온 상품 목록을 진지하게 들여다봤다.

장고 끝에 유즈키가 고른 메뉴는 페이마치키였다. 참고로 나는 같은 간판 상품 중 하나인 고로케, 『페이마고로』를 골랐다.

"뜨거우니까, 천천히 먹어."

유즈키가 함박웃음을 지으며 포장지를 벗겼다. 바삭바삭한 치킨이 자태를 드러냈다.

"이, 이게 바로 소문의 페이마치키……."

유즈키는 양손으로 쥔 치킨을 하늘 높이 치켜들고 황홀한 표정을 지었다. 소문이 자자하다고는 하나 역시나 그 리액션은 좀 과하지 않나.

"……설마, 페이마치키 처음 먹어 봐?"

"응. 본가 근처에는 편의점도 별로 없었고, 도쿄에 오고 나서는 핫 스낵은 꿈도 안 꿨으니까, 진짜 먹고 싶었는데……."

유즈키는 감동하는 것에 비해 좀처럼 먹으려고 하지 않았다.

"여, 역시. 이런 기름 덩어리를 먹는 건 아이돌로서 자격 미달이야……."

"이제 와서 무슨. 도저히 못 먹겠으면 내가—"

페이마치키를 향해 손을 뻗자, 유즈키가 전광석화 같은 움직임으로 멀찌감치 달아났다.

몸은 거짓말하지 않는다. 그 모습에 실소를 머금자 유즈키는 얼굴을 홍당무처럼 붉히며 드디어 페이마치키를 입가로 가져갔다.

"원래는 편의점 스낵은 먹으면 안 되지만……"

유즈키가 조그마한 입으로 치킨을 베어 문 순간, 화재 현장에서 뿌리는 물과 같은 엄청난 수압처럼 육즙이 튀었다.

"우와~♥ 탱탱하고 촉촉한 닭다리 살에 바삭한 튀김옷이 어우러져서 씹자마자 육즙이 쫘악 터져~♥ 부드럽고 맛도 끝내줘. 프라이드치킨 맞아? 이거 완전 삶은 닭 아니야? 순식간에 살살 녹아서 사라지잖아♥"

그 말대로 눈 깜짝할 사이에 페이마치키의 절반이 유즈키의 위장으로 들어갔다.

나는 인터넷에서 막 알게 된 정보를 떠들었다.

"레시피 사이트에서 본 건데,『페이마치키덮밥』같은 음식도 있나 봐."

"진짜? 아, 먹어 보고 싶은데, 칼로리 장난 아니겠지~."

"페이마치키랑 양파를 멘츠유[14]에다 넣어서 푹 삶고 위에다

#14 멘츠유 멸치나 가쓰오부시 등에서 뽑아낸 육수와 간장, 미림, 설탕을 베이스로 만든 조미료.

가 달걀 풀어서 얹으면 완전 오야코동인데?"

"……츄릅……"

"아니면, 매콤 달콤한 소스로 볶은 돼지고기랑 한입 크기로 자른 페이마치키를 올리면, 아이모리동(合い盛り丼)[#15]이잖아. 참깨를 뿌리고 채 썬 무까지 올리면 느끼함과 담백함을 한 방에 즐길 수 있다는 거지."

"……츄르릅……."

<u>꼬르르르르르르륵.</u>

유즈키가 페이마치키를 먹으면서 공복 상태인 것처럼 구는 신기한 재주를 부렸다. 그녀는 배를 가리고 얼굴에 홍조를 띠며 치킨을 꽉 쥐었다.

문득 내 손 쪽으로 강렬한 시선이 느껴졌다. 유즈키가 내 손을 멀거니 쳐다보고 있었다.

그녀의 시선이 향한 곳은 딱 한 입 남은 내 페이마고로였다.

나는 페이마고로 한 조각을 유즈키 눈앞에 흔든 뒤 보란 듯이 내 입속으로 던져 넣었다.

"아─악! 도둑이야!"

"누가 보면 뺏은 줄 알겠네."

유즈키는 지지 않으려는 듯 남은 페이마치키를 단숨에 먹어

#15 아이모리동(合い盛り丼) 두 종류 이상의 비중 있는 메인 재료가 한꺼번에 올라간 덮밥.

치웠다.

"하아, 끝났어…… 다음은 몇 년 뒤겠지……."

유즈키가 아쉬워하는 표정으로 손에 든 빈 포장지에 시선을 떨궜다.

맛있는 편의점 음식은 얼마든지 있다. 호빵, 포테이토, 컵 디저트 류……. 다음번 하굣길에서도 유즈키와 마주친다면 그때는 뭘 사 줄까.

군것질을 한 뒤 다시 통학로에 오른 우리는 어느샌가 한층 거리가 가까워져 있었다.

☆　☆　☆

우리는 통행하는 사람들이 적은 길을 골라 집으로 향했다. 일단 우리가 함께 있는 광경을 목격당하지 않는 게 최우선이기에 주변을 확인하고 또 확인해야 했다.

뻥 뚫린 길이라면 멀리서도 사람을 발견할 수 있지만, 문제는 가게나 주택이 난립한 지역을 지날 때였다. 건물과 벽에 시야가 가려져 끊임없이 예의 주시해야 했다.

그때였다. 코너를 돌기 전에 인기척이 느껴졌다. 나는 손을 들어 멈추라는 신호를 보낸 뒤 유즈키와 함께 제일 가까운 자판기 뒤로 숨었다.

코너에서 나타난 사람들은 오리키타 고등학교 교복을 입은 남학생 무리였다. 우리는 숨을 죽인 채 그들이 지나가기만을 기다렸다.

"……너네 그거 아냐, 2학년의 마모리라는 사람이 입학식 날 아리스 유즈키한테 고백했대."

"진짜냐, 완전 상남자네. 그래서 사귄대?"

"그럴 리가 있냐. 아이돌인데."

남학생들은 잡담을 나누느라 우리의 존재를 전혀 눈치채지 못한 듯했다. 벌써 한 달이나 지났는데도 여전히 핫한 뉴스로 거론될 줄이야. 이제 내가 인기 아이돌에게 고백했다는 소문은 우리 학교 안에서는 공공연한 사실이 되어 갔다. 지금까지 유즈키와 거리를 벌리고 오길 잘한 것 같다.

남학생 그룹이 완전히 시야에서 사라질 때까지 다시 한번 뇌 내 검색 엔진을 돌렸다. 여태껏 통학하면서 오갔던 모든 루트 중에서 인구 밀도가 가장 낮은 장소를 산출한 나는 유즈키에게 작전을 전달했다.

"다른 구획으로 우회하자. 이 루트는 편의점이 많아서 오리키타 학생이랑 또 마주칠지도 몰라."

"으, 응."

우리는 도로를 건너 옆 구획으로 이동했다. 이쪽 길은 가게가 적어 지인과 조우할 위험 부담이 한층 줄었다.

그렇게 생각하며 길에 발을 들여놓은 순간이었다.

오른쪽 앞에 있던 집에서 예상치도 못했던 인물이 나왔다.

"호즈미……!"

내가 잘 아는 그 지인은 평상복을 입고 있었다. 그렇다는 건 여기가 바로 호즈미의 집이라는 뜻이었다. 녀석과 놀 때는 늘 목적지와 가장 가까운 역에서 합류했기 때문에 어디에 사는지도 몰랐다. 그런데 이렇게 가까운 곳에 살 줄이야. 심지어 우리 아파트에서 도보로도 갈 수 있을 정도의 거리에서 살고 있으리라고는 꿈에도 생각 못 했다.

"유즈키, 숨어!"

우리는 황급히 뒷걸음질을 치며 건물 사이에 있는 골목으로 몸을 숨겼다. 유즈키를 안쪽으로 들여보낸 뒤, 나는 건물 그림자에 숨어 얼굴을 바깥으로 살짝 내밀었다. 손에 든 스마트폰에 고개를 박고 정신이 팔려 있는 호즈미의 움직임을 주시했다. 유즈키도 뒤에서 빼꼼 얼굴을 들이밀고 골목 상황을 엿보았다.

그 순간, 호즈미가 갑자기 얼굴을 들었다. 나는 재빨리 뒤로 돌아 유즈키를 골목 안 깊숙이 밀어 넣으려다 그만 스텝이 꼬여 중심을 잃어버리는 바람에 오른손으로 유즈키의 어깨를 붙잡았다.

제길. 자칫하면 유즈키가 넘어져 다칠지도 몰라 무리하게 균형을 바로잡으려던 것이었지만 우리는 기묘한 춤을 추듯이 엉거주춤 옆으로 돌고 말았다. 그 결과, 유즈키는 건물 벽에 등이 닿았고 나는 유즈키의 얼굴 바로 옆 벽에 손을 대 가까스로 중심을 잡았다. 소위 카베동#16 포즈였다.

유즈키는 깜짝 놀라 얼굴이 새빨갛게 물들었고 세차게 뛰는 가슴을 진정시키려는 듯 입을 연신 뻐끔거렸다.

"……미안."

나는 얼굴을 돌려 다시 골목을 관찰했다. 호즈미는 어디론가 사라졌다.

"다행이다. 이쪽 길로 가로질러 빠져나가자."

"……또 누구랑 마주치면 어떡해?"

"방금은 진짜 말도 안 되는 우연이었어. 여유 부리다간 아마도 시간상, 이번에는 장 보러 가는 주부들이랑 맞닥뜨릴지도 몰라."

"학생들보다는 그게 낫지 않을까……."

"꼭 그렇다고는 할 수 없어. 주부들 중에 오리키타 학생의 학부모가 있을 가능성도 있잖아. 학부모 네트워크가 얼마나 무서운데. 누구누구의 아들이 여친이랑 나란히 걷고 있다는 정보 같은 건, 눈 깜짝할 새에 퍼질걸. 자료실 고백 사건 때처럼 말이야."

내가 앞장서려고 뒤를 돌았을 때 유즈키는 어째서인지 멍하니 생각에 잠겨 있었다.

#16 카베동 남자가 여자를 벽(카베)으로 몰아세운 뒤 박력 있게 벽을 '쿵(동)' 치는 행동.

"……여친……."

"아, 아니, 그냥 말이 그렇다는 거야……."

"……흐—음."

유즈키는, 놀리는 것도, 그렇다고 납득한 것도 아닌 듯한 표정으로 나를 흘끗 쳐다봤다. 대체 무슨 생각을 하는 걸까.

"유즈키는 아이돌이니까 자기 자신을 지키는 것만 생각해."

"……응, 알겠어."

그 순간, 이유는 알 수 없지만 유즈키는 고개를 끄덕이며 내 손에 시선을 고정했다.

아무튼 우여곡절 끝에 대략 15분이 걸려 우리가 사는 아파트로 돌아올 수 있었다. 유즈키는 아파트로 향하는 와중에 틈만 나면 내 얼굴을 슬쩍슬쩍 엿봤다. 말이라도 걸면 모르겠는데 묵묵히 나란히 걸을 뿐이었다.

우리는 아파트 로비를 지나 함께 엘리베이터에 올랐다.

우리 사이의 거리는 10센티미터 이내로 줄어들었다.

"아, 페이마치키 포장지, 이리 줘. 내가 버려 줄게. 계속 들고 있게 해서 미안해."

"……고마워."

왼쪽에 서 있는 유즈키가 오른손으로 포장지를 건넸다.

나는 포장지를 왼손으로 받은 뒤 그대로 구겨서 상의 주머니에 찔러 넣었다.

유즈키의 오른손과 내 왼손이 비었다.

찰나의 순간 찌릿. 전율이 온몸을 쫙 훑고 지나갔다.

"……엇."

기분 탓일지도 모른다. 아니 우연이겠지.

그러나 눈으로 확인할 용기가 나지 않았다.

왼손 새끼손가락 끝에 희미한 온기가 느껴졌다.

유즈키는 입을 꾹 닫은 채 정면을 응시하고 있었다.

새끼손가락 하나 정도의 연결 고리—.

우리 둘 사이에는 침묵만이 흘렀다.

엘리베이터가 8층에 도착했다. 우리는 동시에 엘리베이터 밖으로 발을 내디뎠다.

신기하게도 걷는 속도가 완전히 일치해 손 위치가 어긋나지 않았다.

비록 그게 헛된 바람일지라도, 부디 이대로 영원히 함께 걷게 해 달라고 빌었다.

나는 809호를 지나 코너에 있는 810호까지 불과 몇 미터의 순간을 마음속 깊이 담아 두려 했다.

"……바래다 줘서 고마워, 스즈후미."

"겨우 이 정도 거리 가지고?"

가볍게 농담을 던지자 유즈키가 방긋 웃었다. 나도 따라서 웃었다. 손가락이 멀어진다.

"오늘은 밤에 리허설 갔다가 그대로 회사 수면실에서 자려

고. 그럼 다음에 봐."

"응. 푹 쉬어."

왼손을 살짝 들어 인사하자, 유즈키는 오른손을 들어 답하고 집으로 들어갔다.

"……꿈인가……."

나는 그 자리에 주저앉았다.

왼손 새끼손가락에 머물렀던 감촉을 떠올렸다. 행복한 꿈에서 깨버린 직후의 몽롱함과 손끝의 온기만이 남아 있었다.

ROUND.8 「만약 내가 아이돌이 아니었다면」

　나는 도시락 뚜껑을 닫고 냅킨 두 장을 꺼냈다. 감색은 늘 사용하는 것이고 노란색 냅킨은 오랜만에 수납장에서 꺼낸 것이다. 노란색은 모 아이돌의 이미지 컬러이기도 했다.

　아침 6시를 조금 지난 시각. 평소라면 아직 침대에서 꿈을 꾸고 있을 시간이었다. 오늘은 당번이라 평소보다 일찍 일어나야 하는 건 맞지만, 당번 날이라 해도 알람은 10분 정도만 일찍 설정해 놓으면 충분했다.

　아침에 일찍 일어난 진짜 이유는, 도시락을 이웃에게 전달하기 위해서이다.

　오늘은, 드디어 【스팟라이츠】의 공연일이다. 라이브는 밤에 시작하기 때문에 점심에는 공연장에 들어가야 한다고 했다.

　이 도시락은 일종의 사식이었다. 분명 공연장에는 이런 서민적인 도시락과는 비교도 할 수 없는 호화로운 주문 요리들이 준비되어 있을 것이다.

　그럼에도 내 몸이 멋대로 움직였다. 새벽 4시에 일어나, 유즈키가 기뻐할 모습을 상상하며 각 단마다 반찬 한 종류씩 넣어 총 3단 도시락으로 준비를 마쳤다. 다소 부피가 크긴 하지만 이해해 줬으면 좋겠다.

　문제는 어떻게 전달하느냐다.

나는 왼손 새끼손가락을 물끄러미 쳐다봤다.

"……."

방과 후 군것질을 한 뒤로 3일 동안, 유즈키를 본 적이 없다.

어떤 표정을 지어야 할까.

그때 그것은 무슨 의도였던 걸까.

우연히 닿은 것뿐일까? 아니면 충동적으로?

혹시 유즈키가 나를 이성으로서……. 아니, 설레발이다.

유즈키는 아이돌이다. 악수회를 한 번 하면 수백, 수천 명의 팬과 악수를 한다. 처음 유즈키를 만났던 날처럼, 방문한 사람들의 손을 친절하게 잡아 주는 것은 그저 일에 지나지 않았다. 고작 새끼손가락을 걸었다고 들떠 있다니 역시 모태 솔로 남자 고등학생답다.

나는 도시락을 직접 전달한 용기가 나지 않았다. 그렇다고 현관 손잡이에 걸어 놓기도 좀 그랬다.

학교 갈 시간이 점점 다가오자, 나는 결론을 내지 못한 채 현관문을 열고 나갔다.

옆집은 쥐 죽은 듯 조용했다. 설마 전날에 공연 준비하러 간 건가? 내 기억이 맞다면 유즈키는 당일 집에서 공연장으로 바로 간다고 했다. 호텔에 묵는 멤버도 있지만, 이번에는 특히 규모가 큰 공연이라 집에서 컨디션을 조절해 공연에 임할 생각이란다.

차라리 오토바이 퀵으로 보낼까, 고민하고 있던 차에 철컹

하고 문이 열리는 소리가 들렸다.

810호의 현관문이 천천히 열렸다.

"어, 스즈후미다."

유즈키는 가까운 곳에 놀러 나갈 때 입을 법한 지극히 편한 옷차림을 하고 있었다.

"아, 아, 안녕."

"뭐야? 긴장했어?"

유즈키가 웃음을 터뜨렸다. 그녀는 농을 던질 생각이었겠지만 단순히 장난인 것만은 아닌 듯싶었다.

"……저녁 7시 공연 맞지? 라이브 스트리밍 티켓 샀어."

"고마워. 오늘이야말로 스즈후미를 내 팬으로 만들 거야!"

유즈키는 놀라울 정도로 평소 그대로의 모습이었다.

역시나 나 혼자 상상의 날개를 펼쳤나 보다. 부모님과 떨어져 살면 때론 사람의 온기를 느끼고 싶은 날도 있으니까. 그날 마침 근처에 내가 있었을 뿐이다. 활기찬 유즈키를 앞에 두고 우중충하게 있어서는 안 된다.

"저…… 이거."

나는 유즈키에게 샛노란 사각형 꾸러미를 쓱 내밀었다.

"어머, 설마…….."

"응…… 도시락이야. 공연은 체력 싸움이니까, 공연 당일에는 무턱대고 굶지 말라고…… 생선이나 채소 같은 건강식인 데다가 영양 밸런스도 생각해서 만들었어. 점심이라도 잘 먹어 둬."

"······이렇게나 많이?"

유즈키의 눈이 휘둥그레졌다. 나도 이제 와서 반성하는 바였다.

"남으면 냉동실에 넣어 놔. 그럼 먼저 갈게."

"자, 잠깐만!"

3단 도시락을 유즈키에게 떠맡기듯이 건넨 나는 종종 걸음으로 엘리베이터로 향했다.

엘리베이터에 올라탄 뒤 얼굴만 쑥 내밀어 상황을 살폈다.

유즈키는 양손으로 감싸 안은 3단 도시락을 감격에 찬 눈으로 흐뭇하게 내려다봤다.

그때 불쑥 고개를 든 유즈키와 눈이 마주쳤다.

"라이브, 기대해!"

구름 한 점 없는 파란 하늘처럼 맑고 순수한 유즈키의 미소가 보였다.

나는 손을 흔들어 보이며 「닫힘」 버튼을 눌렀다.

문이 닫히자마자 나는 손바닥으로 눈을 가렸다.

벅차오른다. 음식을 보고 행복해하는 유즈키의 얼굴을 보기만 해도 가슴이 세차게 뛰었다.

유즈키의 미소를 계속 보고 싶어서, 더욱 서포트 해 주고픈 마음에 사로잡혔다.

☆　☆　☆

1교시 체육 시간을 농구로 땀을 흠뻑 흘린 덕분일까. 정신이 맑아져 수업에 집중할 수 있었다. 나는 집에서는 되도록 책을 펴고 싶지 않아 학교 수업에 충실히 하는 편이었다. 앞에 앉은 호즈미는 수면 학습에 열중하고 있었다. 수업 때 조금만 집중해도 그만큼 따로 공부할 시간이 줄어들 텐데.

4교시까지 별 탈 없이 지나고 점심시간이 되었다. 항상 수면 학습자와 점심을 같이 먹지만, 조금 전 호즈미는 미카미 선생님의 호출을 받고 어디론가 사라졌다. 매일 점심시간 때까지 스트레이트로 자니 화가 나실 만도 했다.

대부분의 학생은 미카미 선생님과 단둘이 있는 시간을 행운이라 여겼다. 나 또한 한 달 전만 해도 은근히 그런 마음을 품고 있었다.

미카미 선생님은 오늘 공연과 팬클럽 특별 이벤트에 참가하기 위해 3개월 전에 미리 현장 관람 티켓을 산 모양이었다. 정시에 퇴근하면 아슬아슬하게 도착하려나. 저녁에 직원회의가 연장되면 두통, 복통, 요통이 동시에 습격해 올 테지.

"평소에 성실한 모습을 보이면 아무도 의심하지 않거든."

오늘 아침. 내가 학급 일지를 가지러 갔을 때, 미카미 선생님이 자랑스럽게 말했다.

항상 내 자리에서 밥을 먹었지만, 오늘은 혼자 먹어야 하니 모처럼 중앙 정원 벤치를 이용해 볼까. 나뭇잎 사이로 비쳐드는 햇살을 맞으며 도시락을 먹으면 기분 전환이 될 것 같았다.

나는 신발을 신고 학교 건물을 돌아 중앙 정원으로 이동했다. 오리키타 고등학교의 교사(校舍)는 두 동이 있는데, 교실로 쓰는 건물과 동아리실로 쓰는 건물 두 개가 「11」자 모양으로 나란히 서 있었다. 긴 쪽이 각 학년의 교실이 들어선 건물이었다. 그리고 중앙 정원은 두 건물 사이에 있었다. 정원이라 해도 나무와 벤치가 일정 간격을 두고 늘어서 있을 뿐 자판기나 매점까지 멀리 떨어져 있어 점심시간에 이곳에 오는 학생은 별로 없었다.

오늘도 역시나 개미 한 마리 보이지 않아 정원을 독점할 수 있었다.

감색 냅킨을 펼치고 막 도시락 뚜껑에 손을 가져다 댔을 때였다. 주머니에 있던 스마트폰이 진동했다.

"……으윽."

액정에는 「사사키 유즈키」가 표시되어 있었다.

나는 심호흡을 3번 반복하고 통화 버튼을 터치했다.

『그럴 줄 알았어, 스즈후미…….』

스마트폰 너머에서 들려온 유즈키의 목소리는 불만 가득했다. 예상했던 바였다.

"특제 건강 도시락이 맘에 쏙 들었나 봐?"

『이게 어디가 건강 도시락이야!』

나는 음량을 작게 줄인 뒤 무선 이어폰을 연결했다.

『첫 단은 돈가스, 흰살 생선가스, 완자까지 완전 고기 파티잖아. 두 번째 단은 스파게티샐러드, 감자샐러드, 매시트단호박샐러드로 끈적끈적 삼총사고, 맨 마지막 단은 볶음밥이야. 건강식은 코빼기도 안 보이거든!』

"잘 봐 봐. 3단 도시락 말고 녹황색 채소로 만든 참 샐러드도 챙겨 놨잖아."

『이건 도저히 한 끼 식사 양이 아니라고! 스태프가 뭐라 했는지 알아? 운동회 도시락보다 화려하대! 나한테 좀 깼을 거야!』

스마트폰 너머로 유즈키의 푸념과 함께 나무젓가락을 가르는 소리가 들렸다.

"벌써 공연장이야?"

『응. 지금은 대기실이야. 다른 멤버들은 아직 안 와서 혼자 있어.』

아무래도 다른 사람이 보기 전에 식사를 끝낼 작정이었나 보다.

"고맙다는 말은 나중에 집에 와서 해도 되니까. 바쁠 텐데 짬 내서 연락까지 해 주고, 착하네 착해."

『칫, 딱히 고마워서 전화한 거 아니거든! 말하자면, 티켓 구매 감사 이벤트 「최애와 1분 통화권」 같은 거야! 보통은 일방 소통밖에 할 수 없는데, 이건 아이돌과 쌍방 소통이 가능해서 독점욕을 채울 수 있는 아주 레어 한 팬 서비스라고!』

"레어라니, 평소랑 똑같은 목소리로 얘기하고 있잖아."

시시콜콜한 대화인데도 마음이 들떴다. 서로 다른 곳에 있지만 함께 있는 듯한 편안함이 들었다.

"내가 맘대로 쥐 놓고 이런 말 하긴 민망하지만, 너무 신경 쓰지 않아도 돼."

『하긴, 억지로 손에 쥐여 준 거니까. 뭐 버리기엔 아깝고 말이야.』

술술 변명을 늘어놓고 있지만, 머릿속은 이미 먹을 생각으로 가득하겠지. 어설퍼.

『그럼, 잘 먹겠습니다―. 행운을 불러오는 돈가스부터……』

첫 한 술은 고기. 역시 유즈키다운 선택이었다.

『어쩜 식었는데도 바삭바삭하니♥ 얇아서 식감도 경쾌하고 씹기도 편해.』

"튀김 옷 만들 때 식초를 조금 넣으면, 끈적거리게 만드는 글루텐 생성을 억제하는 효과가 있다고 해서."

『흰 생선 살도 탄력이 살아 있고 촉촉해♥ 타르타르소스에 건더기가 아삭아삭 씹혀서 식감이 재밌어.』

"타르타르도 내가 개발한 거야. 삶은 달걀이랑 피클을 잘게 부숴서 넣었어."

『이 완자도 탱글탱글해서 고기 먹고 있는 느낌이 확실히 들어♥ 흑식초 덕분에 끝 맛이 산뜻하면서도 담백해.』

어느새 1분이 지났다. 그사이 무논리로 무장한 태클도 들어오지 않았다. 무엇보다도 유즈키의 목소리를 좀 더 듣고 싶었다.

『잠시 쉬어 가는 페이지 같은 두 번째 단 샐러드 너무 좋아～

♥ 스파게티샐러드는 마요네즈가 듬뿍이라 입에 착착 감기고, 감자샐러드는 왠지 니글니글할 것 같은데 시원한 오이랑 향긋한 후추로 느끼함을 확 잡아 줬고, 매시트단호박은 달달해서 디저트로도 최고야♥』

나도 샐러드 맛을 확인해 봤다. 겹치는 재료가 제법 있어도 세 종류 모두 각기 다른 매력이 있어 젓가락질이 멈추질 않았다.

『마지막에 볶음밥을…… 응, 깍둑 썬 차슈 안에 단단하게 묶인 풍미와 파의 청량감이 장난 아니네. 진한 간장 향에 코가 뻥 뚫렸어~♥ 재료가 심플해서 다른 반찬을 곁들여 먹어도 되겠어.』

유즈키의 미소가 눈에 선했다. 나는 이렇게 도시락을 먹는 사이에도 유즈키와의 공연 뒤풀이 때 먹을 애피타이저 메뉴를 고민했다.

"……아."

종소리가 나무 틈 사이를 비집고 들어와 고막을 때렸다. 아쉽지만 슬슬 교실로 돌아가야 했다. 도시락은 아직 절반 이상 남아 있었다.

"미안. 오후 수업이 시작돼서 들어가 봐야 해."

『쓰어업 여얼씨뮈 도러어.』

"다 씹고 나서 얘기해."

꿀꺽. 스마트폰 너머로 음식을 넘기는 소리가 크게 들렸다.

『스즈후미, 오후 수업 열심히 들어!』

"유즈키도 오늘 팬 많이 만들어서 돌아와."

『걱정 마. 오늘 컨디션 완전 최고니까.』

"……."

『…….』

전화를 끊어야 하는데도.

서로의 숨소리만이 오갔다.

『……저, 스즈후미.』

강한 바람이 불어와 촤아아아 하는 소리와 함께 나뭇잎이 이리저리 들썩였다.

『스즈후미, 나 좋아해?』

종이 다시 한번 울렸다. 오후 수업이 시작됐다.

아이돌과 이성(異性) 중 어떤 의미로 묻는 걸까.

그러나 어느 쪽이든 내 대답은 처음부터 똑같았다.

"……난……."

그런데도 입이 생각한 대로 떨어지지 않았다.

너무 앞서 나가면 틀림없이 지금까지 쌓아 왔던 관계가 무너질지도 모른다. 유즈키에게도 심적 부담을 안겨주고 말 것이다.

『괜찮아, 대답하지 않아도 돼.』

호숫가의 흔들리는 나무들처럼 온화한 목소리가 되돌아왔다.

『요즘, 매일매일이 즐거워.』

"그전까지는 아니었어?"

『물론 즐거웠어. 음악 방송도, 버라이어티도, 보컬 트레이닝도, 안무 연습도 다. 그야 꿈꿔 왔던 아이돌이 됐는걸. 힘든 날도 많았지만 아리스 유즈키가 되고 후회한 적은 한 번도 없었어. 그래서 남은 일생을 아리스 유즈키로 살기로 했어.』

리카도, 미카미 선생님도, 호즈미도 모두 유즈키를 아리스 유즈키로 대했다. 실제로 학교에서도 「아이돌의 사생활」을 연기할 수 있어, 유즈키한테는 더할 나위 없이 좋은 환경이었다.

그러나 지금, 전화기 너머에서 푸짐한 도시락을 먹고 있는 사람은, 고급진 프랑스 요리를 좋아하는 아리스 유즈키가 아닌, 정크 푸드를 좋아하는 사사키 유즈키였다.

『난, 스즈후미랑 전화하면서 도시락을 먹는 것도, 방과 후에 군것질하는 것도, 함께 공부하는 것도 다 좋아. 다만 학교에서 모르는 사람인 척 연기하는 건 싫어. 그때는 수영복 차림으로 두근거리게 할 계획이었는데 사실 나까지 두근거렸어. 집에 함께 있는 시간도, 손수 만들어 준 부타동도 좋아. 만약 내가……』

숨을 깊게 들이마시는 소리가 들렸다.

『만약 내가 아이돌이 아니었다면. 그다음 말을 할 수 있었을까.』

갑자기 전화가 뚝 끊기고 스마트폰 화면은 홈 화면으로 돌아와 있었다.

더 이상 이어폰 너머로 목소리가 들려오지 않았다.

나는 양손을 축 늘어뜨리고 벤치에 앉아 하늘을 올려다봤다.

"……눈부시네."

쾌청한 하늘. 잠시나마 이 따사로운 햇볕 아래 있고 싶었다.

이날, 나는 처음으로 수업을 빼먹었다.

☆　☆　☆

시각은 저녁 6시 50분. 방 침대에 앉아 스마트폰을 봤다.

좀 있으면 【스팟라이츠】의 라이브가 시작된다.

스트리밍 사이트에 로그인 하자 이미 대기하고 있던 수백 명의 팬이 너도나도 댓글을 달며 이야기꽃을 피우고 있었다.

화면 속, 공연장을 비추는 카메라 앵글 안에는 가지각색의 야광 봉이 빛을 발하고 있다. 초록, 파랑, 빨강, 주황…… 다양한 컬러 중에서 제일 많이 눈에 띄는 건 노랑이었다. 노랑을 이미지 컬러로 쓰는 멤버는 아리스 유즈키였다.

집에 돌아온 직후, 나는 인터넷에 【스팟라이츠】의 영상을 뒤져봤다. 뮤직비디오는 물론, 음악 방송 공식 채널에 편집돼서 올라온 영상과 SNS에서 화제가 된 안무 영상까지 모두 다 말이다.

초창기에 찍었던 영상도 봤다. 장소는 백화점 내 광장인데,

데뷔 곡을 발표하는 이벤트 같았다. 고작 판자 몇 개를 세워 놓은 초라한 무대에서 다섯 소녀가 노래를 부르고 있었다. 여름인지 관객은 다들 반팔 차림이었고 화면 가장자리 부근에서 선풍기 특가 판매가 이뤄지고 있었다.

그런 쓸데없는 정보가 자꾸 눈에 밟힐 정도로, 그녀들의 라이브는 참으로 끔찍했다. 아마추어 뺨치는, 그곳을 지나가는 사람 아무나 붙잡아다가 바로 무대 위에 올렸다고 해도 될 정도의 수준이었다.

단 한 사람만 빼고—.

그 소녀는 가장 오른쪽에 있었다. 격렬하게 뛰면서 노래를 부르는데도 어긋나는 음정 하나 없었고 춤도 완벽했다. 한 사람만 유독 특출 나서 자연스럽게 시선이 갔다.

이마에는 땀이 송골송골 맺혀 있었지만, 소녀의 미소는 조금도 흐트러지지 않았다. 무엇보다도 관객을 즐겁게 해 주려는 마음이 전해졌다. 사소한 동작 하나하나에 열정과 진심이 묻어났다.

그 소녀의 이름은 아리스 유즈키. 후에 센터로 발돋움하는 절대적 존재의 아이돌이다.

스마트폰 화면 속, 공연장을 비추는 조명이 어두워졌다. 곧 공연이 시작되는 모양이다.

곡의 화려한 인트로 직후, 무대에 스팟라이트 조명 다섯 개가 떨어졌다. 다섯 명의 아이돌이 가슴에 손을 얹고 눈을 지그시 감았다.

라이브가 시작됐다. 곡은 【스팟라이츠】를 유명하게 만들어준 화제의 곡이었다. 센터는 당연히 아리스 유즈키였다.

『모두 소리 질러―!』

유즈키의 구호와 함께 퍼포먼스가 시작됐다. 관객을 향해 팔을 치켜들고 「오! 오!」하는 외침만으로 압도되어 버렸다. 마이크를 타고 흘러나오는 목소리는 차원의 벽을 깨부술 것만 같은 박력이 느껴져, 영상이지만 심장이 멎을 뻔했다.

노래와 춤은 말할 것도 없고, 가장 인상 깊었던 점은 유즈키의 풍부한 표정이었다. 밝게 웃는가 싶더니 바로 시크한 표정을 짓고 갑자기 윙크를 날린다. 가사 내용에 맞춰 시시각각 변화하는 표정을 보면 몰입할 수밖에 없었다.

첫 곡이 끝나자 함성과 박수가 터져 나왔다. 나도 홀린 듯 박수를 쳤다.

난생처음 겪어보는 감정이었다. 자주 집에 놀러 가서 함께 밥을 먹을 만큼 불과 몇 미터 거리였는데, 오늘 유즈키는 결코 닿을 수 없는 저 먼 곳에 있는 존재 같았다.

평범한 여고생은 공연장에 사람을 불러들이지 못한다. 몇천 명 앞에서 노래를 부르거나 춤을 추지도 손 키스를 날리지도 않는다.

심장 박동 소리가 커졌다.

유즈키가 저 멀리 가버릴 것만 같아서—.

아니다, 실은 알고 있었다.

애당초 유즈키는 나와는 다른 세계에 사는 사람이었다.

단지 여러 가지 우연이 겹쳐져 얼떨결에 맺어진 인연에 지나지 않았다.

—만약 내가 아이돌이 아니었다면.

아니, 그렇지 않아, 유즈키.

만약 아이돌이 아니었다면, 유즈키는 이렇게까지 완벽한 삶을 살지 않았을지도 모른다. 완벽주의가 아니었다면 다이어트도 적당히 타협해 가며 했을 것이다. 집에서 쓰러져 내게 발견될 일도 없으니 내가 사랑에 빠질 일도 없었을 테고, 우리가 각별한 이웃 사이로 발전했을 리도 없었다.

유즈키가 완벽을 추구하는 아이돌이었기에, 내가 부타동을 만들어 주고, 유즈키는 필사적으로 저항하는, 그런 관계가 형성된 것이다.

바로 두 번째 곡이 시작됐다. 유즈키가 무대 가장 오른쪽으로 이동하자 인트로가 흘렀다.

이 멜로디는 들어본 적이 있었다. 그녀들의 데뷔 곡이었다. 결성하고 나서 수백 번은 불렀을, 가장 치열하게 연습을 거듭한 곡. 다소 춤이 서툴러 보이는 멤버도 자신감 넘치는 표정으로 몸을 이리저리 움직이고 있었다.

때때로 카메라가 전환되며 각 멤버의 바스트 샷이 차례대로 화면에 담겼다. 리더, 땀을 닦는 키 큰 소녀, 춤이 서툰 소녀, 노래가 뛰어난 소녀 그리고 유즈키―.

"……음?"

찰나였다.

어쩌면 내 착각일지도 모른다.

유즈키의 표정이 희미하게 흔들렸다.

카메라가 다섯 명을 비췄다. 군무는 칼같이 맞았다. 음정도 가사도 완벽했고 멤버 모두 웃는 얼굴이었다. 그러나 내 마음속에서 뭐라 설명할 수 없는 석연치 않은 감정이 고개를 들었다.

기분 탓이겠지. 문제가 생겼다면 다른 멤버나 관객의 어떤 반응이 있었을 것이다. 그러나 라이브는 별 탈 없이 진행되고 있다.

나는 세 번째 곡이 끝나갈 무렵에 어느샌가 다시 라이브 영상에 몰입하고 있었다.

춤이 서툰 소녀의 특기는 아무래도 토크인 듯싶었다. 소녀가 중간중간 멘트를 날릴 때마다 관객들이 웃음을 터뜨렸다.

노래 실력이 뛰어난 소녀는 재치 있게, 일부러 웃음의 소재가 되거나 반대로 태클을 걸며 적절히 맞장구를 쳐 주었다.

리더는 한 발 뒤로 물러난 곳에서 싱글싱글 웃는 표정으로 전체 그림을 조망하며 포지션을 세세하게 조정하기 위해 자연스럽게 멤버들의 몸을 터치하고 있다.

땀이 많은 소녀는 빈번하게 땀을 훔쳤고 객석에서는 「괜찮아—?」 하는 걱정의 목소리가 들려왔다. 그러자 「땀이 아니라 시트러스 오렌지라니까!」라는, 의미를 알 수 없는 대답을 했다. 아마도 그들 사이에서 자주 주고받는 정해진 대사인 듯싶었다. 본인의 이미지 컬러인 주황과 연관이 있나 보다.

각기 다른 개성을 뽐내는 그녀들은 퍼포먼스 이외의 부분에서도 매력을 어필하고 있었다.

그래도 역시나 내게는 유즈키만이 단연 돋보였다.

방금 말한 그 에피소드, 내가 음식을 만들고 있을 때 거실에서 몇 번이고 연습했었는데. 입술을 손가락으로 문지르는 동작이 문득 이에지로를 떠올리게 했다. 공연 후반에 다소 과감한 의상으로 바꿔 입고 나타났지만 바로 코앞에서 수영복 차림을 목격한 내 입장에서는 그다지 자극적으로 와닿지 않았다.

유즈키가 아이돌로서 존재감을 드러낼수록, 실제 유즈키의 모습이 내 머릿속에 깊이 각인되어 갔다.

약 2시간의 걸친 공연은 눈 깜짝할 새에 피날레를 맞이했다. 앙코르를 포함하여 모든 공연이 끝났음에도 공연장의 열기는 좀처럼 식을 줄 몰랐고 열광적인 환호성이 끊임없이 이어지는 가운데 스트리밍이 종료되었다.

"멋있어. 유즈키……."

나는 침대 옆에 스마트폰을 내려놓고 잠시 멍하니 허공을 바라봤다.

유즈키가 지금 당장 돌아왔으면 좋겠다. 1초라도 빨리 이 감상을 전하고 싶었다.

　그러나 이후에는 쫑파티도 있으니 늦어지겠지. 밤늦게 찾아
가는 건 민폐니까 귀가 시간에 맞춰서 메시지를 보낼까. 아니,
구구절절 긴 문장이 될지도 모르니 말로 전하는 게 낫겠다. 역
시 내일 아침 일찍 집으로 찾아가자.

　그날 밤, 나는 행복감에 젖은 채 잠이 들었다.

　공연이 끝난 이후, 유즈키는 집에 돌아오지 않았다.

ROUND 9.「각오가 부족했어」

나는 아파트에 도착하자마자 우편함을 확인했다. 피자 배달, 대형 쓰레기 수거, 개인 교습 학원. 불과 하루 만에 각종 전단지가 우편함에 잔뜩 꽂혀 있었다.

810호의 우편함은 전단지로 빼곡해 종이 한 장 들어갈 틈도 없어 보였다.

"……."

결국 나는 엘리베이터를 타고 8층으로 올라갔다.

아파트 공용 복도를 지나는데 808호 현관문이 열려 있는 게 보였다.

"어머, 스즈후미 군, 지금 돌아오는 거구나."

옆집 아주머니는 품에 노시가 붙은 상자를 끌어안고 계셨다.

"안 그래도 할 얘기가 있던 참이었는데 마침 잘됐구나. 이거 상점가 갔다가 추첨해서 받은 건데 좀 줄까 했거든."

상자에는 힘이 넘치는 필체로 『플래티넘 포크』라는 글자가 새겨 있었다. 브랜드 고기의 포장지를 보니 봄 방학 때의 강렬했던 기억이 떠올랐다.

"받아도 될까요. 비싼 건데."

"두 번이나 당첨돼 버렸지 뭐야. 그런데 우리 집에선 이런 기름진 고기를 다 먹을 수가 없어서 말이야."

"운 엄청 좋으시네요."

"마지막에 또 당첨된 건 아타미 여행권이라 조만간 다녀올까 해. 온천이라 너무 기대되는걸."

"와, 횡재하셨네요."

아무래도 아주머니는 온천을 좋아하시나 보다.

"스즈후미 군, 요리 잘하지? 부모님이랑 친구들한테 만들어 주렴."

"네. 그럴게요."

「그래 그럼, 푹 쉬렴.」 하고 아주머니는 집으로 들어가셨다.

나는 809호를 지나 가장 안쪽에 있는 집 현관문 앞에 서서 초인종을 눌렀다.

아무런 반응이 없었다. 집에 없어서 그렇다는 건 알았다. 오늘도 집에 돌아오지 않은 듯했다. 손에 든 상자를 보자 혼잣말이 새어 나왔다.

"……제일 먼저 만들어 주고 싶은데, 계속 부재중이네."

유즈키가 집을 비운 지 벌써 닷새나 지났다.

어쩌면 내가 학교에 있는 사이에 조용히 왔다가 다시 나간 걸지도 모른다.

공연 날을 기점으로 유즈키는 모습을 감췄다.

메시지를 보내도 답장도 없고 당연히 전화도 받지 않았다.

그러나 SNS는 정기적으로 갱신되었고 인터넷 실시간 방송에도 출연했다. 다행히 사건이나 사고에 휘말린 것 같지는 않왔다.

이쯤에서 내릴 수 있는 결론은 하나다.

유즈키가 날 피하고 있다.

짐작 가는 부분은 없었다.

아니, 생각하기에 따라서는 충분히 그럴만한 이유가 있었다.

공연 수일 전. 우리는 함께 하굣길에 올랐고, 아파트 엘리베이터에서 내려 집 앞까지 가는 사이, 새끼손가락을 걸었다. 공연 당일에는 손수 만든 도시락을 건넸다. 이 정보를 주간지가 캐치 해서 열애설을 보도하려 한 건 아닐까. 그래서 유즈키는 몸을 숨기기 위해 아파트로 돌아오지도 않고, 회사의 지시에 따라서 나와 연락을 끊은 것일지도 모른다.

다만 요 닷새간, 주간지나 인터넷 뉴스 그리고 익명 게시판을 샅샅이 뒤져봐도 아리스 유즈키의 연애 관련 폭로 글은 눈에 띄지 않았다.

아니면 단순히 일이 바빠서일까. 그룹 팬 미팅도 앞두고 있고 여러 가지로 시간에 쫓기고 있음이 틀림없었다.

납득할 만한 이유를 군이 만들어 보았지만, 역시나 쉽게 받아들일 수는 없었다. 그도 그럴 것이 유즈키는 지금껏 아무리 바빠도 외박할 때면 항상 미리 알려 주었던 것이다. 그런 그녀에게 아무런 연락이 없다니, 정말 이상했다.

말 그대로 유즈키가 손이 닿지 않는 어딘가로 훌쩍 떠나버린 것만 같았다. 라이브 때의 카리스마 넘치는 모습이 뇌리에 깊게 박힌 이후 아이돌로서의 유즈키의 이미지가 내 머릿속에서 점점 영역을 넓혀 갔다.

이 상태가 계속 이어진다면, 결국 자연스러운 이별이 찾아오리라 본능적으로 느꼈다.

"……유즈키."

아이돌 아리스 유즈키와 만날 수 없다는 현실이 두려운 게 아니었다.

나는, 사사키 유즈키가 보고 싶었다.

☆   ☆   ☆

다음 날 아침. 교문 앞에서 낯익은 인물을 발견했다.

"아, 드디어 나타나셨네. 스즈, 왜 이렇게 늦게 와~."

리카가 환하게 웃으며 내 옆에 다가왔다.

"어…… 리카."

"텐션이 왜 그 모양이야~? 모처럼 그리운 소꿉친구가 마중 나왔는데~?"

리카는 내 떨떠름한 반응에도 개의치 않고 시종일관 밝은 표정으로 말을 걸었다.

"어쩐 일이야, 일부러 기다리기까지 하고."

"메시지도 쌀쌀맞게 보내고. 고민이라도 있어? 이 천사 같은 리카 누나가 상담해 줄게."

"……별일 없어. 신경 쓰이게 해서 미안."

"진짜? 별일 없는 거야?"

평소의 리카라면 그냥 넘어갔을 텐데, 오늘따라 유난히 집요했다. 나는 다정한 소꿉친구의 가면을 쓰고 어색한 웃음을 흘렸다.

"리카가 너무 예민한 거야. 그건 그렇고 중간고사 준비는 잘 돼 가? 또 어머니한테 혼나고 알바 못 나가는 사태 만들지 말라고."

"우씨……."

화제를 공부로 돌리자 리카가 이내 약한 모습을 보이며 한 발 물러섰다. 리카의 질문 공세를 어물쩍 넘기려는 수법이라 조금은 미안한 마음이 들긴 했다.

"걱정 마. 무슨 일 있으면 리카한테 바로 상담할 테니까."

"그럼 다행이긴 한데. 아무튼 거짓말이면 밤중에라도 집에 쳐들어갈 거야!"

"네네, 그러세요."

2학년과 3학년은 신발장 위치가 다르기 때문에 학생용 현관 입구를 들어서자마자 리카와 다른 길로 갈라졌다. 소꿉친구한테까지 걱정을 끼치는 나란 녀석, 참 못났다.

나는 평소와 달리 다른 루트를 이용해 2학년 A반 교실로 향했다. 보통 학생용 현관 바로 앞에 있는 계단을 통해 2층으로 올라가 가장 구석에 있는 A반으로 갔지만, 오늘은 실내화로 갈아 신은 뒤 1층 1학년 복도를 쭉 통과할 생각이었다.

이유는 당연히 1학년 B반을 엿보기 위해서였다. 반 아이들이 교실로 들어간 걸 확인한 뒤, 나는 HR이 시작되기 직전까지 시간을 끌다가 교실을 지나갔다.

올해 1학년에는 성실한 학생들이 많은 걸까. 활짝 열린 문으로 교실을 훑어보니 대부분의 아이들은 착석을 마친 상태였다. 하지만 검은 긴 머리칼, 호박빛 눈동자의 소녀는 보이지 않았다. 역시 등교하지 않았나 보다.

"저…… 저희 반에 무슨 볼일이라도?"

교실 안을 들여다보는 내가 수상해 보였던 걸까, 유즈키의 왼쪽 자리에 앉아 있던, 빨간 테 안경을 쓴 여학생이 경계심을 보이며 복도로 나왔다.

"유즈키는 오늘 안 올 거예요. 요 며칠 동안 학교에 온 날도 지각 아니면 조퇴였으니까요."

"아, 그렇구나."

"마모리 선배…… 맞죠? 입학식 때 유즈키한테 고백했다던."

반 아이들에게까지 정체가 들통나고 만 건가.

"설령 유즈키가 등교한다는 사실을 알아도 선배한테 알려 줄 생각은 없지만요. 제가 보기엔 선배를 피하는 것 같던데요."

"……날 피해? 그게 무슨 소리야?"

"다른 반 남학생이 교실 근처에서 기웃거리기라도 하면 누군지 확인하려는 듯이 꼭 쳐다보더라고요. 왠지 누가 찾아올까 봐 계속 신경 쓰는 것처럼요."

"그게 나라는 거니?"

"선배 말고 또 누가 있어요. 설마 아직도 유즈키를 따라다니는 거예요? 자꾸 귀찮게 굴면 선생님한테 이를 거예요."

안경 너머의 눈이 자못 진지했다. 나를 경계하는 것 이상으로 유즈키를 걱정하는 거겠지.

"……그래 알겠어. 이제 안 찾아올게. 불쾌하게 해서 미안. 아무튼 알려 줘서 고마워."

1학년 B반 교실에서 유즈키를 만날 수 있을 거란 희망이 사라졌다.

그럼에도 내 마음은 편안했다.

뭐야, 이렇게까지 챙겨 주는 친구가 있잖아.

☆　☆　☆

『2학년 A반 마모리 스즈후미 학생은 점심시간에 학생 지도부실로 오길 바랍니다.』

오전 수업이 끝나자마자 교내 방송으로 호출이 들어왔다. 직접 지명을 당하는 경우는 학교생활을 시작한 이래로 처음 겪는 일이었다.

"오, 드디어 스즈후미도 모모 샘한테 호출을 받았어!"

나를 배웅하는 호즈미는 역대 최고로 활짝 웃고 있었다.

호출한 이유는 뻔했다. 아마도 오늘 아침, 1학년 B반 교실을 찾아간 것이겠지.

유즈키와 관련된 일로 설교 듣는 건 피하고 싶지만, 이번만은 어쩔 도리가 없었다.

지금의 나는 유즈키에게 아무래도 생판 남이 된 모양이다. 게다가 내게 붙여진 꼬리표는 스토커 위험군. 전에 변태 짓을 한 전과가 있는 미카미 선생님 이상으로 악질적이라 해도 할 말은 없다.

문을 두 번 노크하자 안에서 낮은 목소리로 「들어와」라는 대답이 들렸다.

"실례하겠습니다."

학생 지도부실 안에는 대학 입시 가이드북이 수납되어있는 책장과 여섯 명이 앉을 수 있는 회의용 책상이 있었다. 정장을 입은 미카미 선생님은 안쪽 중앙 자리에 앉아 양 팔꿈치를 테이블 위에 올려놓은 채 팔짱을 끼고 있었다.

"앉아."

나는 미카미 선생님과 정면으로 마주 보는 위치인, 입구 쪽 중앙 철제 의자에 앉았다.

"선생님한테 할 얘기 있지?"

짧은 앞머리를 쓸어 넘기며 눈을 날카롭게 떴다.

―유즈키한테 집적대는 광경이라도 목격되면…….

전에 미카미 선생님이 던졌던 저주의 한마디가 현실이 되어 가고 있었다.

선생님의 분노를 잠재우기 위해선 어떤 사죄 방법이 가장 좋을까.

우선은 1학년 B반 교실을 찾아간 사실에 대해 반성해야겠다. 코가 책상에 닿을 정도로 고개를 푹 숙이고, 「다시는 유즈키에게 접근하지 않겠습니다」라고 맹세하면 분명 내 진심이 전해질 것이다.

유즈키도 그걸 바라고 있었다. 미카미 선생님에게도 아리스 유즈키로부터 나라는 성가신 존재를 떼어 놓을 수 있으니 더할 나위 없는 호재였다.

이러면 모든 게 원만히 돌아가리라. 아무도 상처받지 않고 슬프지도 않는 상황으로—

그런데도 입이 좀처럼 떨어지지 않았다.

무슨 말을 해야 하는지 명백한데도 말이다.

"……그렇게 시치미 뚝 뗄 거야?"

실낱같은 기회를 스스로 떨쳐버린 사람을 보는 듯한 눈을 하던 미카미 선생님이 길게 한숨을 내쉬었다.

"더 이상 못 참겠다. 이제는 얘기해야겠어. 유즈키짱……."

나는 무릎 위에 올려놓은 주먹을 꽉 쥐고 질끈 눈을 감았다.

아아, 이제 끝이군.

"유즈키짱 공연, 대박이지 않았니?"

"……네?"

"너도 라이브 스트리밍 봤잖아? 이번 공연은 평소보다 일반인들이 좋아할 만한 곡이 많았거든. 개인적으로는 유즈키짱의 솔로 곡이 세 곡이나 있어서 얼마나 좋았는지. 설마『태양의 트와일라잇』이 유즈키짱의 솔로 버전 곡일 줄은 전혀 예상도 못 했어. 지난번에도, 그전에도 솔로 곡은 두 곡이었고, 작년 크리스마스 라이브에서는 한 곡만 했다니까? 그래서 이번 공연이 더더욱 감동이었다고. 그것보다, 공연 전후로 생방송 출연도 많아서 건강이 제일 걱정이야. 곧 팬 미팅인데, 학교 운영 위원회에서 유즈키짱에게 휴일을—."

"자, 잠깐만요. 설마 지금 라이브 후기 들려주시려고 절 부른 거예요?"

"그게 아니면 뭐겠니."

오늘 아침 B반에 기웃거린 건으로 추궁을 당할 거라 마음의 준비를 단단히 하고 있었건만, 아직 미카미 선생님 귀에는 들어가지 않은 모양이었다.

"네가 먼저 공연 감상을 얘기해 올 거라 생각했는데, 네가 입을 꾹 닫고 있으니까 부른 거야. 팬클럽 회원 번호 000005로서 후배 팬에게는 늘 먼저 손을 내밀어야 하거든. 어떤 분야든 신입이 들어와야 활성화가 되잖니."

활성화가 되든 아니든 간에 나는 일단 가슴을 쓸어내렸다.

점심시간은 앞으로 30분도 안 남았다. 나는 철제 의자 옆에 두었던 가방에서 점심 도시락을 꺼냈다. 상담이 끝나면 중앙 공원에서 먹을 계획이었지만, 아이돌 오타쿠의 수다는 도무지 끝날 기미가 보이지 않으니 그냥 여기서 점심을 먹어야겠다.

내가 도시락 뚜껑에 손을 얹자 정면에서 따가운 시선이 느껴졌다.

미카미 선생님이 예리한 칼날 같은 눈빛을 내게 던졌다.

"내 앞에서 뻔뻔하게 도시락을 꺼내다니, 참 배짱도 좋구나……."

이건 아무래도 너무 나간 걸까. 예의범절이 몸에 밴 나라고 해도, 이 선생님 앞에서는 예절이라는 개념조차 잊어버리고 만다.

"점심시간이 얼마 안 남아서요."

"나는 3일 동안 풀떼기랑 콩밖에 안 먹었는데!"

곧바로 생각지도 못한 대답이 돌아왔다.

그러고 보니 미카미 선생님, 덕질하려고 식비를 극한으로 줄였다고 했던가.

"어젯밤에는 숙주랑 토묘[#17] 볶음을 안주로 츄하이 다섯 잔, 오늘 아침에는 냉두부랑 낫토, 점심은 다른 선생님이 준 콩 과자……. 힘들어 죽겠다고!"

자세히 보니 미카미 선생님의 시선은 내가 아니라 도시락으로 향해 있었다.

#17 **토묘** 완두콩 싹.

원래부터 빈곤한 사람이면 챙겨 주고 싶은 마음이 들지만, 미카미 선생님의 금전 결핍 문제는 순전히 덕질 때문이었다. 그래도 막상 쫄쫄 굶은 선생님이 눈앞에 있으니 편치는 않았다.

"……괜찮으시면 드실래요?"

순간 미카미 선생님의 눈이 어린아이처럼 반짝 빛났지만, 이내 원래대로 돌아왔다.

"아무리 그래도 학생에게 빌붙을 정도로 하찮은 사람은 아니야."

"실은 하나 더 있거든요."

"진짜야?!"

미카미 선생님은 금방이라도 테이블을 넘어 올 듯한 기세로 몸을 쑥 내밀며 다시 어린아이처럼 눈을 반짝였다.

"네. 너무 많이 만들어서요."

원래는 학교에서 유즈키를 만나면 줄 도시락이었지만, 오늘은 물 건너갔으니까.

나는 입가에 미소가 서서히 번져가는 미카미 선생님에게 2단 도시락을 건넸다. 그리고 우리는 동시에 버드나무로 만든 뚜껑을 열었다.

"꺄아아아아아아~."

미카미 선생님은 장난감 상자를 열어젖힌 천진한 아이처럼 입을 반쯤 벌리고 있었다.

오늘 점심은 샌드위치였다.

재료는 샌드위치의 정석인 참치와 햄 이외에도 두툼한 돈가스를 끼워 넣은 카츠샌드위치, 생크림을 듬뿍 발라 딸기와 키위, 바나나를 얹은 프루트샌드위치도 있다.

"하아아아아······."

손바닥 크기의 정사각형 모양으로 컷팅 한 샌드위치를 양손으로 집어 들고 말똥말똥 쳐다보는 미카미 선생님은 흡사 왕에게 선물을 하사받은 병졸 같았다.

"잘 먹을게!"

미카미 선생님이 작은 동물처럼 앙, 베어 물었다. 선생님이 고른 것은 흑 후추를 가득 친 참치샌드위치였다.

"······고구마 소주, 온더락으로."

"네?"

"아니면 화이트 와인이라도."

"아니, 저······."

미카미 선생님은 알 수 없는 말을 중얼거린 후, 햄샌드위치를 집었다. 그건 햄과 채 썬 오이를 넣어, 시원하고 아삭한 식감을 즐길 수 있는 샌드위치였다.

"레드 와인, 가능하면 패밀리 레스토랑의 싸구려 와인으로. 하이볼도 좋고."

"······설마 지금 샌드위치와 어울리는 술을 말하시는 건가요?"

아무래도 미카미 선생님에게는, 피크닉 메뉴조차도 안주로 보이는 모양이다.

미카미 선생님이 세 번째로 집은 것은 카츠샌드위치였다. 고기나 튀김류는 어지간히 오랜만에 먹는 건지 샌드위치를 든 선생님의 손이 희미하게 떨렸다.

바사삭.

미카미 선생님이 두 눈을 부릅떴다.

"맥주! 맥! 주! 맥! 주! 생맥 빨리 가져와!"

"선생님, 좀 진정하세요! 여긴 술집이 아니라 학생 지도부실 이라고요!"

나는 이성을 잃은 미카미 선생님의 두 어깨를 잡고 흔들어 정신을 차리도록 했다.

코멘트는 차치하고 미카미 선생님은 샌드위치가 마음에 든 모양이었다. 선생님은 순식간에 남은 것들을 우걱우걱 먹어 치 우더니, 어느새 프루트샌드위치만 남겨 둔 상태였다.

아무리 주당인 미카미 선생님이라해도 과일 앞에서는 평범 한 여자에 불과했다. 선생님은 은색 보온병을 꺼내 우아하게 티타임을 개시하려는 듯했다.

"진득한 생크림에 뒤덮인, 농밀한 달콤함을 선사하는 바나 나, 새콤달콤한 맛으로 심장을 저격하는 딸기와 키위는 디저트 로 제격이지. 이 빵, 촉촉하고 푹신푹신해서 입에 들어가자마 자 녹아버리잖아?"

네 종류의 샌드위치를 접한 선생님이, 드디어 제대로 된 음 식 감상을 들려주었다.

"입속에 달콤함을 가득 머금고 이걸 마시면…… 캬!"

미카미 선생님은 보온병에 들어 있던 액체를 단숨에 들이켜자마자 한껏 벅차오른 표정을 지었다.

"……그냥 궁금해서 여쭤보는 건데요. 보온병에 든 거 차 맞아요?"

"혹시 아니? 생크림이 의외로 니혼슈#18랑 어울리는 거. 생크림의 단맛이랑 술의 쓴맛이 서로 싸우지 않고 추켜세워 주거든. 뜨겁게 먹든 상온에서 먹든 상관없지만 내가 추천하는 건 무조건 차가운 니혼슈. 싸아, 하게 전해져 오는 냉기는, 마치 사우나에서 나오자마자 냉탕에 첨벙 뛰어드는 느낌이랄까."

"갑자기 말이 많아지셨네요. 얼굴도 조금 달아오르셨는데."

"나도 참, 학생 앞에서 술이나 퍼마시고, 안 되겠네. 우후후후후후."

털이 쭈뼛쭈뼛 선다는 건 이럴 때 쓰는 말일까. 미카미 선생님은 실성한 사람처럼 큭큭, 웃어 댔다. 선생님은 이윽고 양손을 쭉 뻗어 테이블 위에 엎드리더니 굽이 낮은 펌프스를 벗어 던졌다.

"하아…… 유즈키짱…… 사랑……."

미카미 선생님이 한껏 풀린 눈을 한 채 갑자기 최애를 향한 사랑의 말을 읊조렸다. 진심으로 유즈키를 좋아하시는구나.

#18 니혼슈 쌀과 누룩과 물을 원료로 한 일본식 청주.

"있잖아, 내가 예쁘니?"

"네에?"

빨간 마스크가 대낮에 학교에도 출몰하는구나.

"나도 알아, 내가 우리 학교에서 제일 예쁜 거."

미카미 선생님은 자신이 질문을 던져 놓고선 과대망상이라는 토핑을 얹어 스스로 답했다.

제일인지 아닌지는 모르겠다만 확실히 미카미 선생님은 아름다웠다. 커다란 눈, 둥그스레한 코, 매끈하고 탄력 있는 입가. 짧은 머리가 어울리는 작은 얼굴로 스타일도 세련됐다.

"사실 옛날에 나도 꿈이 아이돌이었어."

미카미 선생님은 무표정한 얼굴을 한 채 놀라운 발언을 던졌다.

"관심받고 싶었거든. 인정 욕구를 채우며 돈을 번다는 거야말로 최고의 직업 아니니?"

동기가 저속했다.

"우리 부모님은 모두 교사야. 두 분 다 교사 일에 큰 자부심이 있었거든. 그래서 딸에게도 같은 길을 걷게 하고 싶었던 것 같아. 난 그게 싫어서 엄마하고 자주 부딪쳤고."

미카미 선생님은 수업 도중에 곧잘 잡담을 끼워 넣곤 하셨다. 그러나 본인의 가정 환경에 관한 이야기는 한 번도 한 적이 없다.

"『아이돌 따위가 뭐라고! 그래봤자 애들 장난이잖아!』라는 말을 들었을 때는 드잡이를 할 정도로 싸웠다니까. 엄마의 입장에서는 딸의 미래를 염려해서 그런 거겠지만 난 내가 원하는 인생을 살고 싶었어. 응. 그냥 해 보고 싶으니까, 딱히 거창한 목표가 없어도 상관없잖아."

인간이 무언가를 시작할 때, 그 기저에 있는 것은 강한 염원이다. 내가 요리를 하게 된 계기도 단지 아빠가 건강해졌으면 하는 바람이 있었기 때문이었다.

"결사반대하셨지만 난 끈기 있게 설득했어. 고등학교 졸업때까지라는 조건으로, 겨우 허락받아 꿈을 좇을 수 있게 됐지. 평일에는 데모를 보내고 주말에는 오디션에 참가했어. 참가비를 벌려고 일정이 없는 날은 알바를 했고. 아무래도 학업과 병행해야 했으니까 공부도 게을리하지 않았지. 다행히 성적은 늘 10등 안에는 들었어."

나는, 미카미 모모세라는 교사가 노력파라는 사실을 알았다. 다른 어떤 선생님보다도 수업이나 행사에 열정적이었고, 시험을 본 후에는 반드시 한 사람 한 사람에게 정성스레 코멘트까지 달아 주었다.

"고등학교 3학년 여름, 드디어 최종 선발전까지 올라갔어. 여기까지 살아남은 10명 중에서 몇 명만이 아이돌 그룹으로 데뷔하는 거야. 2박 3일 동안의 합숙을 하게 되었는데, 걔네들을 가까이에서 지켜보고 깨달았어."

"뭘요?"

"각오 자체가 달랐어. 나는 내 나름대로 노력하고 있다고 생각했지만, 공부와 알바를 병행하는 건 당연한 일이고. 여러 아이돌의 라이브를 보며 자극을 받거나, 커뮤니케이션 능력을 기르기 위한 책을 탐독하거나, 연예계 관계자들과 함께 술을 먹으며 인맥을 쌓는 것도 필요하거든. 참고로 20살이 넘었다면 가능성은 더욱 희박해져. 어쨌든 하루의 수면 시간이 4시간이나 되는 사람은 나 하나였어. 다들 수명을 깎아가면서까지, 아이돌이 되기 위해 인생을 걸었다는 거야."

순간 나는 유즈키의 생활 리듬을 떠올렸다. 항상 늦은 밤부터 동틀 때까지 생활 소음이 들려왔던 이유는, 일이 불규칙한 것도 있겠지만, 웨이트 트레이닝을 하거나 대본을 외우는 등, 미리 준비해야 하는 시간이 필요했기 때문일 것이다.

"결국 결심이 서더라고. 그런 생활을 평생 하라는 건, 나한테는 도저히 무리라고. 가끔은 놀러 나가고 싶고 주말 정도는 늦게까지 퍼질러 자고 싶기도 하니까. 당연히 최종 오디션에도 떨어졌지. 엄마와의 약속 기한까지는 아직 시간이 남아 있었지만, 그전에 아이돌이 되겠다는 꿈을 버린 거야. 여름 방학이 끝나갈 무렵부터 치열하게 공부해서 국립 대학에 진학했고 교원 자격증을 따 교사가 됐어. 눈곱만큼의 후회도 없지만 돌이켜 보면 내겐 꿈을 위해 인생을 내던질 만큼의 각오가 없었다는 건 사실이야."

담담하게 이야기를 이어 나가는 미카미 선생님의 표정은 어딘가 개운해 보였다. 분명 자신이 할 수 있는 모든 걸 쏟아부었기에 미련 없이 포기할 수 있던 것이다.

"그래서인지 아리스 유즈키를 보면 대단하다는 생각밖에 안 들어. 아무리 작은 공연장이라도 최선을 다하고, 인기를 얻고 나서도 부단히 노력하잖아. 아이돌로서의 각오를 더욱 단단히 다져가는 유즈키짱이 너무 사랑스러워."

유즈키는 외골수에다가 완벽주의자다. 그러나 한때 아이돌을 지망했던 사람의 말을 듣고 있자니 「완벽」이라는 말이 더욱 무겁게 와닿았다.

"근데 말이야, 지난번 라이브에서 조금 놀라긴 했어. 좀처럼 실수하지 않는 아리스 유즈키가 안무를 틀렸거든."

"......네?"

미카미 선생님의 말에 느닷없이 냉수를 뒤집어쓴 것처럼, 몸 안쪽에서부터 얼어붙는 느낌이 들었다.

"데뷔 곡인 『스팟라이트』를 부를 때였는데, 순식간에 지나가기도 했고 스트리밍에서는 카메라 줌이 당겨져서 눈치챈 사람이 없었을지도 모르지만. 내가 아는 한 라이브에서 그런 실수를 한 건 그날이 처음이었어. 내가 어떻게 눈치챘냐고? 회원번호 000005번이니까."

미카미 선생님이 의기양양한 표정을 짓는 동안, 내 머릿속에는 산발적으로 퍼져 있던 점들이 하나의 선이 되어 갔다.

그 라이브를 볼 때, 유즈키의 표정이 희미하게 흔들리는 것 같은 느낌을 받았었다.

그건 역시 기분 탓이 아니었다.

완벽을 추구하려는 유즈키의 강한 집념.

학교 친구들에게조차 자신의 실제 모습을 보여 주지 않는 철저함.

결국, 유즈키는 나를 자신의 세계에서 도려내려 하겠지.

보통의 아이돌이라면, 「딱 한 번쯤이야」라고 여길지 모른다.

그러나 아리스 유즈키라면—.

☆　☆　☆

아파트에 돌아왔을 때, 나는 810호의 집주인과 마주쳤다.

집주인의 말에 따르면, 이 집의 입주민이 방을 빼겠다는 얘기를 전해 왔다고 한다.

ROUND. 10 「앞으로도 내 팬으로 남아 줄 거죠?」

아리스 유즈키는 인기 아이돌이다.

작년 큰 주목을 받은 이후, 가수를 넘어 배우, 모델 등 여러 분야에서 각양각색의 매력을 뽐내고 있다.

뛰어난 외모와 아이돌 특유의 신비롭고 세련된 분위기. 방송의 취지는 물론이거니와 자신에게 요구되는 역할을 충실히 해낸다. 유즈키가 시청자를 비롯해 업계 사람들에게까지 사랑을 받는 건 지극히 당연한 일이었다. 게다가 그녀는 아이돌 그룹 활동을 병행하며 지금까지 솔로 활동에도 성실히 임했다.

나는 미카미 선생님에게 라이브 DVD를 빌렸다. 선생님이 말한 대로 유즈키는 언제 어디서든 완전무결했다. 음정도 춤도 완벽했다. 때로는 환한 미소로 때로는 카리스마 넘치는 표정으로, 곡조에 어울리는 얼굴을 만들었다.

최근 근황을 확인할 수 있지 않을까 하는 마음에 나는 유즈키의 SNS에 들어갔다. 그러나 투고된 게시 글은 무난한 아침 인사나 스케줄 관련 정보뿐이었다.

최근 며칠간, 나는 자는 시간을 줄여 가며 아리스 유즈키의 활동을 계속 주시했다. 지금까지는 불과 몇 미터 거리에 있었지만, 이제는 너무나 멀어져 버렸다.

그럼에도 나는 밥은 늘 2인분을 준비했다. 언제 갑자기 유즈키가 귀가할지도 모른다는 희망을 내내 품고 있었던 것이다. 그 덕에 우리 집 냉장고는 늘 가득 찬 상태였다.

학교에서도 유즈키의 모습을 보지 못했다.

"······슬슬 나가야겠군."

아파트 공용 복도로 나와 현관문을 잠갔다.

나는 고개를 돌려 왼쪽에 접해 있는 집을 물끄러미 쳐다봤다.

810호에는 이제 아무도 살지 않는다.

☆　☆　☆

"······군, 마모리 군."

누군가 날 불렀다. 성으로 부르는 걸로 보아, 우리 반 아이이려나.

"일어나, 마모리 군."

책상에서 얼굴을 들자 미카미 선생님이 허리춤에 손을 얹으며 미간을 좁혔다.

"아직 수업 중이잖니. 점심시간까지 얼마 안 남았으니 조금만 참아 줄래?"

"······응? 누구야?"

오타쿠 모드로 있었던 미카미 선생님의 인상이 강하게 각인돼 있던 바람에, 잠이 덜 깬 상태에서 교사 모드로 돌아온 선생님을 보니 나도 모르게 솔직한 감정이 새어 나왔다. 앞자리에서 「풉!」 하는 웃음소리가 터졌다.

"하다 하다 이젠 잠꼬대까지 하는구나. 세수라도 하고 올래?"

"……네."

수업 중에 졸다니, 고등학생이 된 이후로 처음 있는 일이었다. 이건 며칠간 이어진 수면 부족 때문이었다.

나는 그동안 영상을 통해 유즈키의 자취를 좇고 있었다. 이대로 멀어지는 게 싫어서 어떻게든 연결 고리를 찾으려 했다. 아이돌인 아리스 유즈키의 영상을 집요하게 들여다본들 무의미한 일임을 알면서도 말이다.

세면장에서 얼굴을 씻고 거울을 들여다보니 비참한 몰골의 남자가 있었다. 패기도 없고 왠지 피부도 거칠어 보였다. 게다가 수면 부족으로 다크서클도 길게 내려와 있었다.

나는 문득 고개를 돌려 창밖을 내다봤다. 체육 수업이 막 끝난 걸로 보이는 학생들이 지나가고 있었다. 흑백이 칠해진 공을 툭툭 차며 걸어가는 학생이 보였다. 축구 수업이었던 모양이었다.

점심시간까지는 아직 10분 정도 남아 있었다. 시합이 빨리 끝난 걸까, 아니면 교사의 재량인 걸까. 빨간 체육복이니 1학년이겠지. 여기저기 무리를 지어 이동하는 아이들이 학교 건물 안으로 차례차례 들어가는 가운데, 거기서 조금 떨어진 곳에서 여학생 한 명이 눈에 띄었다.

"유즈키!"

몸이 먼저 반응했다.

잠에 취해 있을 때가 아니었다. 나는 교실로 돌아가지 않고 멋대로 움직이는 다리에 이끌려 학생용 현관으로 향했다. 마침 실내화로 갈아 신고 있던 유즈키가 내 모습을 보고 놀라 눈을 크게 떴다.

"……할 얘기가 있어. 잠깐만 이쪽으로."

나는 유즈키의 팔을 잡아당겨 자료실로 이동했다. 아직 수업 시간이라 염탐꾼은 없을 것이다.

"……어떻게 된 거야. 갑자기 사라지고."

창가에 몸을 살짝 기댄 유즈키는 입을 굳게 닫고 있었다.

"답장도 안 하고 전화도 안 받고, 방까지 빼고, 이건 너무 급작스럽잖아. 한마디라도 해 주지 그랬어."

추궁할 생각은 없었지만, 막상 유즈키의 얼굴을 맞대고 있으니 몰아세우는 어조가 되어 버렸다.

만난 것만으로도 기뻤지만, 도대체 왜—.

"왜 아무 말도 안 하는 거야. ……왜, 갑자기 사라진 거냐고……!"

무거운 침묵이 이어지는 가운데 유즈키의 얼굴에 엷은 미소가 번졌다.

"미안해요! 어쩌다 보니 연락할 타이밍을 놓쳐 버렸네요."

무대의 막이 올랐다.

한 달 전의 만남이 뇌리를 스치자 오한이 등줄기를 타고 지나갔다.

"라이브 이후에 갑자기 스케줄이 늘어서요. 사무실에서 아파트까지 멀기도 하고, 이번 기회에 사택으로 이사하는 게 어떨까 해서요. 연락 못 해서 미안해요. 그것도 그렇고, 컴플라이언스 연수에서도 메시지가 어디서 유출될지 알 수 없으니, 가족 이외의 남자와는 가능하면 연락을 삼가라고 강사가 강조하기도 했고요."

"……갑자기 왜 그래?"

처음에는 기억 상실을 의심했다. 그러나 이내 더는 우리가 이웃 사이가 아니라는 사실을 깨달았다.

즉, 유즈키는 시치미를 뚝 떼며 지금까지 쌓아 왔던 우리의 관계를 끊고 생면부지의 사람처럼 대하고 있는 것이다.

"아 참, 도시락 통은 다음에 택배로 보내 드릴게요."

"……아니, 그게 아니라."

"아, 라이브 스트리밍 티켓 사 주셨죠? 제 퍼포먼스는 어땠어요?"

유즈키가 깍짓손을 자신의 가슴께 앞에 모으고, 보호본능을 자극하는 초롱초롱한 눈빛으로 나를 올려다봤다.

지금 내 앞에 서 있는 사람은 사사키 유즈키가 아니었다.

조금의 빈틈도 허용하지 않는 인기 아이돌 아리스 유즈키였다.

내가 어리둥절한 표정으로 쳐다보자 유즈키는 한껏 입꼬리를 올렸다. 더할 나위 없이 사랑스러운 미소였다.

"……나 말이야, 유즈키가 나오는 방송이든 라이브든 뭐든 다 봤어. 한결같이 멋있더라고. 왜 다들 네 팬이 되는 건지 알 것 같아."

그러니 지금 전해야 한다. 내 솔직한 마음을—.

"저번에 했던 질문에 대답할게. 난……."

언젠가 전화상으로 유즈키가 이렇게 물어 왔다.

—스즈후미, 나 좋아해?

"난, 유즈키가 좋아. 네 버팀목이 되고 싶어."

내 마음은 변함없다. 오히려 더욱 커져만 갔다.

내 말을 들은 유즈키는 한층 더 빛나는 미소를 지었다.

"응원 고마워요. 앞으로도 내 팬으로 남아 줄 거죠?"

이 아이돌에게 내 진심은 닿지 않았다.

종이 울리자 다시 현실로 내던져졌다.

"……슬슬 옷 갈아입고 교실로 가야 할 것 같은데. 친구랑 같이 점심 먹기로 했거든요. 그럼 이만."

유즈키는 내 옆을 지나 자료실을 빠져나갔다.

"……하, 이런……."

자조의 웃음조차 지을 수 없었다.

그 자리에 우두커니 서서, 나는 그대로 오후 수업도 빼먹었다.

☆ ☆ ☆

그날 밤, 우리 집에 오토바이 퀵 배달이 왔다.

물건의 정체는 말끔하게 설거지가 끝난 도시락 통이었다. 보낸 곳은 「미야토 프로덕션 사무국」. 유즈키가 소속된 회사의 이름이었다. 이제 유즈키와의 관계가 완전히 단절된 것이다.

이제는 아무것도 할 수 없다는 뜻이었다. 현실에서 관계가 정리되고 우상이라는 벽을 세워 버린 이상, 내가 할 수 있는 건 없었다. 오히려 유즈키를 위해서라면 잠자코 이대로 물러서야 하는 게 맞았다.

나는 거실 소파에 앉아 멍하니 천장을 올려다봤다.

그녀를 원망하는 마음은 티끌만큼도 없었다. 만날 수는 없겠지만, 앞으로도 유즈키의 아이돌 활동을 조용히 응원할 생각이었다. 라이브에도 한번 가 보고 싶고 팬 미팅에도 관심이 생겼다. 거기서 오랜만에 재회한 우리는 1초 정도 악수를 나눌 것이다. 전에 이웃 사이였다는 사실은 숨긴 채 말이다.

상황은 조금도 나빠지지 않았다. 그저 우리가 만나기 전 상태로 돌아갔을 뿐이었다.

　—내 팬으로 만들 거야!

　잘됐네, 유즈키. 네 목적을 이뤘잖아.

　—잘 먹겠습니다!

　그렇게 저항하더니 막상 입에 음식이 들어가니 좋은가 봐.

　—채소, 마늘 듬뿍듬뿍. 비계, 간장 소스 듬뿍. 큰 돼지고기 곱빼기로.

　이에지로에 이런 토핑을 넣어 달라 주문을 하는 아이돌이 세상 어디 있을까.

　—만약 내가 아이돌이 아니었다면. 그다음 말을 할 수 있었을까.

　유즈키가 아이돌이었기에 우리는 가까워질 수 있었다.

　사사키 유즈키와 다시는 만날 수 없다는 사실이 내 가슴을 무겁게 짓눌렀다.

　"……유즈키……!"

　"난 아리스 유즈키가 아닌데."

　"엥?"

　소파 옆자리에 갈색 머리의 소녀가 앉아 있었다.

　오른쪽 눈 밑 점도 귀에 달린 귀걸이도, 탐스러운 입술도 꿈이라 하기에는 너무나도 생생했다.

"뭐야, 리카?"

"초인종을 그렇게 눌러대도 반응 없어서. 몸져누운 건지 걱정돼서 말이야. 누나로서 가만히 내버려둘 수 있어야 말이지."

아니, 집에 들어오는 건 괜찮지만—.

그보다도 내 신경을 거슬리게 하는 건 어째서 리카가 앞치마를 두르고 있느냐는 것이었다.

"저녁 먹을 거지? 오늘만큼은 내가 만들어 줄게."

헤헷 해맑은 웃음을 흘린 리카는 부엌으로 이동해 프라이팬에 불을 지폈다. 달걀 판이 올려져 있는 걸로 보아 달걀 요리를 할 생각 같았다.

설마. 아무리 테플론제 프라이팬이라고 해도, 기름은 두른 건가? 아니 그건 그렇고 지금 바로 달걀을 깨서 넣는다고? 껍질이 섞인 것 같은데? 아무래도 모르는 것 같았다. 소금이랑 후추도 치지 않았어. 연기 피어오르는데? 빨리 환풍기를 켜야 하지 않을까. 거봐, 기침 나오잖아. 「그러면 눌어붙는다고!」 먼저 기름이나 버터를 둘러야 해. 연기 속 그을음이 점점 농도를 더해 갔다. 「스즈! 도와줘!」, 『화재입니다. 화재입니다.』 아뿔싸, 화재경보기가 울리기 시작했다.

걱정이 앞서자 방금까지 침울했던 마음은 온데간데없어지고 나는 무의식적으로 소파에서 벌떡 일어났다.

먼저 부엌에 난 작은 창을 열고 화재경보기를 껐다. 가스레인지 불을 끄고 프라이팬을 젖은 행주 위에 올리자 치이이이

이, 하는 비명 같은 소리가 났다.

"리카, 테이블 닦아 줄래?"

"으응."

나는 새까맣게 타 버린 달걀을 치우고, 다른 프라이팬을 꺼냈다.

달걀은 사치 좀 부려 3개. 볼에 깨 넣고 소금, 후추와 작은 알갱이로 된 콘소메[19]로 밑간을 한다. 그리고 마지막은 우유. 이로써 좀 더 수분기가 생겨 푹신푹신한 식감이 만들어진다. 달걀이 골고루 익을 수 있게끔 잘 저어 놔야 한다.

여기까지 준비가 끝나면 가스레인지 불을 켤 차례였다. 나는 우선 센 불로 프라이팬 전체가 고루 달궈지도록 했다. 중간 불로 낮춘 뒤, 버터가 녹자 풀어놓은 달걀을 부었다. 바깥쪽에서부터 안쪽으로 흘러가도록 휘젓고, 절반 정도 익었을 때 실리콘 뒤집개로 가장자리를 정리했다. 그 이후는 잔열로도 충분하니 가스레인지 불을 끄고 프라이팬을 기울여 툭툭, 흔들어 주며 타원형 모양으로 만들었다. 마지막으로 연결 부위만 익혀 주면 플레인오믈렛 완성이었다.

"그럼 먹어 볼까."

오늘은 흰쌀밥이 없으니 즉석 밥으로 대신 할게, 미안. 샐러드도 곁들여 줘야 하니, 잘게 찢은 양상추 위에 냉동 아보카도

#19 콘소메 소고기, 닭고기, 채소 등에서 뽑아낸 육수.

를 뿌려 주고 콥샐러드 드레싱을 휘익 둘렀다.

우리는 테이블을 사이에 두고 마주 앉았다. 손에는 각자 만든 오믈렛이 들려 있다.

"스즈, 그거······."

리카가 검지를 펴 내 앞에 있는 오믈렛을 가리켰다.

"잘 먹겠습니다~."

"앗······."

나는 리카가 만들어 준 엉망진창 오믈렛에 젓가락을 댔다.

딱딱, 푸석.

"이거 완전 기존 달걀 요리의 상식을 깨부수는 새로운 식감이네. 케첩보다 암염이 더 잘 어울리겠는걸."

그라인더로 갈아 낸 소금을 쳐서, 다시 한입 꿀꺽 삼켰다. 음, 달걀의 쓴맛과 소금의 짠맛이 조화롭군.

"억지로 먹지 마······."

"나름 괜찮은데."

이건 내 본심이었다. 일부러 나를 위해 돈과 시간을 써가며 만들어 준 요리를 안 먹을 순 없다. 하물며 만들어 준 사람은 다름 아닌 내 자랑스러운 소꿉친구였다.

"신경 쓰지 말고 리카도 따뜻할 때 얼른 먹어. 시간 지나면 속 안까지 다 익어버리니까."

"으응, 그럼······ 잘 먹을게."

젓가락으로 가르자 오믈렛 가운데에서 폴폴 증기가 올라왔다.

머뭇거리며 입으로 옮긴 순간 리카의 눈이 휘둥그레졌다.

"헐, 살살 녹아……! 역시 스즈는 천재!"

당치도 않았다. 가정식 요리에 재능 같은 건 필요 없다. 레시피에 쓰여 있는 대로 따라서만 하면 열에 아홉은 맛있게 만들 수 있다. 리카는 마음만 앞서는 경향이 있지만, 요령만 파악하면 금방 능숙해질 것이다.

"……그때보다 더 맛있어졌어."

리카가 젓가락을 내려놓고 날 물끄러미 쳐다봤다.

"스즈, 기억해? 나한테 만들어 준 첫 번째 요리가 오믈렛이었잖아."

"그랬나? 가물가물하네."

"……응 그랬어. 스즈한테야 특별한 일이 아니겠지만, 나한테 스즈와의 만남은 인생이 바뀌는 경험이었으니까."

키시베 리카와는 이웃이었다. 공교롭게도 우리 가족이 살던 아파트 옆에 리카네가 있었고 나이도 비슷해서 친하게 지냈다.

"나 말이야, 초등학생 때 지금보다 훨씬 까칠하지 않았어?"

"음, 부정은 못 하겠네."

리카는 선천적으로 몸이 약했다. 한마디로 표현하자면 「심한 천식」. 운동은커녕 집단 등교[20]조차 쉽지 않아, 언제나 리

#20 집단 등교 주로 초등학생들을 대상으로 안전을 위해 함께 모여 등하교를 하는 시스템.

카의 어머니가 바래다주곤 했다.

"체육 수업은 당연히 열외고, 소풍도 임간 학교도 못 갔으니까. 『어째서 나만 모두와 같은 생활을 할 수 없냐』고 맨날 툴툴거렸잖아. 학교에 갈 수 없는 날이 점점 많아지면서 엄마랑 아빠한테 화풀이하고, 진짜 힘들었는데. 이런 인생, 빨리 끝내 버리고 싶었을 정도였으니."

걷기, 뛰기, 여행. 평범한 이들은 당연히 누리는 일상이지만, 당시 리카에게는 올림픽 육상 경기에 출장하는 것만치 힘든 일이었다.

"그날도 방에 틀어박혀 있었는데 갑자기 초인종이 울리더라고. 무시했는데도 계—속 눌렀지? 짜증이나 퍼부으려고 문을 열어 줬는데 스즈가 불쑥 들어왔잖아."

"아, 악의는 없었어."

문득 여러 기억이 떠올랐다. 그때는 학부모들 사이에 떠도는 이야기가 자주 귀에 들어왔었다. 말하자면, 키시베 씨네 집에 딸 하나가 있는데 오랜 기간 방에 틀어박혀 지내 왔다는 이야기였다. 딱히 방에서 나오게 하려거나 세상과의 연결 고리를 만들어 주고 싶다는 깊은 뜻은 없었다.

처음에는 매섭게 쩨려보며 완강하게 거부했기에 제대로 이야기도 나누지 못했다. 그럼에도 끈질기게 시도한 끝에 방에 들어가는 걸 허락받을 정도의 존재로 승격되었다.

어느 일요일이었다. 늘 그렇듯 리카의 방에서 만화책을 읽고 있었다. 조금 떨어진 곳에서 「꼬르륵」 소리가 들렸다.

전에 리카의 어머니가 「내 집이다, 생각하고 편하게 있으렴.」 하고 말씀하셨기에 난 부엌을 빌려 두 사람분의 점심을 만들었다. 그때 처음 만들었던 메뉴가 오믈렛이었다.

"그때도 지금처럼 실패작은 스즈가, 성공작은 내가 먹었잖아."

"나중에 『어른이 없을 때는 불 쓰지 말라』고 혼나기도 했었는데, 기억하고 있네."

"당연히 기억하지. 여전히 생생하다고. 그도 그럴 것이 반 아이들 모두 날 불편해했잖아? 심지어 『키시베가 등교하지 않으면 급식 디저트를 더 먹을 수 있으니까 학교에 오지 마』라고 한 애도 있었다니까. 그런 취급을 받는 내게 스즈가 손수 음식을 만들어 줬는데 잊을 리 없지."

사실 나는, 집에 틀어박히기 전 리카가 어떤 학교생활을 해 왔는지 잘 몰랐다. 굳이 묻지도 않았다. 설령 다른 사람에게 미움을 받을지언정 나와 리카 사이에는 아무런 장애물도 되지 않았기 때문이었다.

"스즈는 진짜 날 한시도 내버려두질 않았잖아. 아무튼 스즈와 그런 날들을 보낼 수 있었으니까, 그 이상 망가지지 않고, 지금의 내가 있는 거니까."

리카의 세상을 바꾸게 해 준 음식은 오믈렛이었다. 그렇게 조금씩 마음을 열게 되면서 우리 집에도 놀러 오게 되었다.

중학교에 올라갈 무렵에는 눈에 띄게 천식도 호전됐다. 약의 효과를 본 걸까, 성장을 하면서 면역력이 높아진 걸까. 지금은 컨디션이 어지간히 나쁘지 않은 이상 체육 수업에도 참여하고, 이자카야의 홀에서 일도 할 수 있게 되었다.

"집안일이든 뒤치다꺼리든 뭐든 좋으니 스즈에게 은혜를 갚고 싶었어. ……뭐 요즘에는 왠지 모르게 조금 겉도는 것 같긴 하지만."

"조금 그랬지."

"이번만큼은 내가, 누나로서 스즈에게 도움이 되고 싶어. 불평도 고민도 털어놓지 않으니까, 계속 푸시 하지 않으면 아무 말도 하지 않으니까, 곤란하겠지만 단도직입적으로 물어볼게. ……아리스 유즈키랑 무슨 일 있었지?"

"……그건."

리카가 테이블을 돌아와 내 손을 부여잡았다. 그녀의 눈은 강한 의지로 빛나고 있었다.

"……설명하자면 긴데, 아무튼 지금은 유즈키가 날 피해."

"스즈가 잘못한 거야?"

"본의 아니게 그렇게 됐네. 나 때문에 줄곧 유즈키가 힘들었을 테니까. 결국 다 내 『오지랖』 때문인 거지."

맛있는 음식을 대접하고 싶다든가, 아빠의 전철을 밟지 않게 한다든가, 잘난 듯 떠들었지만 전부 내 욕심이었을지도 모른다.

"……그렇지 않아."

리카는 내 손을 놓으려고 하지 않았다. 오히려 더욱 꼭 붙잡아 주었다.

"아니야, 리카는 우리 사이에 무슨 일이 있었는지 전혀 모르잖아."

"응, 몰라. 스즈와 아리스 유즈키의 관계가 어떤지 난 조금도 몰라. 그래도 말이야, 그건 연기가 아니었어. 사람은 맛있는 음식을 먹으면서 거짓말을 하지 않거든."

"……유즈키는, 진심으로 행복해했을까."

점심때 자료실에서 처음 본 사람처럼 나와 거리를 뒀음에도, 내 머릿속에 맴도는 유즈키의 얼굴은 항상 미소로 가득했다. 모든 순간이 그랬다.

"게다가 어린 시절 날 구해 준 스즈는 남들의 시선이나 당사자의 의사가 어떻든 개의치 않았잖아? 맨날 밀어내기만 한 내게 스스럼없이 다가왔는걸?"

"……그건."

건강이 안 좋아 늘 울적했고 세상에 적대심을 품었던 리카에게, 예전의 나는 어째서 그리도 집요하게 다가가려고 했던 걸까. 그에 대한 대답은 명확했다.

난, 리카를 내버려두고 싶지 않았다.

단순히 혼자 있는 게 즐거워 보였다면 그 이상 다가가지 않았을지도 모른다.

그러나 리카는 분명 그런 아이는 아니었다.

입에서 나오는 단어가, 몸에서 나오는 태도가, 모든 걸 말해 주진 않는다.

"그러면 스즈의 눈에 유즈키는 어떻게 보였어?"

나는 그 나날들을 다시 한번 돌이켜보았다.

유즈키는 완벽주의자다. 몸매 관리도, 학교에서의 행동이나 스캔들 대책 등도. 춤과 노래 연습이 아니더라도 늘 완벽히 대비했다. 언제 어느 순간에도 이상적인 아이돌의 모습을 유지하는 것, 그게 유즈키의 아이덴티티였다.

미카미 선생님의 말처럼, 그런 유즈키가 라이브에서 실수를 범했다. 덕질을 막 시작한 나조차도 위화감을 감지할 정도였으니 유즈키의 마음은 어땠을까.

그 라이브를 기점으로 유즈키는 내게서 모습을 감췄다. 그후 학교에서 마주쳐도, 지금까지 함께한 날들을 없었던 걸로 하려는 듯 한결같이 아이돌 모드로 나를 대했다.

유즈키는 실수의 원인이, 사적인 시간의 자신…… 다시 말해 사사키 유즈키에게 있다고 생각하는 건 아닐까. 고칼로리 음식을 먹는 사이에, 혹은 나와 일상을 공유하는 사이에 긴장이 풀어져 급기야 라이브에서 실수를 하게 된 거라고 결론을 지은 듯했다. 그런 까닭에 나와 거리를 두고 원래의 자신으로 돌아가려는 건지도 모른다.

"유즈키의 결단이 잘못됐다는 건 아니야. 스스로 생각해서 내린 대답이 그렇다면, 간섭할 권리는 내게…… 없으니까."

"스즈, 넌 이미 알고 있잖아. 네가 뭘 하고 싶은지."

"……난."

분명 모범 답안은 유즈키의 뜻을 존중하고, 두 번 다시 다가 가지 않는 것이다.

다만 공교롭게도 난 남의 말을 고분고분 듣는 성격도 아닐 뿐더러 더군다나《팬》도 아니다.

"……유즈키에게 한 번 더 내 음식을 먹이고 싶어."

이 말만은 단언할 수 있었다. 유즈키도 실은, 내가 만들어 준 음식을 좋아할 것이다. 그런 마음만 있다면, 아이돌이든 아이 돌 할아버지든 무슨 상관인가.

부타동을 먹었던 날, 유즈키는 이렇게 말했다.

행복해, 라고—.

좋아하는 걸 참아가면서 자신을 극한까지 몰아세우는 것이 진정 유즈키의 행복일까? 아이돌 모드를 상시 가동해 좋아하 는 음식을 멀리하는 삶이 행복할 리 없다.

내가 아는 유즈키는 식욕에 쉽게 굴복하여 평정심을 잃어버 리는 데다가 그런 감정이 표정으로 역력히 드러나는 소녀다. 자료실에서 내게 지어 보였던 사랑스러운 미소는, 이상적인 아 이돌도 뭐도 아닌 그저 차가운 무기질 로봇 같았다.

"난 유즈키를 돕고 싶어. 유즈키가 내 음식을 먹고 행복했으 면 좋겠어."

……아아, 생각해 보면 처음부터 그랬다.

유즈키가 한 번이라도 내 음식을 순순히 먹은 적이 있었던가?

일부러 보란 듯이 단백질 드링크를 들이켜거나 이에지로도 거부하려고 했다.

완강한 거절일수록 그 본심은 반대일 경우가 많았다.

입으로는 거부하면서도 실은 음식을 원하고 있었다.

뭐야, 늘 봐 왔던 유즈키잖아.

그렇다면 나도 평소대로 하면 된다.

한 번 두 번 싫다는 소리를 듣는 걸로 쉽사리 단념하는 건 나답지 않았다.

"……리카, 고마워. 소꿉친구이자 의지가 되는 누나라 다행이야."

"그치—? 앞으로도 이 누나의 활약을 기대하라고~ ♪"

멋있는 세리머니로 윙크를 날리려고 했지만, 양쪽 눈이 동시에 감기며, 그냥 눈 깜빡임으로 엉망진창 마무리를 짓는 모습이 리카다워 나도 모르게 웃음이 터져 나왔다.

그래. 아직 끝나지 않았어.

나는 내 방식대로 유즈키의 본심을 끌어내 보겠어.

기다려, 유즈키.

보여 줄게. 내 궁극의 오지랖을.

ROUND.11 「사사키 유즈키가 돌아올 곳은 여기니까」

그는 참 얄궂다. 늘 내게 밥을 먹이려고 한다. 매일 맛있는 음식을 차려 주기에 어느샌가 귀가가 기다려지게 됐다.

그는 지독한 참견쟁이다. 부지런히 나를 챙겨 주려 한다. 팬이 되는 일은 없을 거라 말하면서도, 팬인 척하며 거짓 고백으로 아이돌인 나를 지켜 주었다.

갈레트를 먹었던 그날 밤, 그를 향한 내 마음을 깨달았다. 그 이후부터는 주체할 수 없었다. 그의 소꿉친구인 학교 선배와 기 싸움을 벌였다. 집에서 그와 함께 공부했고, 방과 후에는 함께 군것질도 했다. 함께 하교할 때는, 누군가의 눈에 띌까 봐 전전긍긍하면서도 계속 그의 옆에 있고 싶었다.

그 마음은 더욱 단단해졌다. 그와 시간을 공유할수록 아리스 유즈키라는 가면 뒤에 숨은 사사키 유즈키가 자꾸 튀어나오려 했다.

그의 마음을 알고 싶다. 그와 더 가까워지고 싶다.

그리고 그날 엘리베이터에서 내 마음이 이끄는 대로 그의 새끼손가락에 내 새끼손가락을 걸었다.

810호 앞에서 헤어지고 집에 들어오자마자 그와 닿았던 새끼손가락을 다른 손으로 감싸 쥐었다. 그의 체온이 조금이라도 사라지지 않길 바랐다.

사사키 유즈키의 마음 한가운데에는 늘 그가 자리해 있었다. 마음속에서 그를 밀어내지 않는 한 나는 더 이상 아리스 유즈키로 살아갈 수 없다.

　결국 라이브에서 실수를 저질렀다. 사사키 유즈키를 무대 위로 데리고 올라갔기 때문이다.

　팬은 완벽한 아이돌인 나를 성원해 준다.
　완벽하지 않은 나는, 내가 아니다.
　같은 과오를 반복하지 않기 위해서라도 이번에야말로 사사키 유즈키를 지워야 한다.
　쉽사리 마음을 허락하고, 뒤흔들어 놓고, 손가락을 걸고, 결국에는 일방적으로 거리를 두고.
　너무나도 제멋대로인 내가 원망스럽다.
　나는, 사사키 유즈키가 정말 싫다.

　"죄송합니다. 다시 한번 하겠습니다!"
　스태프는 「또야?」라는 표정을 지었다. 멤버들도 피곤한 기색이 역력했다.
　내일은 매년 열리는 【스팟라이츠】의 팬 미팅 날이다.

평소의 라이브와 비교하면 준비해야 할 것도 적고, 공연에 올리는 곡도 자주 해 오던 곡들이 대부분이었다.

그런데도 수차례 리허설을 거듭해도 만족할 만한 완성도가 나오지 않았다.

노래도 안무도 완벽히 숙지했다. 지난 공연에서 미비했던 부분도 진작 보완해 놓았다.

근데 무언가 부족했다. 이 상태로는 완벽한 퍼포먼스를 선보일 수 없다.

라이브나 팬 미팅은 몇 달 전부터 물밑에서 진행되고 많은 기업이 얽혀있었다. 즉 수십, 수백 명의 사람이 쏟아부은 노력의 결실 여부가 우리 손에 달려있다는 말이다. 무엇보다도 팬들에게 「뜨고 나서 변했다」라는 실망감을 안겨 주고 싶지 않았다.

"일단 조금 쉬었다 가겠습니다! 그럼 10분 후에 재개하죠!"

누군가가 제안해 반강제적으로 휴식 시간이 주어졌다. 그사이에도 나는 거울 앞에 서서 안무를 체크했다.

도쿄 공연과 마찬가지로 이번 팬 미팅에도 많은 관계자가 오기로 했다. 이번 이벤트의 성패가 앞으로 개최할 라이브의 규모와 직결되었다.

"유즈키, 좀 쉬엄쉬엄하는 게 어때?"

리더가 내게 말을 걸어왔다. 나는 쉬는 시간 중에도 아리스 유즈키라는 페르소나를 연기하며 가볍게 미소를 지었다.

"고마워요. 한 번만 더 확인해 보고 쉴게요."

"……응. 너무 무리하지는 말고."

승부욕이 강한 연습 벌레. 멤버들이 느끼는 아리스 유즈키의 이미지였다. 「한 번만 더.」 이 말을 하면 리더는 아무 말 없이 물러났다.

나는 한 번, 두 번 끊임없이 반복했다. 손가락 하나, 근육의 작은 움직임도 놓치지 않고 온 신경을 곤두세워 집중했다.

"……어째서……?"

흠잡을 만한 부분은 없었다.

식생활도 평소와 같았다. 체중도 줄어 몸이 한결 가벼워졌다.

뭐가 문제인 걸까, 도무지 알 수 없었다.

결국 이날 연습은 조금의 진전도 없이 끝났다.

★　★　★

한밤중. 호텔 침대에 드러누워 가쁜 숨을 몰아쉬었다.

침대 머리맡에는 뜯지 않은 생수병이 굴러다녔다.

나는 물조차 넘길 수 없었다.

리허설이 끝난 후에도 세면대 거울 앞에서 몇 시간이나 연습했다.

그러나 점심때와 비교해 조금도 나아지지 않았다.

만약, 내일 팬 미팅에서 또다시 실수를 저지른다면. 갑자기 두려움이 엄습해 왔다. 팬들이 환멸을 느낀다면. 잠깐의 상상만으로도 불안에 짓눌려 숨이 막힐 듯했다.

도망치고 싶다는 감정이 든 건 처음이었다. 데뷔 공연 때도, 센터로 발탁됐을 때도 이런 적이 없었는데—.

지금의 나는 아리스 유즈키도, 사사키 유즈키도 아닌 겁쟁이에 불과했다. 책임감도, 아이돌도 다 내던지고 이벤트를 고대하는 팬들에게서 도망치고 싶었다.

누군가 알려 줘. 어쩌면 좋지?

누군가 대답해 줘. 아이돌로서 자격 미달이야?

내가 할 수 있는 건 전부 했다.

귀중한 순간들을 포기하고, 소중한 사람을 멀리하고 여러 감정이 튀어나오지 않도록 뚜껑을 씌웠다.

나는 얼마나 더 희생해야 해?

누구라도 좋으니 날 꾸짖어 줘. 그리고 이끌어 줘.

"누구라도 좋으니……."

도와줘.

그런 이기적인 대사는 결국 목구멍을 넘지 못했다. 내가 할 수 있는 건 침대 위에서 몸을 웅크리는 것뿐이었다.

띵, 동—.

느닷없이 울린 초인종 소리에 정신이 번쩍 들었다.

"……누구세요?"

누구지. 자정에 가까운 시간이었다. 매니저나 스태프가 굳이 방까지 찾아와 전달할 용건은 없을 터이다.

나는 문을 열고 싶지 않았다. 한심한 몰골을 누구에게도 보여 주고 싶지 않으니까.

다행히도 고급 호텔이라 각 방에 설치된 인터폰에는 문밖을 비추는 모니터가 달려 있었다. 인터폰으로 적당히 대응하고 빨리 돌려보내야겠다.

난 천하무적 아이돌 아리스 유즈키다.

스스로 다독이며 군데군데 찢기고 구멍이 뚫려 엉망이 된 가면을 쓰고 모니터를 들여다보았다.

"……말도 안 돼."

문 너머에 서 있는 건 매니저도, 스태프도 아니었다.

나는 체인을 풀고 문고리를 돌렸다.

문 틈새로 비집고 들어오는 밝은 빛에 눈을 가늘게 떴다.

"짠."

앞에 서 있는 사람은 마모리 스즈후미라는, 과잉보호가 특기인 남자 고등학생이었다.

☆　☆　☆

"……스즈후미, 어떻게……."

"설명은 나중에 할게, 일단 가자."

나는 유즈키의 손을 잡고 그대로 엘리베이터로 향했다.

"뭐, 뭐 하는 거야!"

늦은 시간임에도 유즈키의 복장은 호텔에 구비된 유카타가 아닌 연습 때 입는 반팔 티셔츠 차림이었다. 방에서도 내내 연습한 건가.

나는 호텔 앞에 대기 중이던 택시 뒷좌석에 재빨리 올라탔다. 아직 택시 문밖에서 어찌할 바를 모르는 유즈키의 손을 잡아끌었다.

"기사님, 레지던스 오리키타까지 가 주세요."

우리가 함께 있을 수 있는 곳은 호텔도 학교도 아니었다.

"……내가 여기 있는 줄 어떻게 알았어?"

유즈키는 어떻게든 냉정을 되찾으려는 건지, 목소리만은 차분했다.

나는 내가 할 수 있는 최대치의 의기양양한 표정을 지으며 스마트폰을 꺼내 들었다. 화면에 비친 건 【스팟라이츠】의 공식 SNS였다.

"아는 사람 중에 지독한 오타쿠가 있거든. 인터넷 스토커라는 거, 참 무서워."

"SNS에 올라간 단편적인 정보로만 찾아냈단 말이야? 근데 장소와 관련된 내용은 게시한 적이 없는데?"

"유즈키가 아무리 세세한 부분까지 조심한다고 해도 다른 멤버들 모두 그런다는 보장은 없잖아. 『팬 미팅 전날은 늘 같은 호텔에서 묵어』라든가, 『멋진 야경을 함께 보고 싶어서』라며 사진을 올리는 건 너무 안일하지 않나 싶지만. 아무튼 과거 몇 년 분의 정보를 조합해 보니 이 호텔이 나오더라고."

건물만 특정할 수 있다면 나머지는 소거법으로 해결할 수 있었다. 나는 우선 엘리베이터 이용자를 유심히 관찰했다. 오고 가는 사람들의 말을 유심히 엿들었고, 마침 연예계 관련 이야기를 하는 여성 두 명을 발견했다. 이런 경우 십중팔구 매니저나 사무실 스태프였다.

다음은 여성들이 탄 엘리베이터가 몇 층에서 멈추는지 확인했다. 오타쿠 선생의 말에 따르면 아티스트와 같은 성별이면 같은 층에 묵을 확률이 높단다. 그 방법으로 층수까지 확보할 수 있었다.

"근데 엘리베이터는 카드 키 없으면 안 움직일 텐데?"

"오타쿠의 도움을 받았지. 방 하나를 예약해 뒀거든."

도움이랄까, 전의 그 녹음 데이터를 빌미로 협조하도록 협박했다.

"아……."

역시나 유즈키는 흥을 깨는 데 일가견이 있었다. 그녀는 애매한 반응을 보인 뒤 나와 거리를 벌리더니 문 쪽에 등을 바짝 붙였다.

이제 정면승부 이외에는 방법이 없었다. 여기까지 온 이상, 난 어엿한 스토커였다.

미카미 선생님에게 잠깐 카드 키를 빌렸지만, 협력의 대가로 숙박비는 전부 내가 지불했다. 지금쯤 선생님은 넓디넓은 방에서 내일 있을 팬 미팅을 고대하고 있을 것이다.

이 작전은 【스팟라이츠】가 이제 막 유명해진 아이돌이기에 가능했다. 만약 그녀들이 수도권에 있는 돔 크기의 공연장 규모를 채우는 대스타였다면 한 층의 모든 방에 관계자들이 묵었을 것이다.

나는 미리 호텔 밖에서 불이 켜져 있는 방을 체크해 놓고 해당 층에 도착한 뒤, 텔레비전 소리나 말소리가 들리지 않는 방을 선별했다. 방 안에서 발을 구르며 연습하는 소리가 들리면 빙고―.

"팬 미팅이 끝나고 회의 의제로 『인터넷 활용 능력의 중요성』을 제안해 봐. 참고로 그 오타쿠는 최애와 일정 거리를 유지해야 한다고 주장하는 사람이라 도움이 됐어."

잠시 후 택시가 아파트에 도착했다. 나는 기사에게 요금을 지불하고 먼저 내렸다.

유리로 둘러쳐진 로비를 통과하자 유즈키는 다소 거리를 벌린 상태로 머뭇거리며 내 뒤를 따라왔다. 나와 유즈키는 나란히 엘리베이터에 올라탔고 8층 버튼을 눌렀다.

우리는 엘리베이터 안에서 한 사람이 들어갈 정도의 거리를 비우고 나란히 섰다.

엘리베이터에서 내려 건물 밖을 내다보니, 이미 저 멀리까지 어둠이 짙게 내려와 있었다. 늦은 밤, 아파트 복도에는 우리의 발소리만이 울렸다.

나는 809호 현관을 열고 유즈키를 집 안으로 들였다.

"앉아."

내가 거실 소파에 앉으라고 재촉하자 유즈키는 당혹스러운 눈빛으로 머뭇거리며 소파에 걸터앉았다.

"무슨 꿍꿍이인지 말해 봐. 내가 호텔에서 빠져나간 사실이 알려지면 난리 날 거야. 핸드폰도 호텔에 두고 왔는데."

"자, 그럼."

나는 손을 씻고 가글을 한 뒤, 거실 쪽을 향해 설치된 조리대가 있는 부엌으로 이동했다. 조리대 위에는 미리 준비해 둔, 상온에 가까운 온도로 녹은 온갖 식재료가 놓여 있었다.

"설마, 밥을 해 주려고?"

"새삼스럽게. 유즈키를 집으로 오게 한 이유가 그거밖에 더 있겠어?"

"그것 때문에 일부러……."

어떻게 보면 당연한 반응이다. 인터넷 스토커 짓까지 해서 몰래 데리고 온 이유가 저녁 식사라니.

유즈키가 소파에서 일어났다.

"……그냥 갈게. 호텔에서 연습해야 해."

현관으로 향하는 그녀의 발소리가 조금씩 멀어졌다.

유즈키가 돌아가고 싶다면 억지로 말릴 생각은 없었다. 다만 그 전에 내가 할 수 있는 모든 걸 해야겠다고 결심했다.

나는, 유즈키가 현관 손잡이에 손을 올리는 순간, 바로 중계를 시작했다.

"먼저 끓는 물에 5센티미터 폭으로 자른 삼겹살을 투입. 미리 삶아 놓으면 기름이 빠져서 담백해지거든."

현관문이 열리는 소리는 들리지 않았다. 유즈키가 귀를 쫑긋 세우고 있다는 증거였다.

"다음은 달궈 놓은 프라이팬에 식용유를 두르고 다진 마늘, 다진 생강을 적당량 투하해 줘. 향이 퍼지기 시작하면 어슷 썬 파를 넣어 살짝 익혀 주고, 파의 숨이 죽으면 방금 삶아 두었던 돼지고기를 올리고 프라이팬을 돌려가며 잘 볶아 주면 돼."

지금쯤이면 유즈키도 내가 무엇을 만드는지 알아챘을지도 모른다.

"간장, 미림, 술, 중화 요리 조미료를 배합한 소스를 프라이팬에 둘러 주고 전체적으로 고르게 맛이 배면 완성. 오늘은 즉석 밥이 아니고 덮밥용으로 지은 밥이야. 소스가 잘 스며들도록 조금 꼬들꼬들하게 지었어."

나는 밥 위에 올릴 김과 입가심용 단무지 준비도 잊지 않았다.

특제 스태미나 부타동. 유즈키에게는 처음으로 선보이는 요리였다.

"슬슬 완성되니까 얼른 테이블 좀 닦아 주지 않을래?"

"그만, 그만해!"

집 안에 유즈키의 목소리가 울렸다.

"제발 그만하라고……."

유즈키에게서 처음 들어본, 괴로움이 묻어나는 목소리였다.

"스즈후미가 내게 실망하면 모든 게 원래대로 돌아갈 텐데. 어째서, 이렇게까지 챙겨 주는 거야? 내가 괴로운 걸 어떻게 알았어? 왜 그리도 상냥한 거냐고……."

그 순간, 바닥에 물방울이 떨어져 부딪히는 소리가 들렸다.

"……난 항상, 유즈키가 대단하다고 생각했어."

그 어떠한 미사여구도 붙이지 않은, 내 마음에서 우러난 찬사였다.

"이웃으로 만나, 유즈키의 진짜 모습을 가까이에서 지켜봤잖아. 아이돌이라 해도 일반인처럼 배가 고프고, 밥에도 집착하고, 마늘을 먹으면 냄새도 풍기지. 당연한 소리겠지만 아이돌도 똑같은 인간이니까."

그렇다. 그게 다였다.

아무리 아리스 유즈키를 닦달한들 사사키 유즈키를 완전히 떼어 낼 수는 없다.

유즈키가 굳게 닫힌 입을 힘겹게 열었다.

"……그치만, 아이돌은 모두의 희망을, 염원을, 꿈을 담기 위한 그릇이니까. 모두의 이상을 받아들이고 그것을 실현하는 사람이 바로 아이돌이야. 진짜 내 모습은 방해만 될 뿐이야. 한시라도 빨리 내 본모습을 버리고 모두를 위해……."

"그럼 한 가지 물어볼게. 『모두』의 안에 유즈키도 포함돼?"

"……응?"

유즈키가 초점을 잃은 눈동자로 나를 바라봤다.

그 생각이 틀렸다고 단정할 수는 없었다. 어린 시절부터 수십, 수백 명의 아이돌을 보고 자라온 유즈키와, 겨우 한 달 남짓 아이돌을 접한 내가 내뱉는 말의 무게는 달랐다.

"난, 아이돌이 모든 사리사욕을 내던지고 팬을 위해서만 살아가는 게 옳다고 생각하지 않아. 그건 너무 외로운 일이잖아."

주제넘은 말이라는 건 자각하고 있었다. 유즈키의 입장에서는 지금까지 지내 온 모든 삶을 부정당하는 거나 마찬가지기 때문이다.

그렇다고 모두의 이상을 이루어 주기 위한 삶, 그거면 된 걸까? 유즈키가 원하는 건 그게 전부인 건가? 그럼, 유즈키 자신의 이상은 대체 어디에 있는 거야?

"중요한 건 자신의 욕망도 인정하고, 받아들이고, 그런 모습으로 살아가고, 그럼에도 팬들 앞에 섰을 때 변함없이 이상적인 아이돌을 보여 줄 수 있느냐가 아닐까?"

그중에는 「거짓」이라느니 「허상」이라느니 매도하는 녀석들이 있을지도 모른다. 그러나 나는 어느 쪽도 나쁘다고 생각하지 않았다.

거짓은, 「그렇게 되고 싶어」, 「이런 나를 계속 지켜봐 줘」 같은 소망이다.

허상은, 그런 소망이 실체화된 것이다.

아이돌은 거짓이고 허상이지만 이상을 보여 주기에 아름답다.

"마음껏 밥 먹는 게 뭐 어때. 부타동을 흡입하든, 밀라노풍 도리아에 치즈를 듬뿍 얹든, 고칼로리 갈레트를 양껏 리필하든, 이에지로를 먹고 바로 누워 뒹굴든, 방과 후에 꿈에 그리던 페이마치키를 사 먹든. 사사키 유즈키의 욕망이 커지면 커지는 대로, 아리스 유즈키는 그것을 더욱 철저히 길들여야 할 테고, 그렇게 단련하다 보면 아이돌로서 무대 위에서 더욱 빛나게 되지 않을까."

먹는 것에 국한된 이야기는 아니다. 분명 아이돌이라도 가끔은 놀러 가고 싶고, 학교에서 친구들과도 어울리고 싶고, 남들처럼 평범하게 데이트하는 꿈을 꾸며 사랑에 빠질지도 모른다.

이런 욕망은 사람이라면 누구나 품고 있다. 결단코 부끄러운 일이 아니었다. 그러한 욕망을 잘라낼 필요는 없었다.

"그러니까 팬들의 목소리만이 아닌, 유즈키 자신의 목소리에도 귀를 기울였으면 해."

즉, 팬들에게는 선망의 대상으로 여겨지면서도, 한편으로는 자신의 신념을 끝까지 관철해 나가는 것이다.

이게 훨씬 멋지잖아.

"난, 무대 위에서 빛나는 유즈키가 좋아. 빛나기 위해 부단히 노력하는 유즈키는 더더욱 좋아. 무엇보다도, 네가 지우려는 사사키 유즈키는 내게 정말로 소중한 사람이야."

"⋯⋯나, 는⋯⋯."

유즈키의 목소리가 가늘게 떨렸다. 그녀는 당장이라도 터져 버릴 듯한 감정을 필사적으로 억누르고 있었다.

"⋯⋯난, 꿈에 그리던 이상적인 아이돌이 되고 싶었어. 근데 시간도, 능력도 부족하고, 그래서 조금이나마 이상에 가까워지려면 욕망을 참는 것밖에 없었어⋯⋯. 내가 할 수 있는 건 한계까지 줄이고 덜어 내고 비워 내는 것뿐이니까⋯⋯."

참고 또 참고, 오로지 버티고 견디기만 한다면 언젠가 속절없이 무너지고 만다.

"자신에게 관대해지라는 말이 아니야. 하지만 좀 더 자신을 소중히 여기길 바라. 유즈키는 감정 없는 로봇이 아니잖아. 화면 너머에서만 살아 숨 쉬는 환영이 아니야. 평범한 인간이고, 어디에나 있을 법한 여고생이고, 내 이웃일 뿐이니까."

나는 가스레인지 앞에 다가서서 **또 다른 요리**를 만들기 시작했다.

기름 바다에서 건져 올린 그것을 칼로 한입 크기로 잘랐다.

닭고기의 단면에서 김이 모락모락 피어올랐다. 이것을 그릇 왼쪽에 얹고, 산미를 첨가한 특제 시오다레[21]를 위에 적당량

#21 **시오다레** 물, 소금, 참기름, 후추 등을 배합한 소스.

돌려 주고, 채 썬 시소를 올리고, 참깨를 뿌려 주면 완성이다.

"유즈키, 전에 이거 먹고 싶다고 했잖아."

어느 날 하굣길. 우리는 편의점 음식을 손에 쥐고 이런 대화를 나누었다.

—『페이마치키덮밥』 같은 음식도 있나 봐.

—진짜? 아, 먹어 보고 싶은데, 칼로리 장난 아니겠지~.

행복하길.

미소 짓길.

고기와 기름 범벅인 덮밥도 먹어 주길.

"그러니까, 그렇게 울지 마."

유즈키가 쓰고 있던 허세라는 가면이, 눈물에 젖어 너덜너덜해졌다.

나는 로우 테이블을 닦고 스페셜 덮밥을 놓았다. 문 앞에서 서럽게 우는 유즈키에게 손을 뻗자, 유즈키가 내 손을 살며시 쥐었다. 나는 그 손을 이끌고 로우 테이블 특등석으로 데려갔다.

나는 코를 풀고 덮밥 앞에 앉은 유즈키에게 다시 한번 물었다.

"배고프지?"

"……배 안 고파."

"어? 여기 고기덮밥 한 그릇이 있네. 『플래티넘 포크』와 『스즈후미 표 페이마치키』를 조합한 덮밥인데 공교롭게도 난 저녁을 이미 먹어서 말이야."

"……칫, 알 게 뭐야."

"지금 안 먹으면, 정성껏 만든 따뜻한 덮밥은 차가운 냉장고 행인데. 뭐, 나중에 데워 먹어도 위생적으로 문제없지만 바삭한 튀김옷도, 고들고들한 흰쌀밥도 물 건너가니까. 아, 그건 좀 그런데."

"……아깝지만, 어쩔 수 없잖아."

이건 일종의 의식이었다. 다른 말로 하면 교섭. 여러 번 반복해 온, 우리의 성전(聖戰)이라고 할 수 있다.

"나 말고도 집에 한 명이 더 있어서 다행이야. 그 사람이 먹어 주면 난 요리를 만든 사람으로서 더없이 기쁠 거고 그 사람도 배를 채우니, 이거야말로 일석이조잖아."

"아무튼 난―."

꼬르르르륵.

유즈키의 입보다 배가 먼저 자신의 주장을 내뱉었다.

"……아."

배가 본심을 드러내자 유즈키의 귀가 새빨갛게 달아올랐다. 목소리는 가시가 돋쳐 있었고, 꽉 쥔 주먹은 희미하게 떨렸다. 울었다가 부끄러워했다가, 참 바쁜 녀석이었다.

"이거, 유즈키가 먹을래?"

내가 씨익 웃자, 유즈키는 이를 갈며 분을 삭였다.

"……아니, 내일 팬 미팅 날이라."

"그렇담, 더더욱 에너지 보충이 필요하겠군."

"혹시, 밤늦게 고기랑 기름 범벅 덮밥을 먹다가 체할지도 모르잖아."

"그 정도로 연약한 위장은 아니잖아?"

실제로 부타동 먹은 다음 날에도 쌩쌩했으면서.

밥 앞에서라면, 나는 누구보다도 유즈키에 대해 빠삭했다. 승부를 건다면 지금이 적기였다.

"……네 뜻이 정 그렇다면, 내가 먹는 수밖에."

테이블 건너편에 놓여 있던 젓가락을 가져오자 유즈키는 입술을 달싹이며 「앗!」 하고 무언의 비명을 질렀다. 그리고 덮밥을 치우려고 그릇에 손을 댄 순간, 내 왼손 위에 유즈키의 오른손이 겹쳐졌다.

"음? 왜?"

"……보여 줄게."

유즈키가 내 손에 있던 젓가락을 휙 낚아챘다.

"내 목표는 최고의 아이돌이 되는 거니까. 노력만으로는 분명 부족할 거야."

그러더니 유즈키는 덮밥 그릇을 본인의 앞으로 끌어갔다.

"앞으로 내 진짜 모습을 버리고 싶다는 말 따위 하지 않을 거야. 팬의 욕망도, 사사키 유즈키의 욕망도 이뤄 주는, 이상적인 아이돌이 되겠어. 전부 손에 쥐고, 누구보다도 멋진 아이돌이 되는 걸 보여 줄 테니까!"

난 안도하는 마음을 애써 숨기고 일부러 쓴웃음을 지었다.

"그럼 나한테 할 말이 있을 텐데?"

여기서부터 전쟁의 승패와 직결된다.

유즈키도 그걸 알고 있을 터이다. 그녀는 아랫입술을 꽉 깨물고 눈에 잔뜩 힘을 주고 있었다.

"어이~. 말해 보라니까? 네가 원하는 게 뭐라고?"

"……게 해 줘."

"뭐라고? 잘 안 들리는데? 크게 얘기해 봐."

"으~~~~~~~~~~~."

유즈키는 온몸을 파르르 떨며 숨을 깊게 내쉬었다.

……그리고.

뼛속 깊이 비장한 각오를 새긴 유즈키는, 호박빛을 발하는 눈동자를 반짝이며 내게 애원했다.

"스즈후미가 만든 요리를 먹게 해 주세요♥♥♥"

밥으로 공략, 완료ㅡ.

마침내 때가 왔다.

여자 아이돌과 남자 고등학생의 대결은 마모리 스즈후미의 승리로 막을 내렸다.

"별수 없군. 그렇게까지 부탁하는데 먹게 해 줄 수밖에!"

드디어 유즈키가 자신의 의지로 내게 졸라 댔다. 온몸으로 맛보는 전지전능함. 뇌는 아드레날린을 쉴 새 없이 뿜어냈다. 드디어 해냈다!

그러나 그렇게 졸라 댔음에도 유즈키는 식사를 시작하지 않았다.

"뭐해? 왜 안 먹어?"

"……말했잖아."

순간 유즈키의 눈이 번쩍하고 요사스러운 빛을 발했다.

"음?"

유즈키의 손에 있던 젓가락이 다시 내 손에 들려 있었다.

"응? 뭘 원하는 거야?"

유즈키는 양손을 무릎에 올려놓고 혼신을 다해 졸라 대기 시작했다.

"그러면, 어서 먹여 줘. 아—♥♥♥♥"

유즈키는 완전무결하게 순수한, 보는 이를 한결같이 사로잡는 궁극의 미소를 지어 보였다.

"그건……!"

"똑똑히 들었어.『먹게 해 준다』고 했지?"

"아니, 그건, 그런 의미가 아니라……."

"먹이고 싶다면서?"

유즈키가 본심과 장난을 반쯤 섞어 내게 요구해 왔다. 아이돌인 아리스 유즈키와 평범한 여고생 사사키 유즈키가 하나로 겹쳐진 느낌이었다.

"……알았어, 알았다고! 그럼 눈이라도 감아 줘."

"……흠."

오늘 내가 취해야 할 행동은 평소와 달랐지만, 아무튼 입에 떠먹여 주는 것쯤이야 누워서 떡 먹기 아닌가.

유즈키가 눈을 질끈 감았다. 눈을 뗄 수 없을 정도로, 예술 작품이나 다름없는 완벽한 이목구비. 입은 개화 직전의 꽃봉오리처럼, 밥을 원하며 작게 벌어졌다.

턱을 치켜올린 유즈키, 이 광경은 순간 다른 장면을 떠올리게 했다.

이건 영락없이 결혼식에서 백년해로를 맹세하며 키스하는 부부잖아!

부끄러워하는 모습을 들키지 않기 위해 눈을 감게 했건만, 완전히 역효과였다.

가슴이 방망이질을 치기 시작했다. 분명 내 얼굴은 익히기 전의 플래티넘 포크만큼 빨갛게 달아올랐을 것이다. 그러나 여기까지 온 이상 물러날 수는 없었다. 마음을 가다듬고 젓가락으로 고기와 밥을 집어 올렸다.

"……들어간다."

"……응."

나는 맹세의 키스 대신에 나지막한 목소리로 말했다.

"자, 아—."

유즈키는 양손을 무릎 위에 올린 채 몸을 기울였다. 꽉 움켜
쥔 양손은 봄기운에 녹는 눈처럼 서서히 펴지기 시작했다.

"앙♥"

먹이를 갈구하는 조그마한 병아리의 엷은 분홍빛 입술이 열
렸다. 가지런한 이도, 요염한 혀도, 곧 있으면 음식이 넘어갈
목구멍도, 모든 게 내 마음을 사로잡았다.

나는 터질 것 같은 심장을 가까스로 진정시키고, 덮밥 첫 한
술을 유즈키의 혀에 올렸다. 입속에서 젓가락이 빠져나오자 입
술은 작은 진폭으로 조용히 움직였다.

음음, 냠냠, 오물오물, 꿀꺽.

"어때?"

"……하♥"

도발적인 톤으로 새어 나온 소리는 「맛있어」라는 말보다 내
귀를 즐겁게 했다.

그와 동시에 얼굴이 화끈거려 유즈키를 똑바로 쳐다볼 수
없었다.

나는 다음부터는 스스로 먹으라는 뜻으로 젓가락을 유즈키
의 손에 쥐어 주었다.

"에이─. 끝까지 안 먹여줄 거야─?"

이번은 틀림없이 놀리는 어조였기에 「시끄러」라고 응수했다.

유즈키는 삼겹살과 밥을 집어 천천히 입으로 옮겼다.

"……아……♥"

감탄과 동시에 유즈키의 눈이 크게 떠지더니 젓가락을 움직이는 손이 갑자기 분주해지기 시작했다.

"진한 소스와 삼겹살이 뒤엉켜 입에 넣자 부드러운 감칠맛이 쫘악 퍼져 나가……. 흰쌀은 씹으면 씹을수록 단맛이 배어나. 아─. 코끝을 찡하게 만드는 향기로운 대파……♥"

장시간 식사 제한을 한 탓일까 유즈키의 미각은 전보다 더욱 민감해진 모양이었다.

유즈키는 덮밥 위에 달걀을 깨 올려 고기와 섞는 것도 잊지 않았다. 삼겹살이라 불리는 영웅은 소스를 전신에 끼얹고 샛노란 망토를 두른 뒤 소녀의 입속에서 날아올랐다.

"짭짤한 고기가 중화되면서 더욱 입에 쫙쫙 달라붙잖아. 소스랑 궁합이 환상적이라 스키야키를 먹는 거 같아♥ 밥 한 공기로는 부족하겠는걸~♥"

순식간에 덮밥의 절반이 위 속으로 빨려 들어갔다. 밥을 좀 더 많이 넣을 걸 그랬나.

"드디어 기다리고 기다리던……."

유즈키가 마음의 준비를 마치고 페이마치키의 구역으로 들어갔다.

한입 크기로 자른 두툼한 닭다리 살을 흰쌀과 함께 입으로 쏘옥—.

"……으음~~~!"

유즈키는 쿠션 위에 앉아 발을 동동 구르며 콧노래를 불렀다.

"바싹 튀겨서 그런지 식감이 엄청 경쾌해~. 입속에 내려 소복이 쌓인 첫눈을 밟는 느낌이야. 바삭바삭해서 씹는 즐거움이 있단 말이지~♥"

과자 같은 식감을 느낄 수 있도록 튀김옷을 얇게 입힌 것이었다.

"시오다레도 레몬과 후추의 향이 살아 있어. 참깨와 시소도 너무 향긋해~. 튀김인데도 삼겹살의 야들야들한 감촉과 싸우지 않아 두 가지 식감을 동시에~♥"

옆에 놓인 단무지의 역할은 입가심을 넘어 리셋 버튼에 가까웠다. 음식을 갈구하는 입은 점점 크게 벌어지고 유즈키의 얼굴에는 커다란 웃음꽃이 피었다. 무대 위에서 활약하는 유즈키도 좋지만, 역시나 내 눈앞에서 밥을 먹는 유즈키가 더 좋았다.

"잘 먹었습니다!"

유즈키는 만족한 듯 만면에 미소를 띠며 식사를 마쳤다.

그릇에는 쌀 한 톨은커녕 소스 한 방울도 남아 있지 않았다.

"……."

거실에는 짧은 침묵이 흘렀다.

유즈키는 젓가락을 내려놓고 내 손 위에 자신의 손을 살며시 포갰다. 체온과 용기를 내게서 일시적으로 빌리려는 것처럼 보였다.

"……고마워, 여러 가지로."

"고맙긴 뭘. 우리 사이에 그런 섭섭한 말을."

내 말에 유즈키는 수줍은지 하얀 이를 드러내며 밝게 웃었다.

"……앞으로도 팬들에게 이상적인 아이돌의 모습을 보여 줄 거야. 아리스 유즈키의 안에 있는 건 사사키 유즈키니까, 최고 의 아이돌이 뭐든지 간에, 당당해질 거야."

"그래."

"정점에 서려면, 라이벌을 이기려면, 역시 노력밖에는 없어. 시간도 체력도 청춘도 불태우겠지만, 절대로 나 자신을 깎아내 리지 않을 거야."

"좋아."

"그래서 말인데, 앞으로도 나한테 있는 힘껏 참견해 줘. 내가 저 멀리 달아난다 싶으면 몇 번이고 계속 붙잡아줘. 이곳에 내 가 있어도 된다고 말해 줘."

기대와 수줍음이 섞인, 굳건한 의지가 깃든 눈동자가 내 앞 에서 빛나고 있었다.

"걱정 마. 난 언제까지나 사사키 유즈키의 가장 든든한 지원 군이 될 테니까. 손이 닿지 않는 무대 위에 오르든, 화면 너머 로 사라지든 끈질기게 쫓아다니면서 내 밥을 먹일 거니까."

"고마워, 스즈후미."

유즈키의 표정은, 어두운 먹구름이 걷힌 하늘처럼 밝아졌다.

"……그럼, 식사도 끝났으니 이제 호텔로 돌아가 볼까. 자기 전에 한 번 더 안무 연습해야 하니까!"

이 주변은 교통량이 많아 택시를 군이 호출하지 않아도 금방 잡혔다.

우리는 거실을 지나 현관으로 이동했다.

"밑에까지…… 안 가는 게 좋겠지?"

"응. 여기서 배웅해 줘. 사사키 유즈키가 돌아올 곳은 바로 여기니까."

유즈키의 그 자신만만한 미소는 연기도 아닐뿐더러 담대함을 가장하지도 않아 무척이나 자연스러웠다.

아, 역시 멋있어. 나는 유즈키의 당당한 모습에 경외감마저 들었다.

"그럼, 다녀올게."

유즈키가 오른손을 들었다. 그녀의 손은 악수를 하기에는 다소 높이 있었다.

나는 머리 위로 치켜든 그 손에 하이파이브를 했다.

"응, 잘 다녀와!"

표정도, 몸짓도, 유즈키의 전부가 찬란하게 빛났다.

구름이 모두 물러간 밤하늘에 빛을 드리우는 달처럼—.

유즈키는 힘차게 현관문을 열고 발을 내디뎠다.

발걸음에는 조금의 망설임도 없었다. 달빛이 그녀의 옆얼굴을 환하게 비추고 있었다.

아파트 공용 복도에 있는 엘리베이터로 걸어가는 유즈키의 모습은, 무대 한쪽 구석에서 스팟라이트 조명 안으로 들어가는 아이돌처럼 보였다.

INTERVAL 「이번에야말로, 잘 먹었습니다」

"그러니까 내 말은, 제일 앞 열에서 보는 유즈키짱은, 뭐랄까 천사나 여신같이 흔해 빠진 단어로는 아름다움을 형용할 수 없다는 거야. 음, 신화? 경전? 시대의 아이콘? 정도면 몰라."

"아, 네."

"지난번 토크 코너 테마가 『내 기억 속의 요리』였거든. 유즈키짱이 뭐라고 말했는지 알아? 힌트는 유즈키짱의 최애 음식."

"음, 부타동이요?"

"유즈키짱이 그런 샐러리맨스러운 메뉴를 고를 리가 없잖니. 잘 외워 두라고. 유즈키짱의 최애 음식은 갈레트야. 아아, 갈레트가 뭐냐면, 메밀가루로 만든 프랑스 요리거든. 유즈키짱이 전에 친구랑 갈레트를 만들어 먹었나 봐. 그게 그렇게 맛있었는지 앞으로는 가게에서 파는 갈레트는 못 먹을 것 같다며 열변을 토하더라."

"······그랬나요."

나는 회의용 테이블 너머에서 들려오는 미카미 선생님의 수다 BGM에 적당히 맞장구치며 밥을 먹었다.

지금 이곳은 5월 하순의 학교에 있는 학생 지도부실이었다.

점심시간에 당하는 호출은 오늘로써 5일 연속이었다.

미카미 선생님은 나 말고는 최애 아이돌에 관한 이야기를 나눌 상대가 없는지 지난 팬 미팅의 여운을 일방적으로 떠들어 댔다. 5일째인 금요일이 돼서도 흥분은 가라앉을 줄 몰랐다. 이대로라면 다음 주도 호출을 받게 될 불상사가 일어날지도 몰라 이제부터는 진지하게 대화에 임하기로 결심했다.

"미니 라이브는 어땠어요?"

"아, 맞다!"

미카미 선생님이 기다렸다는 듯이 철제 의자에서 벌떡 일어나 내 쪽으로 다가왔다.

"회원 번호 000005인 내가 단언하지. 지난번 미니 라이브는 역대 최고 퀄리티였어. 아직도 전율이. 한 곡당 다섯 시간은 거뜬히 수다 가능인데?"

"……몇 곡 불렀죠?"

"미니 라이브라, 딱 여섯 곡."

그럼, 적어도 30시간이란 말인가. 점심시간이 50분이니까 단순 계산만으로도 36일 치네.

"일단 1분짜리 총평을 들려주세요."

점심시간 종료까지 앞으로 3분. 마음의 준비를 마친 뒤, 마지막 한 술을 목구멍으로 넘겼다. 아, 잘 먹었다.

"하나하나 나열하고 싶어 입이 근질근질하다만, 음, 한마디로 말해, 유즈키짱은 단언 최고였어."

"늘 최고였다 그러셨잖아요."

"아니. 그 전 라이브에서 조금 위태위태했던 부분이 있어서 좀 걱정했거든."

미카미 선생님은 톤을 낮추고 입꼬리만 살짝 올려 미소를 지었다.

"기우였나 봐. 이번 유즈키짱은, 진심으로 즐기는 것 같아서 다른 사람처럼 보이기도 하더라고. 그렇다고 지금까지 가짜 미소였다는 건 아니지만, 정말이지 행복해 보여서, 나 진짜 울 뻔했다고."

그건 분명 제자를 다독이는 스승의 따뜻한 어조였다.

"분명 앞으로 이런저런 어려움이 닥칠 테지만, 유즈키짱이라면 지혜롭게 극복해 내리라 믿어. 최애를 조용히 지켜보며 지지해 주는 게 팬의 의무 아니겠어?"

팬의 어원은 《열광적인 사람, 광신도》를 의미하는 《Fanatic》이라고 한다.

팬들은 앞으로도 유즈키 아리스라는 빛을 따라가겠지. 그들의 희망, 염원, 꿈을 짊어진 유즈키는 고독한 전쟁에 몸을 내던졌다. 만약 유즈키가 날갯짓을 그만 멈추고 싶은 날이 오면, 그런 그녀의 옆에서 힘을 북돋아 주는 사람이 나였으면 한다.

미카미 선생님의 수다도 일단락됐으니, 그럼 슬슬 퇴장해 볼까.

나는 보자기로 도시락을 싼 뒤 자리에서 일어났다.

"전 이만 교실로 돌아가 볼게요. 선생님도 서두르지 않으면 지각하실걸요."

오후 첫 번째 수업은 미카미 선생님의 현대문이었다. 선생님은 교직원 실에 들렀다 갈 생각이었는지 이곳에 빈손으로 왔다.

"그럼, 먼저 실례하겠습니다."

"……마모리 군, 고마워."

문이 닫히기 직전, 감사를 표하는 말이 들린 것 같았다.

뭐가 고맙다는 건지 몰라, 나는 그 말을 못 들은 척했다.

☆　☆　☆

HR 시간이 끝나자 교실은 단숨에 시끌벅적해졌다. 반 아이들은 교탁 앞이나 베란다 등 군데군데 무리를 지어 주말 약속을 정하고 있었다.

"우리는 도서관 가서 중간고사 오답 노트나 만들자."

내 말에 앞자리에 앉아 있던 호즈미가 뒤를 돌아보며, 마치 벌레라도 씹은 듯 얼굴을 구겼다.

"난 내일 데이트라서 준비할 게 좀 있거든. 부탁이니 제발 빨리 집에 가라."

방과 후 공부의 성과로 호즈미는 가까스로 낙제점을 면했다. 그 노력을 치하하는 의미로 내일은 여자 친구와 데이트를 한단다.

"흠, 기말고사 때 울며불며 매달리지나 말아라."

어차피 작년처럼 7월에 접어들면 넙죽 엎드릴 거면서. 그때 가서 방과 후 선생 역할을 해 달라고 떼쓰면 거절해야겠다.

호즈미가 내 얼굴을 멀뚱히 쳐다보더니 대뜸 물었다.

"……너, 얼마 전까지만 해도 죽상이더니 이제야 혈색이 좀 도네. 좋은 일이라도 있었냐?"

"앞으로 생길 거야. 먼저 간다. 다음 주에 봐."

"야, 야…… 앞으로?"

고개를 갸웃하는 호즈미 옆을 스쳐지나 교실을 빠져나갔다.

중간고사가 끝나고 기말고사 일정이 나오기 전까지 학교 분위기는 몹시 평화로웠다. 1층 학생용 현관이 가까워질수록 웅성거림은 더욱 커졌다.

교문 밖으로 발을 내딛자마자 옆에서 갈색 머리의 소녀가 뛰어들었다.

"야, 스즈, 이런 우연이!"

"……잠복 중이었으면서."

"헤헷, 같이 가자."

나는 리카와 나란히 학교를 나섰다. 이렇게 둘이 하교하는 건 고등학생이 되고 처음일지도 모른다.

"오늘 알바야?"

"응. 여름 방학 전까지 바짝 벌어야 하거든. 아, 서운해하지 마. 여름 방학 때는 매일 스즈네 집에 가서 챙겨 줄 테니까!"

그렇게 말하더니 리카가 득의양양한 표정을 지으며 가슴을 툭 쳤다. 으윽. 어떻게든 말려야 한다.

리카는 고등학교에 올라오자마자 늘 전력을 다했다. 노는 것도, 아르바이트도. 소꿉친구로서 한마디 해 주자면, 공부도 열심히 하길 바라지만. 그러고 보니 졸업 후 진로는 정했으려나.

"리카, 앞으로 하고 싶은 거 있어?"

"하고 싶은 거라⋯⋯."

턱을 손으로 문지르며 흠, 하고 골똘히 생각에 잠겼다.

"⋯⋯아리스 유즈키랑 밥 한 번 더 먹고 싶다고나 할까."

이외였다. 사실 오코노미야키를 먹었을 때, 화기애애한 분위기는 아니었으니까.

"생각해 보니 내가 아리스 유즈키에 대해서 아는 게 없더라. 다음에는 꼭 제대로 얘길 나눠보고 싶어. 아, 혹시 스즈가 날 독점하고 싶다면 관둘게!"

리카는 윙크를 가장한 눈 껌뻑임을 날리며 엄지를 치켜올렸다.

내 질문 의도에 한참 어긋나는 대답이 돌아왔지만, 챙겨 주길 좋아하는 누나 같은 소꿉친구가 어느새 어엿한 어른이 되어 가는 모습을 보니 왠지 뭉클했다.

뿌듯한 기분에 빠져 횡단보도의 신호를 기다리고 있는데, 코너에 있는 페이마가 시야에 들어왔다.

문득, 그날의 하굣길 광경이 떠올랐다.

"오랜만에 페이마치키나 사 먹을래?"

리카의 눈동자가 별이 총총히 박힌 맑은 밤하늘처럼 반짝이는가 싶더니 이내 먹구름이 끼였다.

"오늘 가게에 신메뉴 시식회가 있어서…… 공복으로 가야하니까……."

또 새로운 이벤트를 여는 모양이었다. 그렇다는 건 머지않아 아빠가 선별한 식자재들이 대량으로 집으로 배달된다는 의미다. 냉장고를 정리해 둬야겠군.

"그럼 다음에 꼭 먹자."

"진짜지? 분명 약속했다?"

페이마치키가 맛있긴 하다만, 그 정도로 먹고 싶은 걸까?

곧바로 가게로 향하는 리카와 교차로에서 헤어진 나는 가까운 슈퍼에 들러 저녁 재료를 샀다. 부족한 것들만 살 생각이었지만 슈퍼 안을 순회하는 사이에 유즈키에게 먹이고 싶은 요리가 끊임없이 떠올라, 결국 양손 가득 비닐봉지를 들고 있는 신세가 되었다.

아파트에 도착하자 마침 로비에서 누군가 막 나오고 있었다. 이사 업체 직원은 아닌 듯하지만, 점프슈트 작업복을 입고 있는 걸 보아선 짐을 나르러 온 사람 같았다. 나는 가볍게 인사를 하고 엘리베이터에 올라타 8층 버튼을 눌렀다.

엘리베이터에서 내리자 아파트 공용 복도 가장 구석에 사람이 있었다. 조급한 마음을 가다듬고 천천히 다가갔다. 808호실 앞을 지날 때쯤, 한 소녀가 인기척을 느낀 듯했다. 떠오르는 아침 햇살처럼 내 얼굴이 순식간에 환해지는 게 느껴졌다.

"스즈후미!"

"오늘부터 다시 여기서 지낸다고 했나?"

내가 봐도 참으로 어색한 거짓말이다. 사실 오늘이 오기만을 목 빠지게 기다렸다.

유즈키는 내 속마음을 훤히 꿰뚫어 본 건지 시종일관 히죽히죽 웃고 있었다.

"다녀왔어, 스즈후미."

"어서 와, 유즈키."

사사키 유즈키가 이웃으로 다시 돌아왔다.

아파트 해약 건은, 팬 미팅 후 집주인에게 연락해 취소했다고 한다. 집에 있던 가구 일부는 이미 처분했기에 다시 구입할 예정이란다. 아마도 방금 밑에서 본 사람은 사무실 스태프인 모양이었다.

"오늘 밤은 팬 미팅 뒤풀이할 거니까."

"응, 기대할게."

유즈키의 에두르지 않은 솔직한 반응에 마음이 달떴다.

사사키 유즈키에게 안정감과 만족감을 줄 수 있도록. 아이돌 활동에 필요한 에너지를 보충할 수 있도록.

나는 앞으로도 계속 유즈키에게 음식을 만들어 주고 싶다.

☆　☆　☆

테이블 위에 빼곡히 놓인 요리에 유즈키의 눈이 휘둥그레졌다.

"어느새 이 많은 걸…… 역시."

"내가 생각해도 좀 오버 했네."

팬 미팅 뒤풀이가 열리는 장소는, 우리 집 거실이었다. 테이블 위에 올리지 못한 요리가 있어 창고에서 꺼낸 접이식 테이블을 펼쳤다.

메뉴는 일식과 양식의 컬래버레이션. 치킨가스, 새우튀김, 데리야키치킨, 도미회, 영양밥, 찌개, 시저샐러드 등등. 디저트는 크림이 듬뿍 올라간 크레이프였다.

"아, 냉장고에 포타주#22랑 냉샤브샤브랑 과일 믹스도 있어."

"대체 얼마나 준비한 거야!"

이날을 얼마나 기다려왔는데. 유즈키가 없는 동안 「먹이고 싶은 음식 리스트」가 하루하루 쌓여만 갔다. 요리 수가 많은 대신 소량으로 준비했다.

"……다 먹어도 돼! 전부 유즈키 거야!"

내가 의기양양하게 엄지를 척, 치켜들자, 유즈키가 고개를 절레절레 흔들며 한숨을 푹 내쉬었다.

"……저기, 난 애초에 먹겠다는 말 한 적이 없거든?"

#22 포타주 옥수수, 호박, 감자 등을 갈아서 걸러내 만든, 부드럽고 걸쭉한 프랑스식 수프.

"뭐라고?"

"응?"

우리 사이에 또다시 팽팽한 긴장감이 감돌기 시작했다.

"아까, 『뒤풀이한다』고 했잖아?"

"난 밥 얘기는 꺼내지 않았는데?"

"저번에, 『사사키 유즈키가 돌아올 곳은 바로 여기니까』라고 한 말 그새 까먹은 거야?"

"그게 밥을 먹겠다는 뜻은 아닌데?"

"자, 잠깐. 그게, 『당신에게 심장도 위장도 바칠게요』라는 말과 뭐가 달라!"

"심장도 위장도……라고? 그, 그거 완전 프러포즈잖아!"

말이 끝나기 무섭게 유즈키의 뺨이 발그레해지며 내게서 거리를 벌렸다.

"다시 한번 말해 두겠는데, 난 식욕 같은 거에 굴복할 생각 없거든! 그날은…… 음, 하룻밤 불장난이라고 해 둘까……!"

자기도 모르게 내뱉은 외설적인 단어에 유즈키의 낯빛이 한층 더 붉어졌다.

"스, 스즈후미야말로 내 팬이 된 거 아니었어? 팬 미팅 때 내 모습 보고 싶었지? 근데 스트리밍은 팬클럽 회원 한정이야, 볼 수 있는 건 내일이 마지막인데?"

"안타깝지만, 당일의 풍경은 오타쿠에게서 귀에 딱지가 지도록 들어서 말이야, 안 봤는데 본 것 같다고!"

우리는 서로를 매섭게 흘겨봤다.

"이거 안 먹으면 식는데?"

"그건…… 어쩔 수 없지."

"내일부터 다시 바빠진다고 하지 않았어? 곧 정규 방송도 시작하지 않아? 맘껏 즐길 수 있는 날은 당분간 없을 텐데?"

"끄응……."

"이 크레이프도 그렇고 오늘 요리 힘 좀 췄는데, 유즈키의 취향 저격 음식들로 잔뜩 준비했더니만."

"으으으으……."

유즈키의 식욕과 죄책감을 정확히 겨냥하는 공격은, 아무리 생각해 봐도 군더더기 없는 공략법이었다.

"뭐, 안 먹겠다면 더 이상 강요는 안 할게. 나 혼자서 외로이 뒤풀이를……."

"알겠어! 알겠다고! 먹으면 되잖아, 먹으면!"

유즈키는 입술을 꽉 깨물며, 마물에게 붙잡힌 콧대 높은 공주 기사처럼 매섭고 위압적인 눈빛으로 날 쏘아댔다. 처음 부타동을 만들어 줬던 날도 그랬다.

유즈키를 로우 테이블 앞에 앉히고 나는 건너편에 앉았다. 테이블을 뒤덮은 요리의 가짓수를 훑어보는 사이에 유즈키의 눈빛은 기대로 바뀌어 갔다.

그리고 우리는 양손을 모아 동시에 외쳤다.

""잘 먹겠습니다!!""

유즈키가 음식에 젓가락을 뻗었다. 포크도, 나이프도, 숟가락도 잇따라 움직였다.

웃는 얼굴로 음식을 입안에 잔뜩 욱여넣고 우걱우걱 먹는 유즈키를 바라보자 가슴이 벅차올랐다.

우리는 같은 아파트에 사는 이웃이지만, 참 다른 점이 많다. 한쪽은 인기 아이돌, 다른 한쪽은 평범한 남자 고등학생—.

그런데도 지금 우리는 같은 테이블에 둘러앉았다. 앞으로도 난, 유즈키의 가장 가까운 곳에 있고 싶다. 그리고 유즈키의 제일 소중한 사람이 되게 해 달라고 간절히 빌었다.

"후우…… 잘 먹었습니다……."

한계를 해제한 유즈키에게는, 풀코스도 애피타이저에 불과했다. 큰 접시와 사발도 모두 텅텅 비었다.

나는 탁상에 있던 마지막 음식인 크레이프를 입으로 가져갔다.

주욱, 새하얀 크림이 비어져 나왔다.

딱 좋아, 딸기의 산미와 생크림의 깔끔한 단맛이 어우러져 맛있다. 초코 바나나와 말차는 유즈키에게 양보했으니, 내일 간식으로 한 번 더 만들어 볼까.

별안간 강렬한 시선이 감지됐다.

어느샌가 내 옆에 다가온 유즈키가 내 볼을 뚫어지게 쳐다봤다.

"……분명히 다 내 거라고 했지?"

"응? 갑자기—."

유즈키의 입술이 살며시 내 볼에 닿았다.

어안이벙벙해진 나를 보며 유즈키는 혀를 날름거렸다.
그 혀끝에는 생크림이 묻어 있었다.
"이번에야말로, 잘 먹었습니다."
유즈키는 장난을 치듯 밝게 웃었다.
나는 볼에 남은 연분홍의 온도를 손끝으로 확인했다.
"⋯⋯지금 이거⋯⋯."
"됐고! 아무튼 잘 먹었어!"
유즈키는 양 손바닥을 짝, 마주 대며 눈을 치켜뜨고 날 바라
봤다.
무슨 뜻인 걸까. 그저 걸신이 들린 걸까, 아니면 크림을 핑계
삼아 애정 표현을 한 걸까.
재빠르게 머리를 굴리며 상황을 분석해 보지만, 결국 이렇
다 할 이유가 도무지 떠오르지 않아 무리하게 결론을 내렸다.
"그, 그렇군! 이것도 다 날 팬으로 만들려는 수작이지?! 오
우, 위험했어! 교묘한 기술에 제대로 걸려들 뻔—!"
나는 변명조로 구구절절 늘어놓았다.
이게 맞다. 유즈키는 아이돌의 정점을 목표로 하겠다고 내
게 선언했다. 그런 미래의 스타가, 나 같은 일반시민에게 연정

을 품을 리 없었다.

"……스즈후미, 바보."

유즈키는 입술을 삐죽 내밀며 고개를 푹 숙였다.

"……아, 그게, 그러니까……."

무슨 말을 해야 할지 주저하고 있는데 유즈키가 천천히 고개를 들었다. 호박빛 눈동자가 나를 응시했다.

이윽고 눈을 깜박임과 동시에 굳은 결의의 표정으로 바뀌었다.

"정했어. 스즈후미를 내 톱 오타쿠로 만들어 주겠어!"

"……엥?"

뜬금없이 무슨 말을 하는 건지, 이 녀석은.

톱 오타쿠. 그건 수많은 팬 가운데에서도 단연 으뜸으로 최애를 향한 열렬한 지지와 응원을 보내는, 문자 그대로 가장 상위 클래스 오타쿠였다.

유즈키는 혀에 모터라도 단 것처럼 기세 좋게 늘어놓기 시작했다.

"돌이켜 생각해 보면, 《팬》 정도의 애매한 목표 설정은 나답지 않았어. 이제는 지금까지와는 차원이 다를 정도로 정신없이 몰아붙일 거니까. 각오해. 내 자랑스러운 톱 오타쿠로 만들어 버릴 테야!"

불손함 마저 배어 나오는 도발적인 웃음은, 자신감으로 넘쳐흘렀다. 그러나 나는 놀라기도 했지만, 한편으로는 안도감도 들었다.

……좋아. 이래야 유즈키답지.

"그렇다면 난, 이번에야말로 유즈키를 음식의 바다로 완전히 끌고 들어가겠어. 매일이 뭐야, 매 끼니마다 졸라 대도록 해 주지!"

나는 팔짱을 끼고 자신만만한 어조로 이어갔다.

"진짜 안 봐줄 거야. 1일 3식? 훗, 간식도, 오후 티타임도, 야식도, 전부 봉인 해제야. 내가 유즈키의 이웃인 이상 내 음식에서 헤어 나오지 못할걸!"

"바라던 바야. 스즈후미가 만든 배덕한 밥 따위 먹을까 보냐!"

우리는 서로의 의지를 확인하며 노려봤다.

사랑과 밥에 얽힌 싸움은 짧은 휴전을 끝내고 새로운 스테이지로 나아갔다.

사람은 유원지로 향하는 버스 안에서, 혹은 며칠 전부터 어떤 놀이 기구를 탈지 상상합니다. 혼잡도, 루트, 날씨, 예산. 여러 요소를 꼼꼼히 따져본 뒤, 그날 가장 적당한 놀이 기구나 이벤트를 선택하죠.

제게 음식이란, 유원지와 비슷할지도 모르겠네요.

오늘은 뭐 먹을까. 밥이냐 빵이냐. 고기냐 생선이냐. 조림이냐 튀김이냐. 어젯밤은 뭐 먹었더라? 몇 칼로리나 섭취했지? 배가 얼마나 고픈 걸까? 끊임없이 생각 회로를 돌리며 다음 어트랙션을 목 빠지게 기다리지요.

여러분, 처음 인사드립니다. 오이카와 키신이라고 합니다. 이번 제 데뷔작인 『내 배덕한 밥을 조르지 않고는 못 배기는, 옆집의 톱 아이돌님』을 선택해 주셔서 정말 감사드립니다.

작가로서 딱 두 가지 소원이 있습니다. 하나는 본 작품이 인기 시리즈가 되어 독자분들에게 오랫동안 사랑을 받는 것. 다른 하나는 취재를 빙자해 고급 숯불구이, 가이세키요리, 프랑스 음식 풀코스를 경비로 처리하는 것입니다. 세금 신고 때 추궁당할 위기에 직면하면, 「이거 취재 때 쓴 거예요! 독자분들을 위해!」하고 우겨 볼 작정입니다.

농담은 여기까지 하고 감사의 말씀 올리겠습니다.

우선 제19회 MF문고J 라이트노벨 신인상에서 수상할 수 있도록 뽑아 주신 모든 분께. 오이카와 키신이라는 먹보에게 기회를 주셔서 감사할 따름입니다. 기대에 부응하도록 앞으로도 전력을 다하겠습니다.

그리고 담당 편집부 일원들. 고마운 마음을 세세하게 쓰자니 단편 소설 수준의 분량이 될 것 같아 간단하게 하겠습니다. 수상 이후 지금까지 잘 이끌어 주셔서 너무나 감사합니다. 중화 요리 음식점에서 먹었던 완자, 진짜 맛있었어요.

제작과 판매에 도움을 주신 여러분. 덕분에 이번 작품이 독자분들에게 가닿을 수 있었습니다. 무한한 경의와 깊은 감사를 보냅니다.

일러스트레이터 히즈키 히구레 선생님. 제 기대를 거뜬히 뛰어넘는 훌륭한 일러스트를 그려 주셔서 감사합니다. 계속 히즈키 선생님의 일러스트가 보고 싶어서 후속작을 위해 열심히 달릴 생각입니다.

마지막으로, 오랜 기간 저에게 용기를 북돋아 준 친구, 지인, SNS팔로워. 여러분의 성원과 지원이 있어 집필 활동을 이어 나갈 수 있었습니다. 다음에 꼭 한잔하러 갑시다.

그럼, 2권이라는 식탁에서 만나기를 고대하며.

내 배덕한 밥을 조르지 않고는 못 배기는, 옆집의 톱 아이돌님 1

초판 1쇄 발행   2024년 12월 30일

지은이   오이카와 키신
일러스트   히즈키 히구레
옮긴이   김은율

책임편집   김기준
디자인   정유정
책임마케팅   최혜령, 박지수, 도우리
마케팅   콘텐츠 IP 사업본부
경영지원   백선희, 권영환, 이기경
제작   제이오
교정·교열   김혜인(북케어)

펴낸이   서현동
펴낸곳   ㈜오팬하우스
출판등록   2024년 5월 16일 제2024-000141호
주소   서울특별시 강남구 테헤란로 419, 11층 (삼성동, 강남파이낸스플라자)
이메일   ofansnovel@naver.com

ORE NO HAITOKUMESHI O ONEDARISEZUNIIRARENAI,
OTONARI NO TOP IDOL SAMA Vol.1
©Kishin Oikawa 2023
First published in Japan in 2023 by KADOKAWA CORPORATION, Tokyo.
Korean translation rights arranged with KADOKAWA CORPORATION, Tokyo.

ISBN 979-11-94293-77-4 (04830)
ISBN 979-11-94293-76-7 (세트)

오팬스노벨은 ㈜오팬하우스의 출판 브랜드입니다.